KB123335

당신의
사랑 안에
머물게 하소서

허미자 지음

우리 60대 모습

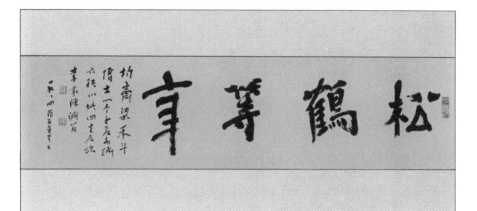

명륜동에 사시던 연세대학교 동료인 연민 이가원 교수께서 "양승두 교수가 성균관 대학교 동네인 명륜동에서 태어나 법학을 전공했으니, 법학으로 고르고 공평한 사회를 만들어 달라"는 뜻으로 '균재(均齋)'라는 호를 지어 주시고, 직접 써 주셨다.

남편이 즐겨 사용하였던 '균재' 도장

책을 내면서

저는 지금 이 작은 책자를 하늘나라에 가신 남편께 보낼 수 있도록 허락해 주신 하나님께 끝없는 감사를 드립니다.

2018년 2월 10일 남편은 홀연히 하늘나라로 갔습니다. 저는 구심점을 잃고 미친 사람처럼 제 자신을 지탱하지 못하고 진통을 겪었습니다.

장례의식이 끝나고 삼우제가 끝나자, 날이 갈수록 저는 밤낮으로 꿈을 꾸는 것만 같았습니다. 진정 이 몽환(夢幻) 상태가 꿈인가 생시인가 혼동을 하면서 나날을 보냈습니다.

그렇게 제 자신이 감당할 수 없는 가슴앓이를 하면서 남편과 가장 친히 지내던 이계준 목사님과 후배 전병재 교수님, 김중순 교수님 그리고 남편이 아끼고 사랑했던 제자 홍복기 교수님과 유혁수 교수님, 박기병 교수님, 김형철 교수님, 민태욱 교수님, 김기영 교수님, 박민 교수님에게 제 마음을 열고 제 뜻을 밝혔습니다. 남편을 추모하는 제 뜻을 모두들 받아주셨습니다.

저는 이때부터 남편께 드리고 싶은 마음의 편지를 쓰기 시작하였습니다. 미칠 듯 남편이 그리운 마음과 아름답던 지난날의 이야기들, 그리고 남편께 미처 전하지 못한 사랑과 감사와 뉘우침의 간절한 마음의 이야기를 진솔하게 쓰기 시작하였습니다. 그리고 동료 교수님과 후배 교수님, 제자 교수님들의 남편에 대한 추모의 뜻을 함께 실었습니다. 또한, 남편에 대한 가족들의 슬픔과 추모의 마음도 함께 편집하였습니다.

손자들이 한문을 배우지 못하고 자기 조상들의 족보도 읽지 못하는 요즈음, 더더욱 우리 손자들은 모두 미국에서 태어났고, 막내아들의 가족들은 지금도 미국에 살고 있기 때문에 할아버지에 대해서 잘 모르고 있습니다. 손자들이 성장하여 자기의 정체성을 확립할 때에 필수적인 교본으로 필요할 것 같아서, 그 이해를 돕기 위하여 우리 가족사와 같은 이 책자를 출판하기로 하였습니다.

한평생 저의 선생님이었던 남편은 하늘나라에서 저에게 "쓸데없는 일을 하고 있다"고 나무랄 것도 같습니다. 그러나 저는 "당신이 없는 하루하루 나를 지탱할 수 있는 힘과 홀로서기로는 이것이 최선의 방법"이라고 대답하겠습니다.

이 책을 낼 수 있도록 저에게 용기를 심어주신 목사님과 남편의 동료 교수님, 후배 교수님, 그리고 제자 교수님들께 진심으로 감사의 뜻을 표합니다. 자료를 제공해 주신 '길벗회' 선생님들께 진심으로 감사드립니다.

이 책을 발간해 주신 보고사의 김흥국 사장님과 이순민 선생에게 깊이 감사드립니다.

그리고 이 책이 잘 출판되도록 처음부터 끝까지 온 정성을 다하여 도와준 동생 허경진 교수에게 고마움을 전합니다.

남편과의 다시 만남을 기다리며 2019년 부활절 아침에
허미자

차례

6부 황혼 길에서 – 만가輓歌 그 무거운 소리

아버님

어머님

경동중학교 3학년

경동고등학교 3학년

연세대학교 1학년 뒤뜰에서

연세대학교 정법대 법학과 졸업(1958)

연세대학교 시절 石友會 친구(조창현, 박연기, 윤병학)

1부

당신은 나에게
사랑을 가르쳤다

1

나의 스승 양승두 선생님

나는 1957년 이화여자대학교 국문과를 졸업하고 그해 봄에 계속 대학원에 진학하였다. 대학원을 졸업하기 전에 미국 유학을 떠날 준비를 하면서 영어 개인지도 선생을 친구 황의순에게 부탁하여, 그의 사촌동생의 친구를 소개받았다. 그 개인지도 선생이 바로 지금의 나의 남편 양승두 교수였다.

남편은 그 당시 연세대학교 정법대학(지금은 법과대학) 대학원에서 석사과정의 공부를 하면서 연구조교를 하고 있었다. 나는 미국 유학을 준비하고 있었는데, 유학하려면 문교부 장학금 국가고시생 선발시험에 합격해야만 자격을 획득할 수 있었다. 내가 그 시험에 실패하고 실의에 빠져 있을 때 양 선생은 나에게 더 열심히 영어를 가르쳐 주었고, '실패는 성공의 어머니'라고 격려하면서 우울한 나를 위로해 주었다.

그러던 어느 날 모교의 국문과 과장이셨던 이태극 교수님께서 원효로에 위치한 성심여자중학교에 추천해 주셔서 국어교사로 취직하였다. 성심여중 교장이던 중국인 주매분 수녀님이 나의 대학원 강의 시간을 배려해 주셔서 열심히 공부할 수 있었고, 희망에 찬 바쁜 생

영어 선생님 시절

활을 하였다.

1959년에 이화여대 대학원에서 석사 학위를 받게 되자, 대학원 지도교수셨던 손낙범 교수님께서 추천하여 주셔서 교양학부 강사로 취임하였다. 1년 동안 시간 강사로 봉직하였더니, 그 이듬해 1960년 봄 새 학기에 국문과의 전임강사로 발령을 받았다. 그러나 나는 미국 유학의 꿈을 접을 수 없어 계속 양 선생에게 영어를 배웠다.

그 당시 남편은 1958년 연세대학교 정법대학 법학과를 졸업하고 법학석사 학위를 취득하였다. 1960년에 같은 대학교 박사학위 과정에 입학하고, 1963년에 박사학위 과정을 이수하였다. 1966년에서 1967년까지 미국의 뉴욕대학원에서 연구하고, 1969년에서 1970년까지 영국의 맨체스터대학교 법과대학원에서 수학하였다. 그 후 1973년에 연세대학교 대학원에서 박사학위를 받았다. 남편은 1963년부터 2000년 퇴임할 때까지 모교인 연세대학교에서 봉직하였다. 그러한 과정 중에 1974년에서 1975년까지 1년 동안 미국 하버드대학교의 초빙교수로 가서 연구하였다. 남편은 내게만 훌륭한 선생이 아니라, 가는 곳마다 훌륭한 선생이었다.

2

인연이란 숙명적인 힘인가 봐

1961년 5월 7일(당시는 어머니날 공휴일) 종로에 있는 서울예식장에서 양 선생과 나는 부부의 인연을 맺었다. 양가 부모님께선 탐탁지 않게 여기셨지만 우리는 혼인 준비를 시작하였다. 나는 친정어머니께 "제 인생은 제가 책임질 것이니 어머니께서는 허락만 해주세요"라고 간곡히 말씀드렸다. 그러니 어머니뿐만 아니라, 친정 오라버님과 올케까지도 찬성할 리가 없었다. 친정어머니는 내가 미국 유학을 하기를 원하셨다. 그도 그럴 것이, 그 당시만 해도 연상의 여성이 연하의 남성과 혼인한다는 것은 화젯거리였다.

결국 우리는 혼인식장도 우리 두 사람이 정하고, 혼인식 주례는 연세대학교 대학원장이신 김윤경 박사님께 부탁드렸다. 축사는 연세대학교 법학과 박원선 교수님께 부탁드리고, 나를 위하여 이화여대 문리대 학장인 이헌구 교수님께서 축사를 맡아주셨다. 김용호 시인이 써주신 축시를 나의 제자가 낭독하였다. 신부가 입장할 때는 성심여중 음악교사였던 친구가 헨델의 라르고(Largo)를 피아노로 반주하였다.

가족과 친척들은 반대했지만, 주례 교수님, 축사 교수님 그리고 선

약혼식, 우리의 맞절을 보시고 웃으시는 어머님

후배 교수와 친구들이 나에게 찬성표를 주셨다.

우리가 결국 혼인하게 되자 친정어머니는 우리에게 당부 말씀을 하셨는데, 나에게는 『공자가어(孔子家語)』에 나오는 삼함(三緘)을 간곡히 당부하셨다. 첫째 눈멀어 3년, 둘째 귀먹어 3년, 셋째 벙어리 3년을 두고두고 당부하셨다. 그리고 사위에게는 "양(양띠)은 유순하나 뿔이 있어 고집이 세고, 더우면 등의 털을 다른 양의 털에 대고 더위를 견디며 저만 생각하네. 개(개띠)는 양을 지키는 일을 하는데, 개띠인 자네가 양띠인 아내를 잘 보호해 주도록 부탁하네."라고 당부하셨다.

우리는 혼인 후에도 내가 살던 집에서 눌러 살았다. 그리고 1년 후에 첫 아들을 출산했다. 나의 고향 강원도 강릉 풍속에는 산모가 친정에 가서 아이를 출산하고, 애기 돌이 지날 때까지 쉬었다가 본가로

약혼식, 친정오라버님과 올케

약혼식 끝나고 친구 내외와 함께

인도네시아 화가 BIMO가 그린 우리 초상화

돌아오는 산후조리 풍속이 있었다. 그러나 나는 직장생활을 하고 있으니 시골 친정에 갈 수는 없어, 친정어머니께서 서울에 올라와 산후조리를 맡아주셨다.

시어머니께서는 시아버님과 시동생 셋, 시누이 둘을 돌보시느라 생활하기 힘드실 때였다. 그런데도 첫째 아들의 돌이 지난 뒤부터는 시어머님과 시누이가 우리 아들을 길러주시느라 수고가 많으셨다.

3

남편이 가르쳐 준 신혼생활

남편과 나는 용기 하나로 우리의 보금자리를 만들었다. 나는 신혼생활에서 여러 가지 체험을 했다. 그 중에서도 사랑은 연령을 초월하는 놀라운 마력을 가지고 있다는 것을 실감하였고, 명예나 권세, 지위는 혼인의 조건이 될 수 없다는 것을 깨달았다.

남편은 내가 살아온 방식과는 다른 방식으로 사는 의미를 깨닫게 해 주면서, 고집불통인 나에게 인내심을 가르쳐 주었다.

우리는 주말이 되면 종로1가에 있는 '르네상스' 음악감상실에 가서 음악감상을 했으며, 이따금 남대문 수입상가에 가서 예쁜 그릇도 사며 신혼생활을 즐겼다. 남편은 참 자상한 편이었으며, 음치(音癡)였으나 음악에 대해서 많이 알고 있었다. 대학 2학년 때 화성악 강의를 듣고 학점을 받았다고 항상 자랑하였다.

남편은 "사랑한다"는 말에 인색했다. 사랑의 표현은 눈빛과 미소로 대신했지만, "감사합니다", "고맙습니다", "수고했어요"라는 말은 누구에게나 익숙하게 하였다. 내가 남편에게서 배운 것 하나는 남의 말을 절대로 하지 않는다는 것. 친척이나 친지들의 말까지도 "남의 얘기가 우리에게 무슨 상관이 있느냐"고 하면서 말문을 막아버렸다. 심지어 아들의 교육문제, 시댁의 여러 가지 문제들도 일체 논의의 대상이 되지 않았다. 항상 "남의 말은 칭찬보다 허물을 말하기 쉽다"고 하면서 나를 가르쳤다.

남편은 강아지를 사랑하는 애견가(愛犬家)였다. 남편이 1990년 중앙일보 발행 『애견백과』 146쪽에 쓴 글을 보면 "침대에 엎드린 뽀삐의 맑고 큰 눈이 선하기만 하다", "뽀삐와 지내는 시간이 내게는 가장 유쾌하고 꾸밈없는 시간이다"라고 하였다.

남편은 나에게 참 많은 것을 가르쳤다. 나는 무슨 일을 할 때 걱정을 앞세운다. 그럴 때마다 남편은 나에게 "성경을 좀 읽어봐요"라고 하면서 마태복음 6장 26절의 말씀 "공중의 새를 보라. 심지도 않고 거두지도 않고 창고에 모아들이지도 아니하되 너희 하늘 아버지께서 기르시니 너희는 이것보다 귀하지 아니하냐"라고 믿음이 부족한 나를 깨우쳐 주었다.

마태복음 7장 34절의 "내일 일을 위하여 염려하지 말라. 내일 일은 내일 염려할 것이요 한날의 괴로움은 그날로 족하니라"라는 말씀으로도 성경공부를 시켰다.

남편은 돈을 초개(草芥) 같이 생각하여 돈을 쓸 줄 몰랐다.

김윤경 박사님 주례로 혼인식(1961.5.7)

여행길의 동반자 뽀삐

양승두(연세대 교수)

강의가 없는 날을 택하여 모처럼 애견을 데리고 교정이나 산책을 해볼까 하는 요량으로 채비를 차리고 있는 나의 심중을 어찌 그리 잘도 꿰뚫어 보는지 한 걸음 앞서 현관 쪽으로 향하고 있는 애견 '뽀삐'가 그저 신통하기만 하다.

강의가 있는 날이지만 장난삼아 외출을 권유할라치면 이내 머리를 돌리는 녀석이 강의가 없는 날은 용케도 알아보고 외출을 권하지 않아도 이렇듯 한걸음에 현관 쪽으로 달려가고 있는 것이다.

신혼 초에 셋방살이를 할 때부터 애견과 함께 생활하기 시작했으니 나의 애견생활도 우리 부부의 연륜과 똑같은 30년을 헤아리게 되었다. 30년 결혼생활에 30년 애견생활로 특징지어질 수 있는 그 오랜 세월 동안 애견들과 함께 보내왔던 시간들 중에 가장 기억에 남는 애견은 지난 1985년 저 세상으로 보낸 발바리가 아닌가 한다.

가장 오랜 기간 동안 함께 생활을 해왔던 깊은 정과 함께 그 녀석에 대한 아픈 추억으로 인해 자칫 나의 애견 생활이 끝나버릴 뻔했기 때문이다. 15년 3개월 동안 동고동락을 함께하며 나와 우리 가족 모두에게 기쁨과 사랑의 의미를 일깨워주곤 했던 녀석이 하늘의 뜻을 거역할 수 없어서였는지 노환으로 인한 각종 질병에 시달리며 나의 마음을 안타깝게 만들었었다.

수차례에 걸쳐 병원에 입원을 시켜가면서 어떻게든 소생을 시켜보려 갖은 노력을 다해보았으나 나와 우리 가족들의 간절한 소망과는 달리 어찌 손을 써볼 수도 없는 지경에까지 이르게 되었다. 시간이 흐를수록 점점 악화만 되어가는 발바리의 질병과 이를 이겨내려 애를 쓰고 있는 녀석의 그 고통은 옆에서 지켜보는 나와 우리 가족들의 가슴 속을 헤집어 놓으며 깊디깊은 고통을 안겨주고 있었다.

더 이상의 고통을 받게 하는 것이 오히려 더 큰 죄악이라는 생각이 들어 의사선생님과 상의를 거친 끝에 안락사를 시킬 수밖에 없었던 당시의 심정이란 형언할 수 없는 비통하기 그지없는 노릇이었다.

집안 식구들 모두가 울고불고하는 그 광경을 바라보며 다시는 이 같은 일이 없게 하기 위하여 개를 집에 들이지 않겠노라고 결심까지 하게 만들었던 것이 당시의 상황이었다. 하지만 신혼 초의 셋방살이 시절부터 함께 해왔던 애견과의 생활은 어길 수 없는 하늘의 뜻과 통하고 있었는지 몇 개월 후 아내가 지금 함께 생활을 하고 있는 뽀삐를 데려오게 되어 오늘까지 30년의 애견 생활을 이어오게 만들고 있다.

가족의 일원이 되어 동고동락을 하기 시작한 지도 벌써 5년을 넘어가고 있는 애견 뽀삐와의 생활, 흔히들 애견과의 생활, 특히 아파트에서의 애견과의 생활은 주위에 불편을 끼친다는 소리를 많이 하고 있다.

그러나 나의 30년 동안의 애견생활을 통틀어 주변에 불편을 끼쳐

침대에 엎드린 뽀삐의　　　　　　뽀삐와 지내는 시간이
맑고 큰 눈이 선하기만 하다.　　내게는 가장 유쾌하고 꾸밈없는 시간이다.

본 기억은 그리 찾아 볼 수 없고, 지금 애견과 함께 생활을 하고 있는
아파트에서도 주위 사람들이 그리 불편해 하는 기색을 느낄 수가 없
으니 참으로 다행한 일이 아닐 수 없다.

　　장성한 자식들을 모두 분가를 해 내보내고 군에 가있는 막내 하나
만이 남아있는 우리 부부에게 애견 뽀삐는 자식으로서, 귀여운 손주
로서, 또한 벗으로서의 역할을 다하고 있는 참으로 고마운 존재라 할
수 있다.

　　호텔의 뷔페식당이나 레스토랑 등지에 출입을 제약받는 사소한 불
편함을 제외하고는 애견과의 생활 속에서 정을 주고받는 생활의 안
정과 부부가 함께 공유하는 관심사가 존재하는 등, 늘 새로운 생활을

제공해주고 있는 것이 애견 뽀삐의 역할이다.

목욕하는 것을 지독하게 싫어하고 반면 차를 타고 차창을 스치는 풍경을 구경하는 것을 좋아하는 나의 애견 뽀삐. 집에서만 인간들과 함께 생활을 해와서 그런지는 몰라도 안하무견(眼下無犬) 격의 행동으로 종종 우리 부부를 놀래키기도 하는 개구쟁이 뽀삐 녀석. 한번은 동학사에 함께 데리고 간 적이 있었는데 녀석의 덩치보다 10여 배나 큰 도사견의 뒷다리를 물고 도망쳐오는 용맹함을 보이기도 하여 놀라움 속에 마음껏 웃어본 기억이 있다.

애정을 쏟으면 쏟는 이상으로 사랑을 되돌려줄 줄 알며, 공짜를 바라지도 않고 제 할 일을 다 하고 있는 것이 바로 애견들의 세상이며 절대 배신을 하지 않는 것 또한 애견들의 심성인지라 우리들 인간으로서도 여러모로 배울 점이 많을 것이다.

단돈 20만 원을 빼앗고 신고할 것이 두려워 여섯 살배기 어린이를 진흙구덩이 속에 생매장을 하거나 유흥비를 마련하려 살인을 예사로 하는 등의 포악한 범죄가 연일 신문지상을 어지럽히고 있다. 이러한 흉악무도한 범죄사건이 보도될 때마다 그 앞에는 꼭 인면수심(人面獸心)이라는 수식어를 동반하고 있음을 볼 수가 있다. 짐승의 마음이 수심이던가? 그러나 동물의 마음 그 어떤 구석에도 자신만을 생각하는 그런 이기적인 흉악함은 찾아볼 수가 없는 것이다.

초원의 사자도 자신의 생존을 위해 필요한 때가 아니면 절대로 사냥을 하지 않는 철칙을 지니고 있다. 몇십 권, 몇백 권 분량의 법을 규정해 놓고도 이를 지키지 않는 흉폭한 인간의 이기적인 심성보다는 단 한 줄의 법 조문조차 규정해 놓지 않았음에도 불구하고 그들만이 갖고 있는 하늘의 뜻에 따르는 무형의 생존법칙에 따라 행동하고 있는 짐승의 마음 즉 수심이 차라리 그리운 세태가 안타깝기만 하다.

애견생활 30년에 겨우 깨우쳐 얻은 애견에 관한 지식이라면 '자연스럽게 기르라'는 그 하나뿐일 것이다. 인간들의 이기심을 충족시키기 위한 성대수술이나 값비싼 애견용품에 화려한 보석 치장 등으로 자신의 욕구를 대리 만족시키려는 요즈음의 일부 그릇된 생각을 지닌 애견가들 역시도 사랑의 마음을 지니고 있는 애견들의 심성을 헤아리고 배워야 하지 않겠나 하는 생각이 마음 한구석에 남아 있다.

－『애견백과』, The Love of Dogs, 중앙일보사, 1990. 12. 15.

2부

우리 젊은 날의
사랑 이야기

1

말레이시아 말라야 대학에서 온 편지

우리가 혼인한 지 3년이 될 무렵, 남편은 박사과정이 끝나고 강사생활을 하고 있었다. 마침 말레이시아 대사관에서 주관하는 말레이시아 문화교육 프로그램에 선발되어, 다섯 명의 학생들과 함께 1965년 9월 1일부터 두 달 동안 말레이아 말라야(Malaya) 대학에서 교육을 받고 견문을 넓혔다.

집을 처음 떠난 남편은 편지마다 재미없다고 후회하는 편지를 보냈다. 기숙사에서 남녀가 같은 건물을 사용하는데, dance party도 자주 열리고, 밤중에 손을 붙잡고 마구 돌아다니며, 파티를 하면 컴컴한 데서 밤새도록 술 마시고 춤추고, 철저하게 자유주의적이라고 하였다. 말레이 춤은 뜀박질 같다고도 했다. 그들은 남편이 춤을 못 춘다고 이상하게 여겼다 한다.

남편은 '이 나라 촌사람도 모두 잘 사는데, 왜 한국은 못 사는가' 하는 생각이 들었다고 한다. 그 당시 주 말레이시아 한국 대사는 최규하 대사였는데, 최 대사도 같은 생각을 가지고 있더라고 했다. "두 달이 길면 길고 또 짧다면 짧은데, 나에겐 무척이나 긴 세월 같군요"라고 편지를 쓰면서, 처음 집 밖에서 떨어져 사느라고 집에 대한 향수를 크게 느끼는 것 같았다.

두 주일이 지난 뒤에 쓴 편지에는, "그곳에 도착하여 3일이 되자 강의를 듣기 시작했는데 'The theory of Literature and Aesthetics'라는 과목에서 Negro moslim에 대해서 들었다"고 한다. 시내에 가서 "Sound of music" 영화를 보는데 아들 재근이 같은 놈이 나와 여러 번 눈물을 짜냈다고 하면서 "장가가고 나서 아이까지 두고 외국유학을 하는 것은 지극한 심리적인 고역이라고 말할 수밖에 없소"라고 했다.

집 소식을 기다리다 편지를 받고 고맙다는 답장을 보내면서, 얼마나 재미가 없었으면 "허 선생하고는 천생연분인가 봐. 오늘 편지가 오지 않으면 '이혼'을 감행하려고 하는데 편지가 와서 참 다행이었소"라고 하였는데, 마음의 여유가 생겨서 농담도 하는 것 같았다.

9월이 지나고 10월이 되어 보낸 편지에는 매일 일과를 적어 보냈는데, 좀 적응이 된 것 같았다. 밤에 파티에 가서 노래를 부르고 굉장히 즐거운 시간을 가졌다고 한다. 남편은 평소에 노래를 부르지 못했는데, "푸른 하늘 은하수", "さくら さくら", "Odenny boy", "Kanturchy Home", "Plaisir damour"을 불러 여러 나라 학생들에게 가르치기까지 했다니, 참 놀라웠다. 나는 편지를 읽으면서 박지원의 『열하일기(熱河日記)』가 생각났다.

남편이 없는 동안, 나는 밤낮으로 동분서주(東奔西走)하였다. 오전엔 이화여대에서 시간 강사를 했고, 오후에는 금란여고에서 가르쳤으며, 밤에는 국제대학에서 강의를 했다.

어느 날 강의를 마친 뒤에 이화여대 국문과 이남덕 교수님과 함께

말레이시아 말라야 대학교 연수시절

뒷동산을 산책했는데, 이남덕 교수님이 나에게 다짐하듯 질문을 거듭하셨다.

"허 선생은 왜 그렇게 집착이 강한가? 당신은 퍽 이지적인데, 왜 양서방에 대해선 그토록 무이지적인 평범한 여자가 되느냐?"고 하시는데, 나는 '남편이 진솔하고 낭만적인데 매료(魅了)되었다'는 말을 차마 못하고 웃음으로 답변을 대신했다.

그러고 보면, 나는 참 열심히 살아온 것 같다. 한번도 내 삶을 후회한 적이 없었다. 남편이 없는 두 달 동안에도 "나에겐 내 일이 있고, 나에겐 멋진 인생이 기다리고 있다"고 확신하면서 열심히 살았다.

2

미국 뉴욕대학에서 온 편지

말레이시아에서 연수를 마치고 귀국한 지 1년도 못 되어, 남편은 또 Fulbright 장학금을 받아 미국 뉴욕에 있는 뉴욕대학교 법과대학 대학원으로 연구하기 위해 1966년 6월에 김포공항을 떠났다. 그때 나는 둘째 아들을 임신하고 있었으며, 시아버님은 기관지 병환으로 힘드셨다. 우리 가족들은 신촌 집을 전세로 주고, 남편의 친구인 오성진 선생님(연세대학교 총무과)의 도움으로 남가좌동으로 이사를 했다. 남편이 떠난 후 그해 여름에는 장마가 심했다. 남가좌동에선 장화를 신고 다녀야 했다.

그 당시 첫째 시동생은 분가하여 살았고, 큰 시누이는 출가했다. 둘째 시동생은 경희대학교 영문과 재학 중에 휴학하고 군대에 입대하였으며, 셋째 시동생은 이화부속고등학교 3학년인데 열심히 공부하여 연세대학교 행정학과에 입학했다. 둘째 시누이는 이화여대 독문과 4학년 졸업반이었는데, 건강상태가 좋지 않아 한 학기를 남겨두고 휴학하였다. 남편은 육남매 중 장남이었다.

대식구의 가족들은 남가좌동 생활에 어려움이 많았다. 그 와중에

미국 뉴욕대학교 법과대학에서

나는 1966년 8월 17일에 둘째 아들을 출산했다. 이때에도 친정어머니께서 14세 된 법화라는 시골 소녀를 데리고 나를 도와주려고 서울로 올라오셨다. 그러니 한 지붕 아래 아홉 식구가 사는데 어려움이 많았다. 남편도 없는 나는 이때의 고통을 잊을 수 없다. 지금 생각하면 다 물거품 같은 것인데….

시아버님은 점점 쇠잔해지시고 밖의 출입도 어려워지셨다. 병환이 짙어만 가다가, 이해 9월 8일에 세상을 떠나셨다. 시아버님은 평소에 말씀이 없으셨지만, 나는 아버님 간병을 잘못했다는 죄책감을 느꼈다. 아이 둘을 키우는 데 마음 쓰느라 시아버님께 간병을 제대로 못한 것이 후회스러웠다.

시아버님이 세상을 떠나신 후, 집안은 더 소란해졌다. 나는 혼자 장남의 아내, 맏며느리로서 비극의 주인공이 될 수밖에 없었다.

　남편은 뉴욕대학교에 간 지 얼마 뒤에 나에게 아리스토텔레스의 "Creative intuition in art of poetry"와 Northrop Frye의 "Anatomy of Criticism"을 사서 보내면서, 지난날의 영어선생님답게 "사전을 찾아가면서 읽어보오"라고 당부했다.

　시간이 나면 Carnegie Hall에 가서 Handel의 Messia 전곡을 듣거나 또는 opera Faust를 보았다고 했다. 어느 날 편지에는 Rubinstin의 piano concert에 갔다 왔다고 써 보냈다.

　1965년 8월 1일자 연세대학교 정법대학 학생회에서 발간한 『和白』 7집에 실린 「재미있는 법철학 이야기」를 보나 1968년 6월 30일자 발행 『和白』 9집에 실린 「美國風物記」를 보아도, 남편은 정말 글을 잘 쓴다. 어떤 글이든 쉽게 썼다. 문체는 간결하면서도 표현기법은 감수성이 넘치는 여성의 글 같았다.

　다음은 뉴욕대학 시절에 쓴 「턱시도가 꼭 필요했던 순간」이라는 제목의 글인데, 1987년 10월에 간행된 월간지 『멋』에 실렸다.

턱시도가 꼭 필요했던 순간

내 옷에 얽힌 사연

1960년대 중반에 한국은행이 바꿔준 50달러를 가지고 미국에 공부하러 갔던 때가 문득 생각난다. 세상의 온갖 멋장이들이 다 모인 뉴욕 5번가 끝에 자리 잡은 기숙사 창밖으로 초점 없는 시선을 던지면서 가난한 서울을 그리다가도, 공부도 중요하지만 교양은 더욱 중요하다고 자기 합리화를 하면서 아껴 모은 몇 달러로 오페라 구경을 갈 결심을 하던 그때가 지금 돌이켜보면 참으로 멋있었다고 느껴진다.

링컨센터에서 메트로폴리탄 오페라가 리골레토를 공연한다고 해서 구경을 갔다. 2달러 50센트로 살 수 있는 표는 천정에 매달린 자리 밖에는 없었다. 그러나 그날은 불행히도 그 자리마저 매진이 되고 남은 자리는 제너럴 어드미션 티켓이라는 이른바 입석 밖에는 남은 표가 없다고 했다. 할 수 없이 그 표라도 사서 입장을 해보니, 입석도 일층 좌석 맨 뒤에 난간을 서너 줄 만들어 놓고 그곳에 지정석을 마련한 곳이었다. 그것도 맨 뒷줄이어서 비교적 한국 사람으로선 큰 키를 자부하던 내 앞에 인왕산만한 미국 친구가 서 있어 도저히 무대를 볼 수 없는 그런 자리였다. 엉거주춤 서있는 나에게 안내원이 다가오더니 잠시 기다리라고 하면서 막이 오를 때쯤이면 좋은 수가 난다고 했다.

과연 막이 올라갈 때쯤 그 친구는 나에게 쫓아오라고 말하더니 성큼 성큼 앞으로 걸어갔다. 뒤쫓아 가보니 일층 좌석에서 가장 좋은 자리 하나를 가리키면서 앉으라 한다. 표는 사놓고 구경 오지 않은 사람의 자리였다. 촌놈은 황송해서 아껴놓은 몇 달러를 팁으로 그에게 주면서 고맙다는 말을 잊지 않았음은 물론이다.

몇십 달러나 하는 가장 좋은 자리에 앉아서 주위를 둘러보고 난 뒤에야 비로소 나는 내가 앉아서는 안 될 자리에 와 앉아있다는 것을 느꼈다. 앞에도 옆에도 그리고 뒤에도 모두들 점잔을 빼고 앉아 있는 신사숙녀들은 연미복을 그리고 이브닝드레스를 입고 있는 것이었다. 어느 노신사는 외눈 안경에 상아 손잡이가 달려있는 단장까지 쥐고 있었다. 흰 또는 까만 보타이에 연미복을 입거나 턱시도를 입고 있는 신사 옆에는 등이 훤히 드러나는 이브닝드레스에 진주 목걸이나 다이아몬드 목걸이를 한 숙녀들이 앉아서 새로 들어와 앉은 어느 초라한 동양의 촌사람, 그것도 대학의 강의실에서 막 달려와 후줄근한 평상복을 입고 있는 촌사람을 물끄러미 신기한 듯이 바라다보는 시선을 느꼈을 때, 나는 몇 달러주고 수십 달러짜리 비싼 자리에 앉게 된 행운을 걷어치우고 비록 무대는 보이지 않지만 계면쩍지 않은 내 자리로 돌아가고 싶은 강한 충동을 느꼈다.

잘 생긴 수탉과 암탉 속에 벼슬이 다 빠진 수탉 한 마리가 제 분수도 모르고 끼어든 것 같이 보일 것이란 생각으로 모닥불을 피우는 듯 낯이 뜨거워졌다. 새삼스럽게 일어나 주위의 시선을 받으며 다시 나의 입석 자리로 돌아갈 용기마저도 없어서 눈을 감아버리고 '제발 빨리 객석의 불이 꺼지고 오페라가 시작되어 달라'는 소원을 마음속에 되풀이하는 도리밖에는 없었다. 객석의 불이 꺼지고 오페라의 전주곡이 들리기 시작할 때까지 그 몇 분 안 되는 시간이 그렇게도 길게 느껴질 줄이야.

막간에 불이 켜질 때마다 재빨리 홀로 나와 버리고 새 막이 올라갈 때 가장 늦게 자리로 갔지만 이때 들은 만투아 공작의 아리아 '여자의 마음은 갈대와 같이'와 만투아 공작과 리골레토의 딸 질다가 부르는 '사랑의 이중창'이 그 어느 때 들은 아리아보다도 감미로웠다고 말한다면 그것은 거짓말이 될 것인지….

재작년에 서베를린에서 열린 세계 법률가 대회에서 논문을 발표한 일이 있었다. 여러 나라의 대법원장, 대법원 판사, 검찰총장, 판·검사, 변호사, 법률학 교수들이 천여 명 모인 대회의 마지막 날 연회가 있었다. 정중한 만찬회여서 그런지 참가하는 사람들은 턱시도들 입고 오라는 주문이 있었다. 예전에 링컨센터에서의 계면쩍은 장면을 회상하고 턱시도가 없는 나는 만찬에 참가하는 영광을 사양하였다. 지난 9월 초에 이 세계 법률가 대회가 우리나라 서울에서 열렸다. 금강산 댐 건설을 중지하는 것이 바람직하다는 결의와 올림픽 경기 과정에서의 테러 행위를 규탄하는 결의를 선언한 중요한 대회였다. 이 서울대회의 마지막 날에도 여전히 턱시도를 입고 오라는 주문이 있었다. 이번에도 사양해야 되겠다고 생각했지만, 준비하는 분들이 평상복을 입고 와도 괜찮다는 전갈을 해서 참여하는 기쁨을 가졌다.

이제 나이 오십이 넘어 중늙은이가 되었다. 늦기는 했지만, 옷에 관해서 관심을 가질 때가 되지 않았나 하고 새삼스럽게 생각해 본다. 멋있는 턱시도라도 한 벌 마련해볼까(?) 하고.

1966년 9월에 시아버님이 돌아가신 후, 남편은 슬픔에 잠겨 날마다 편지를 보냈다.

"철들기 전부터, 그리고 어른이 될 때까지 한 번도 떠나지 않고 곁에서 모시던 내가 왜 때 없이 이 먼 곳에 와서 마지막 가시는 아버님 손을 붙들어 드리지 못했는지 한스럽구려."

"오늘 따라 기숙사 앞에 앉아서 보노라니, 할 일 없이 앉아서 햇볕을 쪼이는 노인들 모습이 예사롭지 않구려. 내 아버지도 어느 때에는 저처럼 외롭게 공원에 앉아 계셨거니 생각하면…."

"당신도 가엾구려. 남편도 없이 그 큰일을 당했다니."

"여자가 큰일 하는 것도 퍽 행복스러운 것 같으니, 두 애기의 엄마로서 집안의 맏며느리로서의 고생스러운 행복도 있지 않소? 행복은 반드시 즐거움만이 아니고, 어려움을 용케 참아가는 것도 행복인 것 같소. 아직 젊으니까, 그리고 2세들이 있으니까, 집이 있으니까, 서로 신뢰하고 기쁨을, 고통이 있는 기쁨을 찾도록 힘씁시다. 당신도 당신의 위치가 단조로운 남편과 자식만의 가정에서가 아니고 '정치'와 '외교'가 안구(安求)되는 대가족에서의 당신의 역량 발휘의 기회가 있다는 것을 생각하고 괴로운 가운데서 무엇인가를 '창조'하는 기꺼움을 찾도록 하오. 풍족한 중에서의 기쁨은 참 기쁨이 아닌 것 같이 생각되도록 애써 보구려. 그렇기를 바라면서 이만 줄이오."라고 하면서 남편은 나에게 역설적인 행복론으로 당부했다.

─── 3 ───
영국 맨체스터대학에서 온 편지

    1969년 9월 1일에 남편은 영국 맨체스터대학교 대학원에서 연구하기 위하여 British Council의 연구비를 받아서 떠났다. 1년 뒤인 1970년에야 귀국했다.

    영국 생활은 미국 생활과 달리 익숙하지 않아 보였고, 식생활 역시 생활비가 많이 들고 물가가 비싸서 힘들다는 얘기가 편지마다 늘 언급되었다. 자주 음악감상을 하면서 향수를 달래는 것 같았다. 편지마다 일과를 써 보내는데, 과외공부하듯 일주일에 한 번씩 음악공부를 하는 것 같이 느껴졌다. 그 리스트를 대충 적어보면 다음과 같다.

    10월엔 Royal Ballet 표를 준비했다면서 차이코프스키의 잠자는 가인(佳人)을 볼 예정이라고 말했다.

    11월 16일엔 학교의 Halle orchestra의 멘델스존의 바이올린 협주곡 표를 한 장 샀다고 말했다.

    11월 3일 오페라 나비부인과 라트라비아타를 보았다면서 "금년 연말까지의 정신적인 자위책이야"라고 써보냈다.

    10월 26일엔 "셰익스피어의 오델로를 로오렌스 올리비에가 하는데

2시간 40분 동안 참 잘해. 정말 올리비에가 그렇게 잘 하는 줄 몰랐어"라고 하면서 "친구가 없으니까 혼자 다니는데 퍽 좋아"라고 했다.

11월 14일 셰익스피어의 막베스 표를 샀다고 했다.

11월 14일 Mendelsohn의 Violin Concerto에 다녀왔다고 했다.

11월 16일 "음악회에 비가 오는 걸 무릅쓰고 갔습니다. 예(例)에 따라서 영국 국가 다음에 Weber의 Freischutz 서곡을 연주했는데 참 좋았고, 멘델스존의 바이올린 협주곡을 Szymon Gold bery라는 60세의 할아버지가 바이올린 독주를 했는데 영 힘이 없었어요. 좋았던 것은 현대 미국 작곡가 Schuller라는 사람이 Paniklee의 그림 7개의 주제를 현대적 감각으로 jazz도 섞어서 만든 곡 7개가 참 멋있었습니다. … 그리고 아랍〔中東〕 마을이라는 곡(曲)은 Exotic하고 감상적(感傷的)이며 뭔가 신비한 그늘이 있는 곡이었어요. '허 선생하고 함께 갔더라면' 하면서 들었습니다."

11월 8일 막베스 구경, 차이코프스키의 피아노 협주곡 1번, 바하의 칸타타, 스트라빈스키의 보스톤 현악단에 바친 곡 등등.

남편은 영국에 가서도 "허미자 선생의 영어 공부를 위해서 영어 발음 테이프를 주문했다"면서 영어선생님의 티를 벗지 못했다. 어느 때는 Homesick를 달래기 위하여 음악감상이나 여행을 하는 방법을 택할 수밖에 없다는 듯 자기 합리화를 시키기도 했다. 나는 그럴 때마다 귀공자의 푸념으로 생각하고 받아주었다.

그 무렵 다행히 박대선 총장님께서 나를 부르셔서 생활고를 위로해 주시며, 남편에게 연구비를 주셔서 참 감사했다. 남편이 그 연구비를 받아 연구논문의 테마를 결정해서 보고서를 보내는 일 또한 쉬운

영국 맨체스터 대학교로 가는 날 비행장에서

일 같지는 않았지만….

1969년 12월 31일에는 귀국 날짜를 앞두고 영문 편지를 보냈다.

1970년 2월 3일에는 나의 이화여대 복직 소식을 듣고 편지를 보내
왔다. "이제 앞으로 20년, 길면 길고, 또 짧다면 짧은 세월이 당신에
게 주어져 있군요. 세속적인 일 때문에 시달리고 또 가정이라는 멍에
가 있고, 또 여자이기에 가지는 난관이 있는 조금쯤은 편안하지 못한
앞날이지만, 그래도 당신처럼 끈기와 집념이 강한 여자에게는 비록 40
에 이입(而立:三十而立)했다고 치더라도 결코 늦은 것은 아니라고 생각

됩니다. 시험과 역경 속에서 성숙하고 세상에서 혼자라는 쓰라림 속에서도 자기를 잃지 않은 당신이기에, 남편이라는 남자도 경탄해마지 않습니다. 부디 오늘의 그 기쁨, 그 즐거움을 앞날의 험난한 어려움 속에서도 고이 간직하기를 바랍니다. 퍽이나 우유부단한 나에게 당신처럼 생활력이 강한 여자가 주어졌다는 것은 나에게 더 없는 힘이고, 또 즐거움이라는 것을 말하고 싶습니다."

남편은 나로 하여금 불평을 할 수 없도록 항상 과대평가를 해주어서, 나는 오히려 남편에게 감사한다고 말하고 싶었다. 남편이 나를 생활력이 강한 여자라고 생각하지만, 나는 시골에서 가난을 모르고 자랐으니 어떻게 생활력이 강할 수 있겠는가. 두 아이의 엄마로서, 엄마의 역할을 나 혼자의 힘이라고 생각할 수는 없다. 남편의 사랑의 힘이 나의 생활력의 촉매제(觸媒劑)가 되었으니 오히려 내가 남편에게 항상 감사해야 했다.

December 31st, 1969

My Dear Love,

This is the last day of the year 1969, and also the last day of the decade as well. Looking out of the window and recalling the lots of things which have happened to me, in which I have taken a part of, of trivial or of great importance, I cannot help thinking of you, My Dearest. It was during this decade, which is to pass away into the eternal oblivion, that I have known you, and have been married to you, and gave birth to our beloved little sons whom I miss very much now. During this troublesome decade I have been gradually matured into manhood and have begun to understand the responsibilities man has to undertake. I do not pretend what I have done during this time were all the best I could have done. I know quite sure that I staggered in some occasions and often indulged into the things I abhor to recall. And yet what I have done, what I have attained and what I have achieved could not be come true without you, My dear Love. I know very well you have been tortured by my waywardness, have been having economic hardships and have been under constant psychological torments of not being able to develop your gifted talents as a poet. Had you not been bound by the miserable marriage life with me, you might have become a wonderful poet, highly reppected university professor, a social status as such could have guarantteed you far better life than you are now having, I am sure it should have been. For this, I totally have nothing else but to blame myself.

The dust is coming down on top of every roof and spreading up to the very window of my room. The darkness of chilly night will eventually cover all the ugliness of life the human beings are called to witness. So much, the better. We will be saved from the woe, the mishaps which eventually hurt the fragile hearts, if they come marching through the bright day light. Let me enjoy the tranquility of mind thanks to the darkness which severes everything from me until the quick stab of truth, whatsoever it may be, suddenly kills at once without any scar.

Anyone and everyone has the right to do whatever he or she think feasible for one's happiness. You do have the same right to do whatever you like. And one, even a husband, cannot interfere into your business. Why, then, don't free feel free? Do whatever you feel you should do for your happiness. Dont give damn thought to anyone else. This is all I can say to you. This is all I feel to you when I face the wall of my room on which I decorated with all the cards I got, missing one from you.

If I have written you something which spoils your feeling, please do forgive me. I pray the God bless you a real good.

Your true love forever,

3부

감사가 넘치는
무한(無限)한 기도(祈禱)

1

꿈은 꼭 이루어진다

하나님은 우리에게 또 하나의 기적 같은 꿈을 이루게 해주셨다. 우리는 늘 간절히 기도하면 꼭 이루어진다는 믿음 하나로 하나님께 간구했다. 항상 기도 가운데 마태복음 7장 7절의 "구하라. 그리하면 너희에게 주실 것이오. 찾으라. 그리하면 찾을 것이오. 문을 두드리라. 그리하면 너희에게 열릴 것이니."라는 성경 말씀을 기도 가운데서 잊지 않았다.

남편은 내가 시도하는 일을 반대한 적이 없었다. 남편이 나를 믿고 인정해 주는 것에 항상 감사했다. 나는 좀 무리하면서도 우리 가족이 행복하게 살기를 꿈꾸었다.

1973년 봄, 드디어 우리 가족은 마포구 신수동에 새 집을 짓고 이사하게 되었다. 이사 후의 생활은 순탄했다. 이 세상 무엇과도 바꿀 수 없는 우리 가족의 평화롭고 즐거운 나날을 보냈다. 그 당시 첫째 아들은 창서초등학교 4학년이었고, 둘째 아들은 이화여자대학교 부속 유치원에 다녔다. 두 아들은 건강했고 각자 학교생활에 충실했으며 부모의 마음을 편안하게 해 주었다.

남편은 직장에서 가까운 새 집에 이사한 후, 최선을 다하여 모교인 연세대학교의 모든 일에 시간과 정열을 아끼지 않았다. 주말에 집에서 쉬는 시간이면 음악감상을 하며 강아지 뽀삐와 즐거운 시간도 가졌다. 나는 새삼스럽게 이런 생각을 했다. 부부가 해로(偕老)한다는 것은 기본적인 덕목(德目), 즉 "믿음, 참음, 사랑"인데, 이것을 실천하는 데는 끊임없는 노력이 필요하다.

신수동으로 이사한 후에는 시어머님을 모시고 강화도의 전등사에도 다녀오고, 여의도 벚꽃 축제도 다녀왔다. 먼 가락시장이나 모란시장에 가서 참기름도 짜오고 시골에서 갓 올라온 봄나물도 사왔다. 때때로 경동시장과 중앙시장에 가서 건어물, 미역, 김 같은 밑반찬 거리도 사왔다.

남편은 1970년 영국에서 귀국한 후, 1973년 연세대학교 대학원에서 법학박사 학위를 받았다. 그동안 나는 모교인 이화여자대학교 국어국문학과 전임교수로 재임용되어 70년대 우리 부부는 세월 가는 줄도 모르고 두 아들의 부모 역할과 각자의 학교생활에 매진(邁進)하면서 감사하는 가운데, 서로의 생활을 간섭할 여지도 없이 열심히 각자 맡은 직책에 충실했다.

2
불혹의 나이에 신혼여행을 떠나다

1974년 봄학기에 남편은 하버드대학교 하버드 - 엔칭 초빙학자 (Harvard Yenching institute visiting scholar)로 1년 동안 연구비를 받고 미국에 갔다. 국가 정책상 부부가 함께 외국으로 나가기 어려운 때라서, 우리 부부는 함께 떠나지 못했다. 나는 한 학기가 끝나기 전 수속을 시작하여 남편이 있는 하버드대학에서 추천해준 케임브리지로 갔다.

이때부터 우리는 신혼생활이 시작되었다. 우리가 혼인할 때 국가의 정책 상황이나 대학의 행정 여건이 우리가 신혼여행을 떠나기엔 여의치 않았다. 게다가 학기 중에 수업에 빠지지 않으려고 1961년 5월 7일에 어머니날 공휴일을 이용하여 결혼식을 한 형편이어서, 우리는 신혼여행을 포기할 수밖에 없었다.

비록 신혼여행을 떠날 수 없었지만 언젠가는 구혼(舊婚)여행이라도 떠날 꿈을 접지 않았는데, "꿈은 꼭 이루어진다"는 믿음 하나로 열심히 노력한 결실이 드디어 이루어진 것이다. 간절히 기도하면 문은 꼭 열린다. 나는 두 아이를 시골에 계시는 오라버니와 올케에게 부탁하여, 서울로 오셔서 돌보아주시기로 하고 마음 편히 떠났다.

신혼 때 출근하느라고 바쁘게 지나면서 내 정성으로 조석 준비를 못 하고 살아온 날들이 남편에게 미안했는데, 이렇게 꿈같은 시간과 기회가 주어진 것은 뜻있는 일이었다. 처음엔 한국에 두고 온 아이들이 보고 싶고 모든 것이 생소하였지만, 다행히 이화여자대학교에서 함께 지내던 사학과의 김엽자 교수가 우리와 같은 초빙교수로 와 있어서 나로선 반갑고 고마웠다. 나는 똑똑하고 친절한 후배 교수의 도움으로 미국생활을 곧 익힐 수 있었다.

우리는 때때로 김엽자 교수의 기숙사에 가서 라면도 먹고 담소를 나누었다. 그 당시 조선일보사 정치부장이셨던 김용태 선생님 내외분은 언론인에게 주는 "니만 휄로우" 후원금으로 오셨고, 중앙대학교 사회학과 김영모 교수님 내외가 엔칭 초빙교수로 오셔서 가끔 주말이면 만나서 식사도 함께했다. 서울대학교 영문과 이경식 교수님도 계셨고, 연세대학교 사학과 박영재 교수님 내외분도 계셨다.

우리는 주말이면 반찬시장에 장을 보러 다녔는데, 서울대학교에서 박사과정을 위하여 하버드대학교에 와 있는 박세만 선생님이 우리에게 차편을 도와주었다. 간혹 엔칭 도서관장으로 계신 김성하 박사님 내외분과 도서관 사서로 계시는 백린 선생님도 만났다.

하버드대학교 교수로서 한국족보 연구로 유명하신 Wagner 교수님과 한국인 부인 김남희 교수를 주말에 초대해서 냉면을 대접하기도 했다. 우리는 서로 초대하고 초대받으면서 맛있는 음식을 먹을 기회를 가졌다. 정말 재미있고 보람된 신혼생활을 하였다. 어느 날에는 김남희 교수가 나에게 한국 시조에 관한 강의를 부탁하여 재미교포 학생 몇 명에게 한국 시조문학에 대한 강의도 했다.

김남희 교수는 도자기에 조예가 깊어 집에 가마까지 준비해 놓고 도자기를 구웠는데, 그 후 한국에서 도자기 전시회도 열었다. 그 후 김성하 박사님 내외분이 한국에 오셨을 때 우리 집에 모셔서 식사 대접도 하였다.

우리는 강의가 없는 날에는 하버드 스퀘어에 있는 쿱(Coop)에 가서 기념 머그(mug)도 사고 LP판도 사서 모았다. 참 즐거운 나날을 보냈다.

1975년 봄 4월이 되었는데 눈이 펑펑 내려 쌓였다. 우리는 무릎까지 온 눈길을 밟으며 산책에 나섰다. 자정이 지났는데도 하버드 공부벌레들이 도서관에서 열심히 공부하는 모습을 보니 한편 부럽기까지 했다. 때로는 서울에 두고 온 아이들이 보고 싶어 찰스 강변에 기좌(箕座)를 하고 앉아 향수를 달래기도 했다.

남편은 연구비를 받은 논문 준비와 연세대학교 중앙도서관의 전산 처리 방법을 도입하기 위하여 "Ivy Legue" 대학 중심으로 하버드대학교, 프린스턴대학교, 예일대학교, 컬럼비아대학교, 보스턴대학교, 뉴욕대학교, 이 밖에도 보스턴 근처에 있는 웰즐리대학교 등을 답사하면서 연세대학교 도서관 전산화에 열중했다.

3

하버드대학교의 청강생 부부

1974년 남편은 하버드대학교 초빙학자로 1년 동안 미국에 갔다. 남편이 떠난 후, 나는 봄 학기가 끝나기 전부터 떠날 준비를 하고 뒤늦게 미국으로 갔다.

나는 신혼여행과 신혼생활 그리고 미국 유학의 꿈이 모두 이루어진 것 같았다. 참 감사하면서 꿈만 같은 미국생활을 하였다. 2학기가 시작할 무렵, 나에게 너무도 기쁜 일이 생겼다. 내가 우리나라에서 열심히 강의 자료를 준비해 왔던 현대비평론 분야의 저명한 학자 노트로프 프라이(Nothrop Frye) 교수의 강의를 듣게 되었다. 나는 뜻밖의 행운에 감사하면서 한 학기 동안 하버드대학교에 초빙교수로 온 노트로프 프라이 교수의 강의를 들었다. 신화적 원형(原型) 분석 방법, 즉 순환 구조의 4장르(Genre)의 체계 분석방법이 나에겐 중요한 강의 내용이었다.

한국에서 일본말 번역서를 읽었지만, 내가 직접 세계적인 학자의 강의를 들을 수 있다는 절호의 기회를 얻었다는 사실에 가슴이 벅찼다. 청강을 허락받고 강의실에 들어가서 강의 내용을 대충 눈치작전으로 생각해 보니, 종교적 측면에서 성서의 창세기편에서 원형비평 자체를

하버드대학교 청강생 부부

신화로 보는 견해 같았다. 그러나 구체적으로 이해가 불가능했다. 강의 속도는 그리 빠르지 않으나 점점 불안해졌다. 강의실에는 하버드대학교 교수들이 간혹 보였다. 정말 이 귀한 기회를 포기할 수는 없었다.

나는 남편에게 사실을 의논했다. 남편은 나를 위해 한 주일에 두 번씩 한 시간 강의를 같이 듣고, 집에 돌아와서 정리하여 나에게 복습을 시켰다. 언제까지 나의 영어선생님이 되어줄 것인지, 나는 정말 감사했고 기뻤다.

우리는 매일 아침 햄버거나 샌드위치로 점심을 준비하고 도서관에서 남편과 함께 먹은 뒤에, 남편은 연구실로 나는 옌칭 도서관에서 퇴근시간까지 있다가 같이 버스를 타고 귀가하였다. 매일 이러한 생활이 되풀이되면서, 나는 대학시절의 꿈 많던 여대생의 학창시절로 돌아가 활기가 넘쳤다.

하버드 초빙교수 시절 찰스 강변에서

하버드 초빙교수 시절 김영정·김염자 교수 초대

4

감사가 넘치는 또 하나의 꿈
- 박사학위와 새 직장

1975년 미국에서 남편의 안식년을 마치고 귀국한 뒤에도 공부하고 싶은 욕망을 접을 수 없었다. 나는 이듬해 1976년 봄에 단국대학교 대학원 박사과정에 입학했다.

남편은 귀국 후 학회 및 사회봉사활동을 열심히 했다. 사법고시·행정고시·외무고시 위원, 대법원 사법행정제도 개선심의위원, 중앙선거관리위원회, 공직자윤리위원회 위원장, 국무총리 정책평가 교수, 규제개혁위원회 위원장, 법 및 사회철학회 회장, 헌법개정심의회 위원, YMCA 이사, 3·1문화재단 이사 등 수많은 교내외 활동과 학회 활동뿐만 아니라, 외국 학술회의에도 1년에 한두 차례 다녀오면서 활발한 활동을 진행하였다.

그리고 미국과 영국에서 연구한 결과를 정리하여 『법학개론』, 『영미공법론』, 『American Law』, 『공업소유권법』, 『수험 행정법』, 『객관식 행정법 연구』, 『행정법』 등의 저서와 번역서들을 연이어 출판하였다.

나도 박사학위 과정에 들어와 최선을 다해 열심히 공부했다. 드디어 1980년에 단국대학교 대학원에서 「韓國女流詩文學研究」라는 제목으로 문학박사 학위를 취득하고, 오랫동안 머물렀던 모교를 떠나서 성신여자대학교 국어국문학과로 일터를 옮겼다. 평생 동안 한 곳에서 일거리를 갖고 싶었지만, 인연이란 하나님이 주시는 축복 같았다. 나는 축복받은 사람으로 성신여자대학교에서 이숙종 학원장을 비롯하여 심용현 이사장, 그리고 조기홍 총장의 사랑을 받으면서 정년퇴임까지 즐겁게 교수생활을 했다.

우리 가족은 1981년 가을에 강서구 등촌동에 새로 지은 동신아파트로 이사하였다. 성신여자대학교에 출근하기는 신촌보다 거리는 멀었지만, 한편으로는 즐거운 출근길이어서 남편이 시간이 허락하는 날이면 나를 돈암동의 학교까지 태워다 주었다.

이때 학교 가는 길은 북악스카이웨이를 지나는 산길이어서 이따금 꿩이 날기도 하고, 아침의 신선한 공기를 맞으며 음악감상도 하면서 즐거운 나날을 보냈다. 동료 교수들은 "오늘도 양 기사가 데려다 주었느냐"고 놀리기도 하였다.

항상 나의 반려자였던 남편은 지금 하늘나라에 갔지만, 참 올곧고 결이 고운 선비였다. 항상 반듯하여, 가장 가까이 살았던 나까지도 남편의 흐트러진 모습을 본 적이 없다.

남편은 자기 자화상과도 같은 반 고흐의 "닥터 가세" 초상화를 좋아했다. 공부방엔 자화상처럼 그 그림을 두고 보았다. 남편은 음악을 좋아했지만, 듣기는 즐기면서도 노래를 부를 줄은 몰랐다. 남편은 이따금 클래식을 통해 고독을 치유하는 것 같았다. 남편은 말 많은 사람을 그리 좋아하지 않았다. 식성이 까다로워 날생선은 별로 먹지 않았다. 좋아하는 음식이라면, 시어머님의 손끝 맛으로 정성 들여 만드신 개성음식을 좋아했다.

연세대학교 박사학위 받는 날(1973)

박대선 총장님 모시고 박사학위 받는 날

어머님 모시고 아내 박사학위 받는 날(1980)

아내 박사학위 받는 날 박대선 총장님과 사모님 모시고
박근옥 선생님과 김정건 교수님과 함께

김병수 총장님으로부터 연세대학교 30년 근속 공로상을 받음

〈영미공법론〉 학술상 수상식장에서

황조근정훈장 받는 날 이한동 국무총리와 함께

이화여자대학교 5월의 국문과 여왕 아내

남편이 도자기에 "미자와의 결혼 21년을 기념하며"라고
손수 써서 구워 만들어 준 화병

5

큰 어르신 박대선 감독님을 추모하며

우리 가족들은 박 감독님을 모시는 것을 제일 기뻐했다. 박 감독
님이 연세대학교 총장 시절에 남편이 기획실장을 맡아서 하기도 했지
만, 한평생을 양심적으로 존경스럽게 사셨던 인생의 선배였기 때문이
다. 남편은 박 감독님과 함께 있을 때는 참 행복한 표정이었다. 항상

박대선 감독님 90생신 축하 모임(박근옥 선생님 전인영 교수님 내외 함께)

부모님처럼 모셨고, 박 감독님께서도 남편을 아들처럼 생각하셔서 모든 일에 사랑으로 감싸주셨다. 우리 가족들은 박 감독님의 큰 은혜를 잊을 수 없다.

감독님께선 외국에 가셔도 엽서로 일정을 말씀해 주셨다. 미국에 가시면 우리 아이들에게 전화를 하셨고, 근황을 물으시며 격려해 주셨다. 주일 날이 되면 교회 출석을 일깨워 주셨고, 막내아들에게 항상 "철근 선생"이라고 부르시는 모습은 참 우리가 배워야 할 겸손함의 덕목이었다. 우리가 어려울 때 나를 부르셔서, 혼자 애들 키우느라 힘들 것을 아시고 위로하여 주셨다. 남편이 외국에서 공부할 때에도 연구비를 주셔서 진심으로 감사했다. 참으로 인자하신 아버님 같으신 어른이셨다.

감독님은 돌아가셨지만, 큰 자제분 박연기 교수님과 사모님께서는 오늘날까지 감독님처럼 나를 아껴주고 여러 가지로 베풀어 주신다.

남편이 우리 교회 〈신애교회 35년의 역사〉 발간지에 "박대선 감독님을 회상하며"라는 제목의 글을 실었다. 다음에 들어보기로 한다.

박대선 감독님을 회상하며

저는 1963년부터는 연세대학교 대학원에서 박사학위 과정에 필요한 학점을 모두 취득하고 학위논문 작성만을 남겨둔 채 정법대학의 시간강사로 봉사를 하고 있었습니다.

그 무렵, 아직 공부가 미진하던 차에 홀브라이트 장학생으로 미국 유학의 기회가 생겨 66년 9월 학기부터 뉴욕대학에서 1년간 공부를 마치고 귀국하였는데 당시 연세대학교 박대선 총장님의 배려로 정법대학 행정학과의 전임강사로 채용되는 행운을 갖게 되었습니다. 2년 동안 전임강사로 봉직하는 동안 영국의 브리티쉬 카운셀(British Council)에서 장학생을 선발한다는 회람을 보고 한참이나 망설였습니다. 그 무렵, 연세대 행정학과의 여러 전임교수들이 외국에 연구차 나가 계신 터라 나까지 공부하러 영국으로 나갈 염치가 없었으나 박대선 총장님을 만나뵙고 "학과의 사정이 여의치 못하지만 제가 영국에 1년 동안만 공부하러 갔으면 하는데요."라고 여쭈어 보았습니다. 그러자 총장님께서는 "선발되면 가도 좋아요."라고 허락해 주시는 것이었습니다. 총장님이 허락을 해주셔서 69년 9월부터 맨체스터 대학에서 공부할 기회를 가질 수가 있었습니다. 70년에 연세대학으로 돌아와서 저는 강의를 계속하면서 학생지도에 성의를 다하였고 또 학교의 행정직을 성실히 수행하였으며 박사학위도 취득할 수가 있었습니다. 74년에 다시 미국 하버드대학의 연경학원의 초청학자의 일원으로 하버드대학에서 자유롭게 공부할 기회를 가질 수 있었습니다. 연세대학에서는 해마다 방학 중에 교직원들이 참석하는 교직원 수양회를 개최하고 다음 학년의 교육방향 등을 논의하곤 하였는데, 젊고 철없던 조교수였던 제가 여러 선배 교수들의 말미에 "연세대학교의 교육이념"에 관한 소견을 발표할 영광을 얻었습니다. 발표가 끝난 휴식시간에 박대선 총장님께서 제 곁을 지나가시다 "양 군은 목사도 아닌데 말을 참 잘했어."라고 칭찬을 해주시고 격려의 말씀을 해주셔서 공부를 더 열심히 할 수 있었던 것은 총장님께서 저에게 큰 사랑을 베풀어 주신 것이라고 늘 생각했습니다.

박대선 총장님은 그 밖에도 제가 영국에 갈 때나 미국에 갈 때도 특별한 연구과제를 정하여 주셨을 뿐만 아니라 연구비로 따로 챙겨주시며 격려해 주시곤 하였습니다. 제가 미국에 초청학자로 가던 74년도는 우리나라에서 전국적인 반정부 학생 데모가 끊이지 않던 때였습니다. 당시 100여 개의 대학에서 4만여 명의 학생들이 데모에 참가함으로써 교수들을 포함하여 200여 명의 학생들이 교도소에 수감되었던 일이 있었습니다. 그 직후에 구속된 교수와 학생들을 석방하는 구호를 외치며 데모대의 물결이 거리를 휩쓸고 다녔다고 합니다. 이듬해인 1975년도 봄에 유신정부는 마침내 교수와 학생들을 석방하였지만 문교부는 이들 교수와 학생들의 복직과 복교를 일체 허용치 않도록 해당 대학에 엄중히 통고하였다고 합니다. 따라서 타대학교에서는 교수들과 학생들 전원이 대학으로 돌아갈 수가 없었으나 연세대학교는 교무위원회의 결정으로 구속되었던 교수와 학생 전원을 복직 및 복교하도록 하였습니다. 그 후 문교부는 세 번이나 감사반을 파견하여 연세대의 교무처, 재무처 재단 등을 감사하였지만 아무런 비리를 찾지 못하자 이사회에 총장을 해임하도록 압력을 가했다고 합니다. 박대선 총장님은 학교 측이 당하고 있는 어려운 사정을 이해하시고, 스스로 사표를 제출하신 후 1975년 4월 초에 총장 공관을 비우고 연희동의 셋집으로 이사를 하셨습니다. 뿐만 아니라 그 후 4년 동안 출국 정지 처분을 받으셨습니다. 당시 박대선 총장님의 결단은 학문의 자유, 교육의 자율성 보장이라는 헌법적 이념을 지키신 것으로 저의 마음속에 영혼으로 써주신 가르침이었습니다. 총장직을 사임한 것을 저는 8월 중순, 귀국하여 비로소 알게 되었던 것입니다. 당시 저는 연희동 총장님의 셋집을 찾아뵈옵는 것이 제가 할 수 있는 전부였습니다. 총장님은 그 후에도 많은 일을 하셔서 감리교 동부연회 감독, 감리교 동부신학교 설립과 동시에 교장 취임, 대한성서공회 이사 취임, 한국 선명회 회장 취임 동 국내외로 많은 활동을 하셨습니다.

그렇지만 저에게 있어 가장 은혜스러운 일은 감독님께서 신애감리교회를 맡으신 일이었습니다. 운재빌딩에서 가졌던 행사에 감독님을 모셨던 연세대 교직자가 많이 참석했었는데, 감독님께서 "양 박사 이제는 신애교회 나오게."라고 말씀하셔서 그때부터 오늘에 이르기까지 이십여 년 동안 감독님의 말씀을 지키고 있는 셈입니다. 주일마다 교회로 나가 감독님을 뵙고 감독님의 설교말씀을 통하여 은혜를 받으면서 하나님께서 가르쳐주신 길, 즉 마음의 평안함을 얻으면서 오랜 세월을 보낸 것입니다. 주일에 피치 못해 예배에 참석할 수 없는 일이 생길 때면 미리 감독님께 "이번주일에는 주례를 부탁받아서 감독님을 뵙지 못하겠습니다."라고 여쭙거나 박근옥 권사에게 이번 주는 결석한다고 통보하곤 하였습니다. 혹여 사전에 통보하지 못했을 경우에는 저녁에 감독님께서 "오늘 주례가 있었는가?" 하고 묻곤 하셨고 또 넥타이를 매고 정장을 한 후 교회로 나가는 날이면 "오늘 주례가 있나?" 하고 자상하게 묻기도 하셨습니다. 감독님의 인도로 신애교회로 나온 이십 년 동안 여러분의 목사님들로부터 가르침을 받았으며 여러 훌륭한 교우의 사랑과 보살핌을 받은 것이 큰 기쁨이었습니다.

특별히 감독님의 사랑을 받은 것은 감독님께서 큰 아들 내외의 혼사와 둘째 아들 내외의 혼사 때 따뜻한 주례의 말씀으로 혼인을 축하하여 주신 것과 특히 감독님께서 둘째 아들의 배필로 신애교회의 장

창훈 장로와 심장손 권사의 따님 은영 양을 천거하여 주셔서 부부가 되도록 배려해 주신 것은 평생 잊을 수 없는 고마운 일이었습니다.

연세대학교 총장을 사임하시고 난 후 이십여 년 전 신애교회로 저희들 내외를 하나님께로 인도하여 주신 감독님을 모시고 국내는 물론, 유럽 여러 나라를 여행했던 일이 엊그제처럼 생생하고 진우회 회원들과 감독님을 모시고 가졌던 월례모임, 그리고 매년 빠지지 않고 감독님 댁에서 신년 초하루 영시에 신년예배를 드린 후에 떡국잔치를 벌였던 일이 어제 일처럼 생생하건만 감독님이 세상을 떠나신 지 벌써 일 년이 지났습니다.

엊그제 연세대학교 의과대학은 시신을 의과대학에 기증하신 분들을 위한 추모예배를 드리는 행사가 있었습니다. 감독님을 추모하기 위하여 신애교회의 신현승 목사님과 사모님, 그리고 많은 신애교회 교우들께서 감독님을 추모하는 예배에 참석하셨고 감독님의 연세대학교와 연세대학교 의과대학 학생들을 위한 헌신적인 사랑을 추모하였습니다.

예배와 헌신을 위한 교회사랑, 영혼의 구원을 위한 영혼사랑, 섬김과 봉사를 위한 이웃사랑을 실천하려는 신애교회에 하나님의 축복이 항상 함께 하시기를 기도드립니다.

2011년 11월 6일
양승두

6

하늘이 주신 사랑의 열매

남편과 내가 평생 정성 들여 뿌린 씨앗이 알찬 열매를 맺어 거두어들였으니, 언제나 겸허한 마음으로 항상 감사했다. 두 아들을 기르면서 우리의 사랑은 성숙해졌다. 지금은 그 아들들이 성장하여 제 나름의 행복한 보금자리를 꾸미고 잘 살고 있기에 더더욱 감사한다.

장남은 1989년에 박 감독님의 주례로 혼인했고, 지금 두 아들을 두었으며, 현재 인하대학교 건축공학과 정교수로 봉직하고 있다. 큰며느리는 현재 연세대학교 학부대학 교수로 봉직하고 있다. 장남의 첫째 아들은 현재 TAILOR Contents CRiATor로 근무하고 있고, 둘째 아들은 현재 세종대학교 공과대학 3학년 재학 중이다.

차남은 현재 미국 코네티컷 주립대학교 경영학과 정교수로 봉직하고 있다. 둘째 며느리는 동암문화연구소 행정부장으로 근무하면서 코네티컷 토요한국학교 교감으로 봉직하고 있다. 차남도 아들 둘을 두었는데 첫째 아들 영수는 노스헤이븐 고등학교 11학년이고, 둘째 아들 영호는 노스헤이븐 중학교 8학년에 재학 중이다.

우리의 두 아들 모두 열심히 연구한 자취를 볼 수 있는데 장남은

2016년과 2018년에 〈세계인명사전〉(MARQUIS WHO'S WHO in The world)
에 등재되었고, 2017년에는 〈라이프 타임 어치브먼트〉에 등재되었다.

둘째 아들은 2015년도에 CSU(코네티컷주립대학) Board of Regents
Research Award(리서치 어워드)를 받았다.

나는 두 아들이 맡은 바 최선을 다하고 있어 고맙게 생각하며, 두 며
느리에게는 내조의 공이 크다고 믿어 항상 감사하며 칭찬을 아끼지 않
는다.

박대선 감독님 주례로 장남 혼인식(1989.5.20.)

박대선 감독님 주례로 차남 혼인식(1999.12.28.)

아들들 장가가기 전 모습

손자 영준을 캠코더로 사진을 찍는 남편(1992)

손자 영재를 데리고 산책길에서(1999)

미쉬간 막내아들 집에서 손자들과 즐겁던 나날(2005)

막내아들 가족과 하와이 MAUI 섬에서(2014)

손자 영준의 뉴욕주립대학교
졸업식 날(2016)

미국 막내아들의 가족
(2018)

장남의 가족(2018)

미국 조카의 가족(2018)

7

양승두 교수 화갑기념 논문집 봉정식

1994년 12월 15일 롯데호텔에서 제자들이 남편에게 화갑기념 논문집 『現代公法과 個人의 權益保護』와 『現代社會와 法의 發達』을 증정하는 감사의 모임이 있었다.

이 모임에 전 연세대학교 박대선 총장님께서 축도를 해 주셨고, 서울대학교의 김철수 교수님이 축사를 해주셨다.

나는 이 자리에서 남편이 교육자임에 감사했다. 많은 제자들의 스승에 대한 감사의 자리가 진정 값진 모임이라고 생각하면서, 제자들에게 다시금 감사했다.

남편은 교수생활을 천직으로 생각하고, 평생 학교와 제자들을 집과 가족같이 사랑하였다. 시간을 아껴가면서 동분서주 바쁜 시간을 보냈으며, 제자들이 베풀어준 이 잔치를 하늘이 내려주신 축복의 장으로 생각하며 세상을 떠날 때까지 감사하면서 지냈다.

감사하는 마음을 다시 돌아보기 위해, 다음에 「헌정사(獻呈辭)」를 되새겨 본다.

獻呈辭

　뜻깊은 한해를 마감하는 冬季之節에 안팎으로 공사다망하신 가운데,

　이렇게 均齋 梁承斗 선생님의 화갑을 축하하시기 위해 왕림해 주셔서, 화갑기념논문집의 봉정을 준비한 저희들로서는 우선 깊은 감사의 말씀을 드립니다.

　균재 선생님은 평생 법학에 투신하시어 크나 큰 학문적 성과를 이루어 놓았을 뿐만 아니라,

　큰 스승으로서의 학자적 기풍을 저희 제자들에게 늘 가르쳐 주시었기에, 필자 여러분들의 값진 玉稿로 엮어진 "現代 公法과 個人의 權益保護"와 "現代社會와 法의 發達"이라는 두 권의 논문집을 감히 선생님의 尊前에 올립니다.

　선생님이 지키시는 법학에서의 위상과 업적을 이 짧은 글로써 요약하기는 힘든 일이지만, 다음 몇 가지로 말씀드릴 수 있습니다.

　먼저, 우리나라 법학에 있어서 영미법적 사고방식과 교육 방식의 이식은 오늘날 國際化·世界化의 물결 속에서 우리의 법학이 어떤 방향으로 나아가야 할 것인가를 일찍이 내다보신 선생님의 慧眼을 엿볼 수 있습니다.

　둘째, 선생님께서 1964년에 실시하신 法意識 調査研究는 우리나라에서 法社會學的 研究方法을 제일 먼저 시도한 선구자적 입장에 서 있었으며,

　셋째, 이론의 변화보다는 한국행정실무, 한국행정법학에 대한 깊은

관심을 가지면서, 행정법학을 행정실무와 접목하려는 노력을 지금도 하고 계시는 것으로 알고 있습니다. 특히 과거 學界에서는 거의 관심을 두지 않았던 工業所有權·無體財産權·知的所有權에 대해서 선생님은 일찍이 저서 "공업소유권"과 "무체재산권법 개론"과 번역서인 "특허법"의 출간을 통해 학문의 실용성과 국제화를 몸소 실천하신 값진 업적을 남기셨습니다.

넷째, 많은 법학자들에게 부러움을 사고 있을 뿐만 아니라, 우리 제자들에게도 훌륭한 가르침이 되고 있는 선생님의 탁월한 語學능력은 한국법학 교육의 국제경쟁력 강화에 기여하고 있을 뿐만 아니라, 세계법률가대회·법철학 및 사회철학 세계대회 등을 통하여 한국의 법학적 위상을 높이는 데 많은 기여를 하셨습니다.

다섯째, 선생님은 사법제도개선위원회의 위원, 법무부의 법조진화위원으로서 법률서비스의 개선과 법원전산화를 비롯한 法曹現代化에 많은 기여를 하고 계신 점 등은 "움직이는 학자", "행동하는 학자"로서의 귀감을 우리들에게 보여주셨습니다.

여섯째, 선생님이 걸어오신 길이 곧 연세법학이 걸어온 길이기 때문에 선생님은 연세법학의 산 증인이라 할 수 있습니다. 선생님은 연세동산에서 法科大學의 獨立을 비롯하여 연세 법학의 발전을 위하여 헌신적 노력을 하셨습니다. 특히 선생님은 현실생활에 도움이 되는 실용적인 법률가를 만들기 위하여 산업발전에 도움이 되는 特許要員의 양성을 위해 법무대학원 내지 특허법무대학의 설립을 시도하였으며, 그러한 노력의 결실이 지금은 우리나라에서 최초로 연세대학교에 특허법무대학원이 설립되어 있는 것으로 알고 있습니다.

끝으로 법학교육의 전문성·국제성·구체성이 필요하다고 하시면서, 법학의 실천적 측면을 강조하시는 선생님의 목소리가 지금도 우리의 귀전에 뚜렷합니다.

지금도 그 어느 때보다도 정력적으로 활동하고 계시고 앞으로도 계속 더 많은 일들을 하실 것으로 믿어 의심치 않습니다. 따라서 이 논문집은 선생님의 걸어오신 길의 발자취를 잠시 뒤돌아보는 작은 단편에 불과합니다. 부디 깊고 높으신 학덕을 바탕으로 앞으로도 선생님의 더욱 왕성한 활동과 壽福康寧을 간절히 바라옵니다.

1994년 12월 15일

均齋 梁承斗敎授 華甲紀念論文集 刊行委員會

委員長 崔良秀

화갑기념 논문집 봉정식에서 박대선 감독님의 축도

화갑기념 케이크 자르기

화갑기념 논문집 봉정식 준비위원 제자들

화갑기념 논문집 봉정식 끝나고 장남 가족과 함께

8

제자들이 베풀어 준 정년퇴임 기념식

제자들이 베풀어 준 정년퇴임 기념식

정년퇴임 기념식 끝나고

4부

봉사활동을
즐기던 남편

1

주례박사 양승두 교수

    남편은 주례박사라는 별명을 들을 만도 하다. 혼인하는 계절 봄과 가을이 오면 한 주일에 두어 번 주례를 맡을 기회가 생긴다. 제자들, 친구 자제들, 친척들, 심지어는 나의 제자들까지도 주례를 부탁하여 주례를 맡아주었다. 아마도 200쌍이 넘은 주례를 섰을 것으로 기억된다.

    주말에 지방 대학에 있는 제자들의 주례가 있을 경우에는 나와 함께 가서 하룻밤을 쉬고 돌아올 때도 많았다. 1993년 1월 어느 날 제자의 주례가 끝난 후 저녁 늦게 제자의 부친상을 조의하기 위하여 강원도 강릉까지 나도 함께 갔는데, 장대비가 계속 내리는 밤길을 운전하고 다녀온 기억이 난다. 남편은 피곤한 것 같이 보였지만, 한 점도 불편한 표정이 없이 맡겨진 직분으로 생각하였다. 그럴 때마다 남편이 주말에도 쉬지 못하고 봉사하는 주례자로서 건강한 모습을 볼 때 감사했다. 남편은 "군사부일체"(君師父一體)라는 전통의식이 강한 사람이다.

    주례사를 한 번도 적어간 적이 없었다. 즉석에서 주례사를 진행할 때마다 나는 몹시 감탄하였다. 그 많은 주례사를 대본 없이 진행하였는데 그 중의 한 차례 예외가 있었다. 친구분의 자제를 주례하게 되었는데, 그 신부·신랑이 제자가 아니어서 인적사항을 모르기 때문에 초안 준비한 것을 처음 보았다. 그 주례사를 보면 다른 주례사도 같은 맥락에서 볼 수 있을 것 같아서 여기에 그 예를 들어보고 싶다.

남편 주례하는 모습

2013년 결혼주례

신랑의 춘부장과의 연세대학에서의 학연으로 주례를 맡게 된 것을 기쁘게 생각합니다.

신랑 신부 모두 우리나라의 젊은이로서는 엘리트, 선택받은 사람들, 행복한 결혼 생활, 나라의 발전에 큰 기여를 할 지도자가 될 인재입니다.

결혼을 축하하는 뜻으로 몇 가지 부탁의 말씀을 전함으로 주례의 소임을 다하고자 합니다.

행복한 생활은 거저 오는 것은 아니고 두 분이 면밀히 계획하고 이 계획을 실현하여야 행복은 성취되는 것임을 아셔야 합니다. 행복은 연습을 통하여 목적이 달성되는 것입니다.

행복은 작은 것으로부터 계획하고 실현시키도록 하는 것이 좋습니다. 우리들 주위에 조금만 챙기면 행복해질 수 있는 것이 많이 있습니다. 이것을 찾아 실현하면 행복이 두 분에게 찾아옵니다. 두 분의 가족 생활에서, 부모님을 즐겁게 해드릴 것을 찾아 실현하는 일은 조그마한 노력으로 얼마든지 찾아 할 수 있습니다. 그리고 두 분 사이에서도 행복할 수 있는 소재를 찾아 두 분이 쟁취할 수 있는, 두 분에게 행복을 가져다 줄 수 있는 일은 얼마든지 있습니다. 두 분에게 행복을 가져다 줄 수 있는 것을 찾아 의논하고 이를 실현시킬 수 있는 작은 노력을 경주하면 작은 행복이 큰 행복으로 발전할 수 있을 것입니다. 이를테면, 법조 선진국인 미국이나 영국 또는 프랑스나 독일의 법제도를 공부하기 위하여 두 분이 하루 30분씩이라도 외국어 공부를 하셔서 1년이 지나고 2년이 지나면 외국에 유학할 수 있는 기회가 올 수 있고 이것은 두 분만의 성공이 아니라 우리나라 법학, 실무법조계의 발전이라고 생각됩니다.

두 분께서는 늘 시간에 쫓기는 생활을 하시리라고 생각됩니다. 그러나 바쁜 생활에서도 행복을 위한 계획은 얼마든지 가능하다고 생각합니다. 늘 사랑을 아끼지 않으셨던 부모님을 모시고 가까운 식당에서 외식을 하는 것도 작은 정성이 큰 기쁨을 만든다고 생각합니다. 그리고 두 분이 뜻만 있으시다면 두 분께서 신혼여행을 어디로 갈까 그리고 어떻게 즐거운 여행을 할까, 그리고 돌아올 때 무슨 선물들을 가져다가 부모님께 친지에게 선물할까 골똘히 의논하신 것처럼, 두 분께서는 늘 새신랑 새신부와 똑같이 공통의 취미생활을 의논하고 개발하셔서 기쁨을 가지실 수 있도록 노력하실 것을 부탁드립니다.

그리고 두 분께 그리고 두 분의 부모님과 가족 여러분께 가장 커다란 행복을 가져다주는 일은 귀여운 아드님과 따님을 맞이하는 것입니다. 두 분께서 많은 행복을 찾고, 그리고 그 행복이 가족과 이웃과 주위의 많은 분들까지에도 행복을 가져다주는 생활로 백년해로하시기를 바라마지 않습니다.

——— 2 ———
교수평의회 의장 양승두 교수의 신년사

1997년 1월 1일 남편은 "새해 아침에 연세인에게"라는 제목의 글을 『연세춘추』에 실었다. 내가 스크랩해 둔 남편의 신년사를 『연세춘추』에 실린 모습 그대로 여기에 소개한다.

대화와 협의로 분열과 질시 극복해야

1997년 새해 첫날의 태양이 밝게 빛나고 있습니다. 찬란하게 빛나는 저 새 아침의 태양처럼 1997년의 우리 대학교는 지성의 보금자리로, 선진 학문의 중심으로 사회발전의 원동력으로, 사회정의 실현의 선봉으로 찬란한 빛을 이 세상에 비추어야 할 것입니다.

우리 대학교에 맡겨진 이런 사명을 다하기 위하여 교수평의회(아래 교평)는 새해에 우리 대학교 발전의 틀을 마련하고 또 지혜를 엮어내는 두뇌집단으로서의 창조적인 일을 하려고 생각합니다. 일반적으로 교평은 비판적인 역할을 수행하는 것으로만 이해하고 있습니다만,

연세대학교 8회 교직원 수양회 주제 발표

학교의 교육, 연구, 봉사 활동을 효율적으로 수행할 수 있도록 교수들의 의견을 수렴하고 이 의견에 교평 의원의 전문적인 식견, 경륜을 더하여 건설적이고 창조적인 기획과 행정을 위하여 학교 당국에 조언을할 것을 다짐합니다.

우리 대학교에게 맡겨진 소임을 충실하고 효율적으로 이행하기 위해서는 우리 대학교의 구성원이 그 정성과 노력을 한곳으로 결집하는것이 중요하다고 생각합니다. 대학 발전의 틀을 마련하기 위해서는 다양한 의견 제시가 필요한 것이 사실입니다. 그러나 다양한 의견만 가지고는 실제로 창조적인 발전을 이룩할 수는 없습니다. 다양한 의견을 민주적인 절차를 밟아 하나의 의견으로 결집하고 이를 실현시키기 위한 구성원 전원의 노력이 있을 때 비로소 발전은 현실화됩니다. 새해의 교평은 대화와 협의를 통하여 분열과 질서를 극복하고 화합과

협력의 마당을 마련함으로써 분열과 질시로 말미암은 낭비를 없애도록 하겠습니다.

다른 한편에서는 교직원과 복지 증진에도 유념하겠습니다. 교수들이 연구실을 벗어나서 친숙한 분위기 속에서 다른 교수들과 학문적인 토론이나 대화를 나눌 수 있는 마당, 연구의 피곤을 풀고 심신을 강건하게 다질 수 있는 마당으로서 교직원을 위한 회관 건립의 실현에 최선의 노력을 기울이겠습니다.

우리 대학교는 거대한 사회조직입니다. 이 커다란 조직의 개개의 구성원이 남모르게 가지게 되는 고충을 합리적으로 해결할 수 있는 제도적 장치가 마련되어 민주적으로 운영될 때 조직의 힘을 최대화할 수 있을 것입니다. 새해 첫 학기에 교평은 고충처리위원회를 가동하여 우리 대학교 구성원의 고충을 합리적으로 해결하고 각자의 능력을 최대한으로 발휘하여 맡은 바 자신의 소임에만 전념하도록 하겠습니다.

교수평의회가 이러한 일들을 성취할 수 있도록 연세 가족 여러분의 따뜻한 성원 있기를 바랍니다.

양승두 교수평의회 의장

3

연세 법학 창립 50주년을 기리는
양승두 교수

남편은 연세 법학 창립 50주년 기념사업회 회장을 오래 맡으며 모교에 봉사했는데, 2000년 7월 1일에 발간된 「연세동문회보」에 기념사를 실었다. 남편이 모교에서 정년퇴임한 이후에도 모교의 발전을 위해 봉사한 직책이었으므로, 이 글도 동문회보에 실린 모습 그대로 편집하여 소개한다.

"폭 넓은 교육으로 세계적인 법과대학이 될 것입니다."
선후배 연결하는 장학제도 등으로 급성장, 「연세법학관」 신축으로 재도약 기대

연세 법학 창립 50주년 기념사업회장 양승두
(법학 54입·모교 법과대학 명예교수)

"30년이나 걸렸습니다. 창립 20주년 기념사업으로 시작된 신축 교사의 건축이 이제야 착공됐습니다."
이미 학창시절부터 법과대학의 독립과 법과대학만의 건물을 희망

해 왔던 양승두 동문(법학 54입·모교 법과대학 명예교수)의 말에는 오랜 숙원을 이룬 기쁨이 넘쳤다.

1925년 이미 법학 강의를 시작했던 모교는 1950년 5월 문과대 학 법학과를 신설하면서 법과대학의 기틀을 다졌다. 그 후 법학과는 1954년에 문과대학에서 정법대학으로 옮겨졌으며, 1981년에 법과 대학으로 독립했다.

"제가 연세 법조인으로서 가장 기뻤던 때가 바로 법과대학이 독립한 1981년입니다. 사실 연세의 정신이 기독교에서 왔기 때문에 사람이 사람을 심판하는 것에 대해 부정적일 수밖에 없었지요. 그래서 법과대학의 독립과 투자에 호의적이지 못했다고 생각합니다."

1980년까지 법학과 정원은 60명이었다. 양동문은『근·현대화 과정에서 많은 인적자원이 필요했지만 법학과는 시대적 요구에 부응하지 못했다』고 말한다. 그는 법과대학의 독립으로 1981년에는 160명으로, 그리고 최근에는 210명으로 정원이 늘어난 것을 큰 다행으로 생각하고 있다.

비록 수적인 면에서는 적지만, 연세 법학은 김석수(법학 52입·법과대학 동문회장) 대법관, 윤관(법학 53입·동문회 고문) 대법원장 등 훌륭한 인재들을 배출하면서 질적인 면에서는 다른 대학에 결코 뒤지지 않고 있다. 또한 최근에는 사법시험 합격자도 증가하고 있으며, 작년에는 수석합격자를 배출할 정도로 급성장했다. 이처럼 연세 법학이 질적으로 좋은 인재들을 배출하며 성장을 거듭하고 있는 것은 법과대학만의 독특 한 장학제도가 큰 역할을 하고 있기 때문이다.

"일 년에 한두 번 장학금만 전달하고 끝나는 다른 장학제도와 달리 저희는 선배와 후배를 직접 연결해줍니다. 그래서 선배를 통해 사법시험 준비에서 필요한 것 혹은 어려움 등에 대해 조언 받을 수 있지요. 이렇게 해서 합격한 후배들이 다시 다른 후배들을 도와주므로 자연스럽게 끈끈한 연세의 정을 이어갈 수 있는 것 입니다."

이처럼 선배들은 앞에서 끌어주고 후배들은 뒤에서 밀어주며 발전을 거듭하고 있는 법과대학은 건축 중인 '연세법학관'이 완공되는 2001년 이후 한 단계 도약하길 기대하고 있다. 신축되는 건물에는 정보화 시대에 발맞춰 온라인 수업이 가능한 강의실이 들어설 예정인데, 이곳에서 교수와 학생은 컴퓨터로 수업하면서 필요시 인터넷을 통해 다른 나라의 판례를 검색하는 등 국제화된 강의를 받을 수 있다.

"이와 함께 6월에 발족한「연세 법학진흥재단」은 법과대학 발전의 밑거름이 될 것입니다. 현재 법과대학 신축기금과 같이 운용되고 있지만, 건물이 완공되면 연세 법학 발전을 위해 다양하게 쓰여질 것입니다."

국제화 시대에 법과대학이 지속적인 발전을 거듭하기 위해서는 환경적 변화뿐만 아니라 그동안 사법시험에 집중됐던 교육 체계에도 변화가 필요하다. 때문에 양 동문은 경쟁력 있는 법률 전문가를 만들기 위해 넓은 시각으로 폭넓은 교육을 펼칠 것을 주장한다.

"제 생각과 다른 분들도 있겠지만 근본적으로 법학교육은 학부가 아닌 대학원 수준에서 이뤄져야 한다고 생각합니다. 그 좋은 예가 바로 장연화 동문의 경우입니다. 모교 치과대학을 1993년 졸업한 장 동문은 다시 법과대학에 편입했습니다. 그 후 사법시험에 합격해서 검사보로 근무하던 장동문은 폭행사건에서 진단서와 함께 증거로 제시된 치아가 이상함을 느끼고 폭행에 의해 빠진 것이 아니라 지병으로 빠진 것임을 증명해 사건을 해결한 일이 있습니다. 이처럼 전공지식이 바탕이 된 후 법학을 공부하게 되면 보다 전문적인 법조인이 될 수 있다고 생각합니다."

또한 양 동문은 인터넷 등을 통해 국가 간의 장벽이 무너지고 있는 상황에서 국제적 감각을 지닌 법률 전문가가 필요함을 강조한다. 즉 IMF 이후 국내 기업들이 외국 자본을 유치하기 위해 계약을 체결할 때와 무역마찰로 인한 무역보복이 있을 때 이를 해결하기 위해서 보다 많은 국제적 법률전문가가 필요하다는 것이다.

"21세기는 국제적인 시대입니다. 좀 더 넓은 시각이 필요한 때지요. 연세의 자유로운 학풍이 국제적 법률 전문가를 배출할 수 있는 좋은 토양이 된다고 생각합니다. 지금처럼 사법시험 준비를 열심히 지원하면서, 21세기에 필요한 인재 배출에도 노력하는 것이 연세 법과대학이 나아갈 방향기라고 생각합니다. 이렇게 된다면 연세 법과 대학은 세계 속의 법과대학으로 발전할 수 있을 것입니다."

박원엽 기자

제12대 윤관 대법원장 연세대 기념홀 현판 제막식 축하 동문들

연세대학교 법대 50년대 출신 신연회(新延會) 모임

4

3·1문화재단 이사 양승두 교수

남편은 1999년에서 2016년까지 17년간 3·1문화재단 이사로 봉직하였다. 남편이 사회에 봉사한 직책이 많았지만, 3·1문화재단 이사는 가장 오랫동안 계속했던 직책이다. 2008년 3월 3일자 『동아일보』에 3·1문화상 심사위원장으로서 「東亞는 3·1정신 실천의 역사 그 자체」라는 메시지를 남겼으므로 여기에 소개한다.

"東亞는 3·1정신 실천의 역사 그 자체"

3·1문화상 특별상 심사위원장 양승두 연세대 교수

"3·1정신은 1919년에만 필요했던 정신이 아닙니다. 21세기 글로벌 시대에도 생생히 되살려내야 할 현재진행형 정신입니다."

동아일보사가 1일 받은 제49회 3·1문화상 특별상(3·1정신 선양 부문)의 심사위원장인 양승두(74·법학) 연세대 명예교수는 "노무현 정부 아래서 우리가 기억하고 발전시켜야 할 자랑스러운 역사를 묵살하는 일이 비일비재하게 일어났다"며 "문인구 3·1문화재단 이사장 등이 지난해 특별상을 제정한 것도 그런 일에 대한 우려가 컸기 때문"이라고 말했다.

양 교수는 "지난해 특별상 수상자인 이원범 3·1운동기념사업회장이 동아일보사를 추천한 뒤 5명의 심사위원이 3개월에 걸쳐 공적 조사와 심사 회의를 열었으며 재단 이사회에서 만장일치로 수상을 결정했다"고 말했다.

"동아일보사는 기미독립운동이 일어난 이듬해인 1920년 4월에 창간됐어요. 한 달 뒤인 1920년 5월부터 한일 차별 반대 캠페인을 시작했고, 1930년대에는 제호 밑에 무궁화와 한반도 지도를 넣었죠. 1931년 5월에는 충무공 이순신 유적보존운동을 시작했고, 1931년부터 34년까지 한글보급운동(브나로드 운동)을 전개했어요. 이에 그치지 않고 1936년 베를린 올림픽 때 손기정 선수 사진에서 일장기를 말소했으며 급기야 1940년 8월 일제에 의해 강제 폐간을 당했습니다."

양 교수는 "한글을 못 쓴다는 것은 우리의 정신과 존재를 송두리째 빼앗기는 것"이라며 "동아일보가 일제의 탄압 속에서 우리말로 신문을 발행하고 한글보급운동을 펼쳤다는 것 그 자체만으로도 3·1운동을 적극 실천한 것"이라고 평가했다.

"창간 후 한글보급-충무공 유적보존 등 솔선
석 달간 공적조사 후 만장일치로 수상 결정"

양 교수는 또 "동아일보는 특히 1965년 4월 창간 45주년을 맞아 3·1

운동 유적보존운동을 시작해 전국 12곳에 기념비를 세웠고, 3·1운동 50주년(1969년)과 70주년(1989년)엔 기념논문집을 발간하고 심포지엄을 개최하는 등 3·1운동의 현재적 의미를 조명하기 위해 꾸준히 노력해 왔다"고 말했다.

"1990년대에는 일본 아사히신문과 함께 한일관계의 바람직한 미래상을 모색하는 세미나와 공동 사업을 전개해 왔는데, 이는 일본에 대한 적대주의를 지양하고 동아시아의 평화와 발전을 모색한 3·1정신과도 맞닿아 있습니다."

양 교수는 1일자 동아일보 3면에 실린 '안주하지 마라…편가르지 마라…독립선언서는 지금도 외친다'를 비롯한 특집 기사를 높이 평가하고 3·1정신의 현재적 의미를 거듭 강조했다.

"독립선언서의 의미를 현대적으로 조명한 수준 높은 기사였습니다. 우리 헌법 전문에도 있는 3·1 정신을 젊은이들에게 알리는 것은 자유민주주의 정신과 올바른 국가관을 일깨워 주는 것과 마찬가지입니다. 3·1정신은 인류의 행복을 추구하는 유엔의 이상과도 맞닿아 있으며, 우리 민족의 재통일에도 지혜와 영감을 줄 수 있습니다."

양 교수는 이어 북한의 3·1운동에 대한 무관심을 지적한 뒤 "학계와 언론계가 세계사 속에서 자랑스러운 역사였던 3·1운동의 현재적 의미를 널리 알려야 한다"고 당부했다.

전승훈 기자 raphy@donga.com

5

남편의 소중한 봉사활동

사람들은 누구나 자기의 욕망을 성취시키기 위하여 노력하며 산다. 그러나 남편은 평생 남을 위하여 봉사하며 살아왔다. 수많은 시간들을 봉사활동으로 보냈다.

남편은 선천적으로 욕심이 없고, 남을 위하여 열정을 소모한 것이 아닌가 하는 생각에 나는 불만스럽기까지 했다. 그러나 남편이 모든 사람들에게 필요한 사람이라고 생각한다면, 그 또한 값진 삶이다.

남편이 세상을 떠날 때까지 남을 위하여 봉사한 것들을 정리해 보면, "위촉장" 48건, "추대장" 5건, "발령장" 3건, "표창장" 4건, "학술상" 1건, "감사장" 1건, "감사패" 25건, "훈장증" 2건(국민훈장 동백장, 황조근정훈장) 등을 수훈(殊勳)하였다.

위의 활동 가운데 제일 값진 상은 "자랑스러운 연세법현상"이다. 그 이유는 가장 가까운 연세 가족들이 남편의 성품이나 공로를 제일 잘 알고 있기 때문이다. 따라서 "자랑스러운 연세법현상"은 부모님이나 아들에게도 자랑스러운 아들이나 아버지가 될 수 있으며, 나에게도 자랑스러운 남편이 될 수 있다는 자긍심을 가질 수 있어 감사한다.

세계 법률가 대회 주제발표

한국인의 법의식 강연

연세대학교 중앙 도서관 전산화에 관한 주제 발표

자유시장과 법적 규제 강연

전국대학교 연구처장 협의회 주제 발표

정보화 시대의 저작권 보호 주제 발표

전병재 교수님과 독일학회 참석

1993년 대학 신입생 입학 지도 수련회 주제 발표

많은 봉사활동을 하나하나 소개할 수 없어서, 내가 그 동안 간직해왔던 기념패와 문서들의 제목들만 간단히 기록하여 남겨 둔다.

위촉장: 48건 (발령장·발령처)

1. 규제개혁위원회 위원: 김대중 대통령

2. 중앙선거관리위원회 위원: 위원장

3. 기업활동규제심의위원장: 국무총리 고건

4. 대법원 근대사법 100주년 기념사업 위원: 윤관

5. 한국법제연구원 특별자문위원: 서승환

6. 사법시험 제도개선 실무위원: 총무처장

7. 중앙선거관리위원회 자문위원: 위원장

8. 산업재산권 분쟁조정위원: 청장 안광구

9. 저작권 심의조정위원회 위원: 남궁진

10. 국무총리 행정심판위원회 위원: 국무총리 이수성

11. 헌정제도 연구위원회 위원: 전두환 대통령

12. 대법원 사법연수원 발전위원회 부위원장: 윤관

13. 한국법학교수회 부회장: 한상범

14. 한국법학교수회 학제연구위원장: 한상범

15. 교육개혁위원회 법학교육개혁 위원: 위원장

16. 중앙선거관리위원회 선거관리자문위원: 위원장

17. 연세대학교 법과대학 동창회 제 15대 고문: 박상은

18. 서울특별시 생활체조연합회 고문: 김태섭

19. 仁村學術部門審査委員: 고병욱

20. 국가보훈처 행정심판위원: 민경배

21. 외교통상부 지적소유권 부문 자문위원: 홍순영

22. 외교통상부 지적소유권 부문 자문위원: 최성홍

23. 특허청 국제특허연수원 명예교수: 김태준

24. 법무부 정책자문위원: 법무부 장관

25. 기업활동규제 심의위원: 신국환

26. 경찰대학강사: 강사근

27. 대한변호사협회 연수원 운영위원: 김창국

28. 국가보훈처 행정심판 위원회 위원: 최종호

29. 외교통상부 지적소유권 자문위원: 이정빈

30. 문화관광부 정책 자문위원: 남궁진

31. 변호사 연수원 운영위원: 함정호

32. 국립공원 위원회 위원: 최재욱

33. 외교통상부 지적소유권 자문위원: 박정수

34. 한국법제연구원 자문위원: 박송규

35. 저작권 심의조정 위원: 박지원

36. 서울 YMCA 시민생활 개발부 위원장: 김수규

37. 서울 YMCA 홍보위원회 위원장: 박우승

38. 서울 YMCA 체육운동 100년사 편찬 위원장: 강태철

39. 외무고시 제2차 시험 위원: 총무처 장관

40. 법무부 정책 자문위원회 위원: 법무부 장관

41. 법제처 정책 자문위원: 이양우

42. 서울 YMCA 시민사회 개발위원회 회장: 표용은

43. 1988년도 중앙제안 심사위원회 자문위원: 총무처 장관

44. 법무부 정책 자문위원: 법무부 장관

45. 한국공법학회 국제이사: 한국공법학회장

46. 1986학년도 연세춘추 논설위원: 안세희

47. 행정절차 법안심의 위원: 총무처 장관

48. 교원 징계 재심위원회 위원: 총무처 장관

추대장: 5건

1. 韓中親善交流協會 理事: 회장 金龍星

2. 세계화추진위원회 법조학제자문위원: 위원장

3. 三·一文化賞 特別部審査委員: 문인구

4. 연세대학교 명예교수: 연세대학교 총장

5. 관동대학교 법정대학 법학과 초빙교수: 이사장, 유영구

발령장: 3건

1. 연세대학교 학생상담소장: 총장 안세희

2. 연세대학교 법률문제 연구소장: 총장 안세희

3. 연세대학교 중앙도서관장: 박영식

표창장: 4건

1. 연세대학교 10년 근속: 총장 이우주

2. 연세대학교 20년 근속: 총장 안세희

3. 연세대학교 30년 근속: 총장 김병수

4. 제3회 세계지적재산권의 날: 장관 이창동

학술상: 1건

연구제목 〈영미공법론〉 학술상: 연세대학교 총장 안세희

감사장: 1건

연세대학교 100주년 기념사업회: 동문회장 방우영

감사패: 24건

1. 3·1문화재단 이사: 김기영

2. 연세대학교 법과대학 졸업생 25주년을 맞이하는 제자들: 감사패

3. 서울 YMCA 체육운동 100년사 편찬
   : 이사장 조기흥, 회장 강대철: 감사패

4. 전두환 대통령 퇴임 감사패: 전두환

5. 이윤영 회장: 축하패

6. 백광현: 감사패

7. 염보현: 감사패

8. 김태수: 감사패

9. 법현인: 감사패

10. 이형국: 감사패

11. 허희성: 위촉패

자랑스러운 연세법현상패(2008)   YMCA 감사패(2009)

12. 유중근: 감사패

13. 장홍진: 공로패

14. 송자: 감사패

15. 연세법학연구회: 취임축하패

16. 정법대학 행정학과: 감사패

17. 연세법학회: 감사패

18. 이상희: 특별공로패

19. 연세대학교 박물관장: 기념패

20. 김달중: 감사패

21. 김병수: 공로패

22. 수강생 일동: 감사패

23. 연세대 경동동문회: 기념패

24. 자랑스러운 연세법현상: 상패

25. YMCA 체육운동 100년사 편찬
    위원장: 이사장 조기홍,
    회장 강태철: 감사패

훈장증: 2건

1. 우리나라 사회분야 발전에 이바
   지한 국민훈장 동백장
   : 전두환 대통령
2. 국가 발전에 이바지한 황조근정
   훈장: 김대중 대통령

3·1 문화재단 감사패(2016)

졸업 25주년을 맞이하는 제자들의 감사패(2016)

5부

여행과 담소(談笑)를
즐기던 남편과 나

우리 30대 도고 여행에서

홍콩 여행 중에 중화반점에서

캐나다 나이아가라 폭포에서

불란서 루브르 박물관에서

어머님 모시고 전등사 산책길에서

인도네시아 막내동생 사무실에서

연희동 여동생 집 정원에서

1

이탈리아에서 베르디의 오페라
"나부코"를 보다

1991년 8월 10일부터 8월 24일까지 2주일 동안 여름방학을 이용하여 남편의 제자 이동과 교수와 한견우 교수 그리고 우리 내외는 이탈리아, 독일, 불란서, 영국 네 나라를 여행하였다. 독일에서 세계법학자 국제회의가 있어 남편과 제자들은 이 회의에 참석하였다. 회의가 끝난 저녁 때 독일에 유학 온 제자들과 모여서 담소를 나누며 뜻있는 시간을 보냈다.

우리 일행은 로마에서 바티칸(Vatican) 교황청을 답사하고, 로마를 무대로 한 "로마의 휴일"과 주인공 오드리 헵번의 젊었을 때 모습을 추억하면서, 여성이라면 누구나 한 번쯤 시도해 본 헵번커트의 아름다움을 되살려보았다.

고대 로마제국의 후예들이 14세기에서 16세기 르네상스 시대에는 시인 "단테", 화가 "레오나르도 다빈치" 등 위인을 배출하였다. 작곡가 "비발디, 파가니니, 푸치니"와 같은 유명한 작곡가들이 모두 이탈리아 출신이라는 것을 생각하면 이탈리아 사람들은 예술을 사랑하고 아름다움을 추구하는 멋진 사람들이 분명했다. 내가 잘 알고 있는 명품 브랜드 가운데 "구찌, 발렌티노, 프라다, 불가리" 등도 모두 이탈리아 제품이니, 이탈리아 사람들은 참 재주가 많은 국민이다.

다음 날은 폼페이(Pompeii)의 유적지를 한낮 동안 답사했는데, 폐허가 된 집의 그루터기 벽화에 여인의 나체 벽화가 희미하게 그려져 있는 것을 보고 웃었다.

로마로 돌아오는 길에 차창 밖으로 나폴리(Napoli) 항을 보면서 "돌아오라 소렌토"가 생각나서 콧노래를 불렀다. 물을 잘 이용해서 만든 정원을 보고 놀랐다. 고대 로마가 상하수도와 목욕탕이 발달한 도시였다더니, 과연 이들은 고대 로마인의 후예답다. 아마도 세계적인 공원이리라.

저녁에 이탈리아 야외극장에서 공연하는 베르디(Verdi)의 오페라 "나부코(Nabucco)"를 볼 수 있었던 것은 최고의 행운이었다.

"나부코"의 배경은 구약성서 「열왕기」, 「다니엘서」, 「예레미아서」 등을 기초로 바벨론 왕 네부카드 네자르(이탈리아어로 부른 이름) 2세의 이야기를 각색한 것인데, 4막으로 되어 있는 긴 이야기의 줄거리였다. "히브리 포로들의 합창"이 웅장했으며, 약 200명가량 등장해서 합창하는 광경을 처음 보았다.

무대에서 전개되는 플롯을 남편이 나에게 열심히 설명해 주었다. 언제나 영어 선생이던 남편이 로마에서는 음악선생같이 느껴졌다.

2

우리에게 배터리를 충전해 준 "길벗회"

"길벗회"는 정년퇴임한 교수들이 중심이 되어 한 해 두 번 정도 국내여행과 해외여행을 함께한 모임인데, 간혹 연세대학교회의 교우들도 참가하였다. 여행지에 대한 공감대가 형성되면, 그 일정의 모든 계획과 진행을 주로 조효길 선생님(고인이 되신)께서 수고하셨다.

"길벗회"는 여느 여행자 모임과도 다른 점이 있는데, 여행지로 떠나기 진 아침에 예배를 보고 떠나며, 저녁 때 돌아와서도 예배를 보면서 편안한 시간으로 하루의 일정이 끝난다. 아침저녁의 예배는 이계준 목사님께서 주관하시고, 예배순서와 진행은 오정환 교수님께서 담당하셨다.

여행은 참 미지의 세계를 발견하는 기쁨과 설레임을 준다. 일상의 반복되는 생활에서 해방되고 자아를 발견하는 계기가 되기도 하며, 때때로 황홀한 자연에 도취되기도 하고 우리의 생활에 활력소를 공급해주는 배터리의 역할도 한다.

"길벗회" 회원으로 지금까지 지속적으로 모임을 갖는 회원은 모두 14명 정도이다. 이계준 목사님 내외분, 탁연탁 장로님 내외분, 오정환 교수님 내외분, 조효길 선생님 내외분, 이용훈 교수님 내외분, 정노팔

길벗회 북유럽에서

교수님 내외분, 그리고 우리 내외이다.

우리는 2000년 6월 15일부터 6월 26일까지 11박 12일 동안 러시아와 북유럽 6개국(핀란드 Finland, 스웨덴 Sweden, 노르웨이 Norway, 덴마크 Denmark, 벨지움 Balgium, 룩셈부르크 Luxemberg)를 여행했는데, 그 중 인상적인 나라는 러시아(Russia)와 노르웨이, 덴마크였다.

러시아 여행 중에 인상적인 것은 모스크바 광장의 웅장한 궁전과 성당들이었다. 교회의 지붕이 양파 모양으로 되어 있었고 화려했다. 러시아 여성들이 대단히 키가 크고 건강해 보였는데, 남성보다 똑똑하고 개성적이라고 한다. 세계에서 가장 큰 나라라고 한다.

그리고 생각나는 도스토예프스키, 톨스토이, 솔제니친 등의 작가들이 있고, 남편이 좋아하는 차이코프스키, 라흐마니노프, 스트라빈

러시아 상트페테르부르크 여름 궁전에서

스키 같은 세계적인 음악가들이 있는가 하면, 세계 최고의 볼라쉐이 (Bolashoi) 발레단을 가지고 있다.

우리 일행은 상트페테르부르크에서 발레 관람을 하려고 극장에 들어가는데 불이 어둡게 켜져 있는 마루 바닥이 얼마나 오래된 건물인지 삐걱거려 조심스러웠다. 상트페테르부르크(Petersbrug)에서 가장 인상적인 곳은 여름궁전과 겨울궁전이었다.

노르웨이에서는 백야를 볼 수 있었다. 노르웨이는 세계에서 가장 행복한 자연, 그대로의 꾸밈없는 자연의 나라같이 느꼈다. 빙하 속을 크루즈로 한 바퀴 도는데, 빙하가 녹아내리는 얼음산을 양쪽에 두고 배를 타고 유람했다. 해변가 부두에는 생선 파는 난전이 있었는데 우리나라 시골 어시장처럼 소박하였다.

노르웨이는 세계에서 남녀차별이 없는 평등한 나라로도 알려져 있는데, 참 잔잔한 평화스러운 나라였다.

우리 일행은 세계적인 작곡가 그리그(Grieg)의 생가도 찾아가 보았다. 들리지도 않는 솔베이지의 노래가 연상 머릿속에서 감돌았다.

노르웨이에서 덴마크로 갔다. 이곳에서 안데르센의 동화에 나오는 바닷가 바위 위에 앉아있는 "인어공주"의 동상을 보았다. 안데르센은 젊은 날 실연을 당하고 평생 독신으로 살면서 자기의 영상을 인어공주에게 재생시켰다고 전한다. 영원히 돌아올 수 없는 인어공주의 죽음을 슬퍼하면서 바닷가 바위 위에 앉아있게 했다고 한다. 코펜하겐 항구의 바닷가 바위 위에 앉아있는 동상은 1913년 "에드바르트 에릭슨"이 제작했다.

덴마크는 유럽에서 가장 오래된 왕국인데, 국민들은 왕실을 매우 좋아한다고 한다. 이 나라 사람들은 모두 평등하고 권력을 매우 싫어한다.

우리 "길벗회"는 1년 중 상반기에는 국내여행을 주로 하고, 후반기에는 외국여행을 계획했다. 이 모임은 가족 모임과 같이 우리들의 우의를 돈독하게 했고, 매월 정기적으로 회식을 하는 기회를 만들어 지금까지도 그 명맥을 이어오고 있다.

우리 부부는 이 모임을 통해 생활의 활력소를 충전시켜 주면서 정신적으로 생활의 탄력을 받았다. 그러나 지금은 회원 가운데 조효길 선생님과 이용훈 교수님 그리고 남편 양승두 교수까지 세 분이 세상을 떠났다.

기억에 남는 여행을 간략히 정리해 보면 다음과 같다.

2001년 5월 24일~2001년 6월 1일 (8박 9일)

중국 북경→서안→계림→상해→소주→항주를 관광했는데 세계 최대의 건축물 만리장성을 볼 수 있었고, 천안문 광장을 보았다. 그리고 진시황릉의 사후세계를 지키기 위하여 만들어진 병마총, 현종과 양귀비가 사랑을 나누던 화청지를 관람했다.

2003년 9월 17일~2003년 9월 21일 (4박 5일)

천하절경인 무한 장가계→원가계→황석채 등의 괴석산이 어찌나 높고 가파른지, 나는 가마를 타고 올라갔다.

2004년 4월 19일~2004년 4월 22일 (3박 4일)

서해와 남해 순례여행을 했다. 변산반도의 채석장→내소사→선운사, 백양사, 송광사→땅끝마을→부곡온천→거제도→외도 등지를 다녀왔다.

2004년 6월 15일~2004년 6월 19일 (4박 5일)

일본 북해도→센다이→아오모리→지옥온천→노보리벳츠→가고시마→삿포로→기생화산→안중근 의사를 모신 절, 대린사 관람.

2004년 8월 24일~2004년 8월 26일 (2박 3일)

목포 유달산→동명어시장→홍도 일주(남문바위, 촛대바위, 병풍바위, 독립문바위)→흑산도(칠성동굴, 만물상, 원숭이바위, 장군바위) 관람.

중국 장가계 원가계에서

중국 정주 소림사 입구에서

2004년 10월 18일~2004년 10월 23일 (5박 6일)

남북 큐슈 완전 일주, 후쿠오카 원폭 자료관→아소 국립공원→벳부온천→미야자키→기리시마→사쿠라지마→이브스키(조선도공 14대손) 심수관 도예촌→가고시마(시로야마 공원, 명치유신의 영웅 사이고 다카모리의 자살 동굴) 관람.

2006년 4월 18일~2006년 4월 20일 (2박 3일)

전라권 담양과 경상권 함양, 안강 답사. 소쇄원→가사문학관→송강정→남계서원→양동 민속마을→옥산서원 답사.

2007년 3월 19일~2007년 3월 22일 (3박 4일)

싱가포르 관광. 빈탄의 보타닉 가든→주롱새 공원→싱가포르 차이나타운→머라이어 타워 전망대에 올라갔다.

2007년 10월 27일~2007년 10월 31일 (4박 5일)

정주 운대산→소림사→낙양→협곡과 비경이 어우러진 운대산→고대 문명의 발산지 황하→하남성 박물관→개봉부야시장 답사.

2008년 9월 22일~2008년 9월 24일 (2박 3일)

통영 한산섬, 동해안 덕구, 강릉 관광→통영→남만산 조각공원→시인 조지훈 생가→작가 이문열 생가→석계 이시영 선생 고택→석천서당→덕구온천→울진 망양정→삼척 죽서루→추암 촛대바위→옥계→강릉 선교장 답사.

2010년 4월 6일~2010년 4월 7일 (1박 2일)

문학기행. 정동진→강릉 경포호 지나서 허균·난설헌 생가→선교장→속초 하조대→낙산사→속초 정간정→화진포(우남 이승만대통령 별장)→오죽헌→대관령 양떼 목장 관광.

2011년 3월 15일~2011년 3월 17일 (2박 3일)

대구 별미 찜갈비 (마늘과 고추가루 양념이 몹시 매운 맛과 찌그러진 양은 냄비가 인상적이다)→국내 제일의 약재시장→부산 가적도→거가대교→거제도 해수온천→통영 한려수도→조망 케이블카→사천 항공우주박물관→노산공원→사천포대교→남해 금산보리암→하동 박경리의 "토지"의 배경지→하동 녹차밭 관광.

2011년 6월 7일~2011년 6월 9일 (2박 3일)

전라권 순천, 완도, 해남, 영암, 나주 등지 관광. 순천 선암사→녹우당(고산 윤선도 선생의 고택)→해남 두륜산 국립공원 케이블카 관망→초록 보리밭(영화 서편제의 진도 아리랑 촬영지)→완도→영암→나주 관광.

2012년 4월 25일~2012년 4월 27일 (2박 3일)

청원 장성 운보 김기창의 집→대통령 문화관 청남대→고창→강천산 강천사 답사.

2013년 4월 23일~2013년 4월 25일 (2박 3일)

통영·충렬사→청마(유치환 시인) 문학관→해저 터널→김춘수 유품

전시관→미륵도→유황온천→달아공원→다랭이 마을→독일마을
→이순신 대교→여수→여수대교→소록도→순천 정원 박람회 답사.

2014년 4월 22일~2014년 4월 23일 (1박 2일)
김천 직지사→대구 앞산공원→전망대→허브힐즈→김광석 거리
→대구 수목원→고령, 우륵 박물관→개실마을 답사.

2015년 3월 24일~2015년 3월 26일 (2박 3일)
청도 와인박물관→천막성→소어산→세기공원 답사.
남편은 청도 여행 때 밤 예배도 보기 힘들어 하였다. 이미 병세가 나
타나 밤에 잠을 설치고 짜증을 내면서 불편해 했다. 이것이 우리 부부
가 "길벗회"와 함께 한 마지막 여행이었다.

가족모임 같은 "진우회"

　"진우회"라는 명칭은 박대선 감독님의 호(号)인 진곡(眞谷)에서 첫 글자를 따고, 벗이라는 뜻의 우(友) 자를 붙여서 만든 뜻깊은 이름이다.

　1970년 중반에 이 명칭이 붙기 전부터 박대선 감독님을 존경하고 부모님같이 섬기는 은퇴 교수 중심으로 가족모임같이 정기적으로 모임을 가졌다. 이 모임의 구성원들은 박 감독님을 비롯하여 이계준 목사님 내외분과 김기복 목사님 내외분, 그리고 전산초 학장님, 심치선 교장님, 박근옥 선생님, 이종익 교수님 내외분, 김정건 교수님 내외분, 김옥환 실장님 내외분, 전인영 교수님 내외분, 그리고 우리 내외였다.

　이 모임의 특징은 박 감독님께서 시작부터 감사의 기도를 주관하셨고, 각자의 소망을 채워 주시며, 사랑으로 이끌어 주셨다. 박 감독님께서는 제자들뿐만 아니라, "진우회" 가족의 자녀들까지도 사랑해 주셨고, 가정 가정마다 괴로움과 즐거움도 함께하여 주셨으며, 성숙한 가정으로 이끌어 주셨다.

　우리 가족은 박 감독님을 진심으로 부모님처럼 공경하였고, 언제나 우리 집안에 박 감독님의 은혜가 충만하였다. 박 감독님은 우리 두 아

진우회 박근옥 선생님 출판 기념회

들의 주례를 맡아 주셨고, 둘째 아들 때에는 며느리를 정하는 문제까지도 주관하여 주셨다. 우리 가족에게는 박 감독님의 은혜가 하해와 같았다.

　박 감독님은 2010년 4월 29일 세상을 떠나셨고, 그 뒤에 2018년까지 전산초 학장님과 최정훈 교수님, 심치선 교장님, 김정건 교수님, 김옥환 실장님, 그리고 남편 양승두 교수까지 차례로 떠나셨다. 그리고 2019년 7월엔 박근옥 권사까지 세상을 떠났다. 이제 남아 있는 "진우회" 가족들은 가끔 만나서 서로 위로를 하고 있다.

4

형제모임 같은 "일산회"

우리 가족은 2009년 봄에 경기도 고양시 일산으로 이사하고 4년 동안 살다가 지금 거주하는 강서구 등촌동으로 이사하였다.

일산은 공기도 맑고 조용한 곳이었다. 그때 일산에는 이계준 목사님과 오정환 교수님이 우리 집에서 그리 멀지 않은 곳에 사셨다. 우리 세 가정은 연세대학교 교수로서 공감대가 형성되었다. 그 후 자연스럽게 "일산회"라는 명칭을 가지고 형제 같은 모임으로 한 달에 한 번 정도 정기적으로 모였으며, 서로 식도락을 즐겼다. 연말이 되면 이 목사님 댁에서 망년회를 베풀어 주셨다.

우리들이 만나면 다양한 화제로 밤늦게까지 담소가 이어졌다. 종교문제, 경제문제, 정치문제, 죽음에 대한 문제, 노후의 생활 문제, 각자가 읽은 책에 대한 이야기 등등 광범위한 주제를 가지고 솔직한 생각들을 풀어놓고 허물없이 편안한 시간을 가졌다.

우리가 일산을 떠난 뒤에도 "일산회" 모임은 계속되는데, 슬픈 일이나 기쁜 일이나 서로 함께하면서 보듬어 주고, 일깨워 주면서 지금까지 우의를 돈독히 하고 있다. 이런 모임은 같은 신앙과 믿음, 그리고 사랑이 없다면 지속되기 어려운데, 변함없는 친교가 참으로 행복하고 감사하다.

우리가 인생의 황혼길에서 가족과 같은 믿음과 사랑으로 만난다는 것은 하나님의 크신 축복이라 생각하고 늘 감사한다.

5

선교장 활래정의 하룻밤

강원도 강릉시 운정길 63에 위치한 선교장은 옛날에는 북평촌(北坪村)으로 불렸다. 선교장(船橋莊)은 조선시대 상류층의 고가주택으로 수백 그루의 노송 사이로 자리 잡은 이 옛 주택은 99칸의 규모의 상류주택으로 지어졌다. 경포호가 경작지로 매입되기 전에는 호수가 선교장까지 펼쳐져 있어 선교장을 다닐 때 배를 타고 다리 건너 다녀서 우리말로 배다리(船橋), 선교장(船橋莊)은 한자 이름으로 불렸던 것이다. 집안 구조는 열화당(悅話堂, 1815년 건축) 사랑채와 활래정(活來亭, 1816년 건축)으로 되어있다.

선교장에 터를 잡은 사람은 태종 이방원의 둘째 아들인 효령대군(孝寧大君)의 11대손으로 가선대부(嘉善大夫) 무경(茂卿) 이내번(李乃蕃; 1703~1781)이다.

활래정은 풍류의 명소로 1906년 경농(鏡農) 이근우(李根宇; 1877~1938) 선생이 활래정을 중건하였다. 1920년 동별당(東別堂)을 건립하고 1908년에는 지금 곳간채가 있는 마당 부근에 강원도 강릉 최초의 사립학교 동진(東進)보통학교를 세웠으나 일제 탄압으로 폐교가 되었다.

활래정은 연못 가운데 떠 있는 다락방 같은데 벽이 없이 문으로만 둘러있는 특징적인 건축구조이다. 민속자료를 보면 1967년 4월 18일 중요 민속자료 제5호로 되어 있다.

1986년 경 여름방학을 이용하여 우리 가족은 선교장의 주인이신 관동대학교 성기희(成耆姬) 교수를 만나러 선교장에 가서 활래정에서 하룻밤을 지냈다. 성기희 교수는 전부터 왕래가 있었다. 성기희 교수가 서울에 오시면 영남의 명문가에서 자라난 은촌(隱村) 조애영(趙愛泳) 가사 작가와 호남의 명문가 종부(宗婦) 소고당(紹古堂) 고단(高端) 가사 작가와 함께 만나서 담소를 나누었다. 지금은 모두 고인이 되셨다.

내가 초등학교 입학하기 전에 아버지를 따라서 그때는 배다리 이근우 선생 댁이라고 하였는데 아버지와 함께 갔던 기억이 난다. 나의 친정아버지는 1910년대 강릉군 신리(新里) 면장(面長)을 지내셨다. 나는 여러 가지 감회가 깊은 선교장의 방문이었다.

밤이 깊었는데 활래정의 창호지 문을 두드리는 모기떼들이 방안의 불빛을 찾아와 새벽 밝기 전까지 흡사 타악기(打樂器)에 맞추어 춤을 추는 듯 톡톡 창호지 문을 두드리는데 그 운치 있는 한 밤의 정취에 빠져 남편과 나는 한여름 밤을 지새웠다.

6

난설헌 할머니의 헌다례제

난설헌 할머니는 본관이 양천(陽川)이고 이름은 초희(楚姫)다. 자(字)는 경번(景樊)이고 호(号)는 난설헌(蘭雪軒)이다. 아버지 초당 허엽(許曄) 선생의 셋째 딸로 1563년 임영(臨瀛) 지금의 강릉시의 초당동에서 태어났다.

난설헌의 생가를 찾아가는 길은 강릉 경포로(鏡浦路) 남쪽 산기슭에 초당으로 가는 난설헌로가 나오는데 난설헌로를 따라 약 1km쯤에 초당 솔밭이 있는데 그곳에 난설헌 할머니의 생가가 있다. (2010년 9월 19일에 난설헌로라는 이름을 당시 최명희 강릉시장께서 붙혀주었다.)

난설헌 생가는 건립연대를 정확히 알 수 없으나 선조 때의 문신인 초당선생(1527~1580)이 살던 집으로 난설헌 할머니가 태어난 집이라고 전한다. 강릉시 초당동 475-3번지는 조선시대 고가 1985년 1월 17일 강원도 문화재 자료 제59호로 지정되었다.

집의 구조는 행랑채 중앙의 솟을대문과 넓은 사랑 마당을 사이에 두고 본채가 있다. 본채에는 대문이 사랑채와 안채로 나누어 있고 그 사이에는 광을 두었다. 안채는 겹집으로 된 형식인데 조선시대 상류층

허난설헌 할머니 동상과 시비 건립 기념(2010)

의 고가이다. 집 옆과 뒤에는 소나무 숲이 둘러 서 있다.

2010년 5월 1일(음력 3월 19일)에는 난설헌 392주기 기일(忌日)에 추모 헌다례제(獻茶禮祭)에 참례하고 난설헌 할머니의 동상 제막식에 우리 내외가 참석하였다. 그리고 동상 앞에는 난설헌 할머니의 곡자(哭子)라는 시를 11대 후손인 내가 번역하여 시비를 세웠다.

남편은 피곤할 것 같았는데 표정이 어렵게 보이지 않아, 다행스럽고 감사했다. 남편은 나의 그림자처럼 나와 함께한 시간들이 많았다. 나와 함께 나의 학교 출근길 그리고 친정 나들이, 나의 지방 특강, 학회 발표, 동창회 가는 길, 시장 보기, 병원 가기 등을 함께하였다. 나는 남편에게 항상 감사하면서 보답할 길이 없었다. 무엇보다 자동차 운전을 못했기 때문이라고 구실을 달 수밖에 없었다.

6부

황혼 길에서–만가(輓歌)
그 무거운 소리

1
시어머님의 치매와 간병

우리 가족은 1981년 새로 지은 강서구 등촌동의 동신아파트로 이사를 했다. 이때만 해도 어머님은 건강하셨고 민첩하신 분이셨다. 키는 자그만하신데 부지런하시고 경우가 바르시며 남에게 신세지는 일은 하지 않으셨다. 자존심이 강하셔서 아무나 사귀지 않으셨고, 친구가 많지 않으셨다.

이사하고 몇 년이 지나면서부터 어머님은 당신의 물건이 없어졌다고 찾으시는 일이 일과처럼 되셨다. 우리 집 일을 도와주신 김도순 아줌마와 갈등이 생기면서 당신의 물건을 훔쳐갔다고 미워하기 시작하셨는데 그때만 해도 내 생각엔 "건망증이 생기셨나" 하고 별로 마음을 쓰지 않았다. 이러한 날이 매일 반복되어 아줌마는 사의를 표하기도 했으나, 나를 생각해서 25년 동안을 참아주셨다.

어느 날 아파트 상가에 있는 소아약국 박선자 약사님이 나에게

"요즘 허 교수님 시어머니가 치매가 시작되셨나 봐요. 우리 약국에 오셔서 '며느리가 용돈을 안 주어 돈이 없다'고 하시면서 며느리에 대한 불평을 언짢게 하세요."

라고 여러 번 알려주었다. 그러나 나는 별로 심각하게 생각하지 않았다.

1996년 가을이 되어 신촌에 있던 단독주택이 재개발되면서 우리 가족은 '신촌삼익아파트'로 이사를 하였다.

신촌 길은 어머니께 익숙한 길이어서, 아침에 나가시면 신촌로터리 근방에 살고 있는 큰 시누이, 작은 시누이, 시동생 집을 일주하셨다. 나보다 더 빠른 걸음으로 잘 다니셨다.

그러나 밤길에는 우리 아파트를 못 찾으시고 자주 길 건너 파출소에 가셔서

"우리 아들이 연세대학교 양승두 교수인데, 내가 집에 가야 하니 불러주시오."

라고 하셨다. 순경 아저씨가 연세대학교에 문의하여 우리 집에 연락하여, 나와 남편이 한밤중에 자주 어머님을 모시고 왔다. 우리는 "날이 어두워져 시누이나 시동생 집에서 주무시고 오시나 보다"라고 생각하며 그리 걱정하지 않았는데, 뒤늦게야 잘못했다는 사실을 깨달았다. 하루라도 일찍 병원에 모시고 가서 진찰을 받아야 할 것을, 어머님은 건강하신 분이라고만 생각하고 있었으니 나의 불찰이 컸다.

날이 갈수록 어머님은 전과 달라지셨다. 김장 때가 되면 배추를 한가득 실은 트럭이 집 가까이까지 오는데, 어느 날 사람들이 뜯어버린 배추 겉잎을 앉아서 줍고 있는 할머니 뒷모습이 어머님 같이 보였다. 가까이 가보니 우리 어머님이 그 배추 잎을 줍고 계셨다. 내가 너무 놀라서

"어머님! 여기서 무얼 하세요?"

라고 말씀드리니 "집에 가서 삶아 먹으려고" 하시는데 너무 초라해 보여서 눈시울이 뜨거워졌다.

어머님은 밤과 낮의 구별이 안 되셨다. 어느 날 밤엔가 할머니 방에

서 싸우는 소리가 나서 놀라서 가보니, 할머니가 옷장의 옷을 다 꺼내어 던지면서 아들과 며느리에게, 또는 딸에게 욕설을 퍼부으셨다. 나는 무섭고 떨려서 잠을 잘 수가 없었다. 자꾸 밖으로 나가시려고 야단을 치시는 바람에, 밤에는 현관문 위에 잠금을 해놓고 남편과 내가 교대로 새벽까지 지켰다.

지금 생각하면 나 자신이 치매에 대한 이해가 부족했던 것이 후회되고 어머님께 죄송스럽게 생각한다.

1999년부터는 대소변을 가리지 못하시고 남편의 공부방에서 볼일을 보시고 밥그릇을 내던지기까지 하시면서 사리에 맞지 않는 말씀을 자주 하셨다.

우리는 고민 끝에 아현동에 있는 "연꽃마을"이라는 노인보호시설에 등록하여 조석으로 출퇴근하시게 하였다. 어머님은 적응을 못하시고 대소변도 가리지 못하셨다. 어머님은 날로 증세가 심하여 시동생들이 의논 끝에 병원에 모시기로 결정했다.

2000년 1월 16일 수유리에 있는 "강북신경정신과병원"에 입원시켜 드렸다. 남편은 찬성할 수 없었지만, 집에서 아무도 간병할 수 없으니 마음 아픔을 표현할 길 없었다.

입원 초기에는 방학 때여서 1주일에 한 번씩 병문안을 했지만, 뵈올 때마다 "집에 가고 싶다"고 야단치시는데 남편은 어머님 손을 꼭 잡고 대답할 길이 없이 눈물만 흘리는 것을 보고 "만일 남편이 치매환자라면 병원에 보낼 수 있을까" 생각하면서 "절대로 병원엔 안 보낼 꺼야" 하면서 마음속으로 다짐을 하면서 어머님께 죄송한 마음을 눈물로 달랬다. 병원에서 돌아오는 길에 남편과 나는 한마디의 말도 할 수 없었고 매번

울면서 집까지 왔다.

이렇게 서너 달이 지나니 어머님은 걷지도 못하시고 화장실 출입도 혼자 못 하셨다. 그렇게 깔끔하셨던 분이 뜻대로 안 되시니 간호사들이 힘들었다.

2000년 여름 어머님은 우리를 보시면서 "내가 아들·며느리 위해 기도했다"고 말씀하시는데 이럴 때면 정신이 맑아지신 것 같았다.

2001년 봄부터는 점점 왜소해지시고 환각상태가 심해지셨다.

2001년 여름부터는 침대 커버를 찢고, 베갯잇도 버리고 간호사를 힘들게 하시면서 밖으로 나가시려고 했다. 밤새 주무시지 않으신다고 간호사는 점점 힘들어 했다. 이때만 해도 다른 사람들은 못 알아보셔도 아들과 며느리는 알아보셨다. 오죽 집 생각이 나셨으면 "집에 가서 쳐다보아도 아무도 없어 돌아왔다"고 하시는데 나는 "나도 늙어 병들면 어머님 같겠지" 가슴이 무너지는 것 같았고 눈물을 참을 수 없었다.

2002년 여름이 지나고 겨울이 지날 때까지도 조금도 나아지지 않고 점점 심각해졌다.

2003년 봄엔 의식이 분명하지 않으셨다. 식사도 유동식으로 지탱하셨다. 어머님은 평생 육남매를 기르시며 고생하셨는데 이제 어머님을 위하여 자식 된 도리도 못하고 뉘우침만 쌓인다.

2005년 1월 2일 새벽 병원에서 전화를 받고 허둥지둥 병원에 갔다. 새벽 4시 40분 어머님은 운명하셨다. 어머님은 편안한 얼굴로 주무시는 것 같았다. 오늘로 어머님은 백수(白壽)를 하시면서 이제 하늘나라 하나님 뵈옵고 편안히 계시길 기도하면서 우리는 넋 나간 사람처럼 무너지는 가슴을 움켜잡고 한참동안 진정할 수 없었다.

2

상실과 무상의 시간들

날이 지나갈수록 남편을 잃어가는 위기의 두려움을 느끼면서, 피골(皮骨)이 상접(相接)이 되어가는 남편의 모습에서 나는 연민(憐憫)과 인생의 무상(無常)함을 뼈저리게 느꼈다.

2015년 6월 15일 월요일 신촌세브란스병원 111동 1106호실에 입원하여 6월 22일 월요일에 퇴원하는 날까지 남편은 뇌신경과에서 모든 진찰을 받았다. 입원하기 전 며칠 동안 밤에 잠을 자지 않고 환상 속에서 실제로 강의하듯 독백하면서 손짓과 몸부림을 치면서 괴로워하였다. 나는 밤잠을 설치면서 지켜보다 못해 며느리와 의논하여 병원에 입원하시기로 결정했다.

남편은 2, 3년 전부터 걸음이 느려지고 넘어지기도 잘 했으며, 기억력이 감퇴되면서 제자들의 이름까지도 잊어버리곤 했다. 집의 현관문 전자열쇠의 암호도 잊어버리기 일쑤였다. 가끔 "재미없다"는 말을 되풀이하면서 전에 없던 짜증을 가끔 나타내면서 우울증 같은 모습도 보였다. 나는 '나이 들면 모든 사람들이 우울증이나 건망증 같은 현상이 나타나나 보다'라고 생각하면서 병원에 가서 진찰할 생각은 미처 못 했다.

2016년 봄부터 출입이 어려워지면서 나의 이름도 모르고, 내가 누구인지도 몰랐다. 그리고 나에게 "몇 학년인가? 누구인가?" 하면서 물어보았다.

미국에서 아들 철근이가 병문안하러 왔다가 2주일 동안 집에서 함께 지냈는데, "저 군인은 왜 안 가느냐"고 묻기까지 하였다. 아들이 한국에서 떠날 때 비행장까지 같이 가서도 아들인 줄 모르고 헤어졌다. 잠깐 동안 평상시같이 맑은 정신으로 돌아온 것 같다가도, 까닭 없이 울기도 잘 했다. 나는 연민의 정을 느끼면서 온종일 눈물을 멈추지 못했다.

주위의 친지들과 아들·며느리의 권유로 가을이 접어들던 8월 30일부터 도우미 김미란 요양사를 하루 3시간 동안 남편을 위해 수고하게 했다. 남편은 나날이 쇠잔해졌다. 그러더니 갑자기 "신우염"이란 합병증이 생겨 고통스러워졌다.

어느 날 내가 병원에 다녀왔더니 침울하게 앉아 있다가 나를 보고 일어나, 두 팔을 벌리고 반가워하며 안고서 울었다. 마치 어린애가 엄마를 기다리다 반가워 안기는 모습 같아서 나의 가슴을 무너지게 했다. 이런 날이면 김 여사는 가수 장사익의 "봄날은 간다", "찔레꽃", "비내리는 고모령", "타향살이", "동백아가씨" 등의 노래로 남편의 서글픔을 달래기도 했다.

2017년 6월말에 4급 치매환자였던 남편의 증상이 3급으로 더 나빠졌다. 하루 3시간 간병하는 분을 아침, 오후, 밤으로 세 번이나 모셔서 9시간 간병을 했으나 감당할 수 없었다. 그때부터 나의 허리병이 심해져서, 드디어 아들과 며느리의 간곡한 권유로 8월 21일부터 영등포에 위치한 "서울은빛요양병원"에 입원하게 되었다.

입원 첫날부터 간병사가 힘들어 사의를 표하기에, 집에서 가까운 "새빛요양병원"으로 남편을 모시고 와서 매일 한 차례 점심시간에 영양식과 간식을 준비하여 방문했다. 집에서 가까우니까 한 달에 한 번은 집에 와서 쉴 수 있겠다고 생각했는데, 병원 측의 외출 허가를 얻을 수 없었다. 병원을 옮긴 후 좀 안정이 된 것 같아 보였지만, 목 매인 소리로 "집에 가자", "죽고 싶어" 이런 말을 되풀이하는데 내가 하고 싶은 말을 남편이 대신 하는 것 같아 쓰러질 것만 같았다.

나는 남편을 위한 기도가 부족하다고 생각하였다. 이계준 목사님 내외분과 오정환 교수님 내외분이 오셔서 간절하게 기도를 드렸는데, "일산회" 가족들은 알아보는 것 같았다. 오늘만 같이 기도의 응답이 계시면 얼마나 감사할까.

2017년 여름도 지나고 가을이 와도 남편의 엉덩이 염증이 낫지 않아 오래 앉아 있지도 못하고 고생했는데, 다행히 식사를 잘 해서 감사했다. 심방오신 우리 교회 황웅식 목사님과 사모님의 간절한 기도로 목사님 내외분과 과천 사돈 내외분을 알아보시는 것 같아 감사했다. 연희동 시누이와 인도네시아 시동생 내외도 알아보는지….

내가 살아 있는 이유가 남편의 식사 준비다. 영양죽과 간식을 들더니, 눈빛이 좀 맑아 보여 다행스럽게 생각하면서 삶의 의미를 느꼈다. 남편이 나보다 먼저 세상을 떠나는 것이 용납되지 않는다. 함께하는 시간이 다르다 할지라도 떨어져 있는 시간이 단축되기를 기도하면서, 나도 남편과 같이 이 세상 떠나기를 기원했다.

날씨가 몹시 춥다. 눈길이 미끄러워 조심스럽다. 오늘은 아들, 며느리가 눈길에 신는 신발과 모자를 사 가지고 왔다.

12월 12일 남편에게 영양주사를 놓아 주도록 간호사에게 부탁하고 왔다. 날씨가 영하 14도를 넘었다. 밤사이 내린 눈길이 얼어붙어 미끄럽다.

12월 22일 금요일 오후에 제자 박동혁 사장과 홍복기 교수가 병문안 왔다. 제자들을 못 알아보니 제자들 눈가에 눈물이 맺혔다. 남편은 오늘 따라 눈빛이 흐리다. 요 며칠 동안 식사도 거절한다. 목에 가래가 끼어 간호사가 가래약을 가지고 왔다. 합병증이 나타났다고 한다.

2018년 1월 5일 금요일. 오늘은 콧수염도 깎고, 손톱과 발톱도 깎았다. 소변 주머니도 떼어 버렸다. 비뇨기과의 약을 계속 먹고 있는데 소변의 양도 전보다 못하다. 요즘 가래가 심하여 기계로 치료 받는다. 그러나 식도로 음식이 잘 넘어가지 않는다. 미음만 좀 마신다. 두 주일 동안 계속 건강상태가 좋지 않다.

날씨가 몹시 춥다. 오늘 간호사가 나에게 "죽음은 하늘의 뜻이니 너무 환자에게 신경쓰지 말라"고 달래면서, 내가 병 나면 아들, 며느리가 더 걱정한다고 나를 설득시킨다.

오늘은 1월 14일 주일날이다. 남편은 환각상태를 보인다. 숨소리가 약하게 들린다. 내가 영양주사를 부탁했는데 간호사는 대답이 없다.

2018년 1월 3일 드디어 내가 감기몸살이 시작되었다. 나는 병원에 못 가고 미래 엄마가 나 대신 병원에 가서 점심 대접을 하고 와서 "선생님 야윈 모습이 가슴 아파요" 하면서 운다. 생각할수록 남편이 가엾어 보이고 가슴이 터지는 것 같다. 나도 눈물을 감추지 못했다.

요즘엔 남편이 엘리베이터 앞 계단에 신문지를 깔고 앉아 나를 기다리다가 내가 엘리베이터에서 내리면 나를 껴안고 반가워하면서 애기처럼 울던 생각이 허상(虛像)으로 자주 나타난다.

2018년 2월 9일 토요일. 오늘은 영양주사를 부탁하고 저녁 7시쯤 전화로 최 간병사에게 남편의 상태를 물어보았다. 주사는 다 끝났다고 한다. 8시경 병원에서 남편이 위독하다는 전화를 받고 인천 아들에게 전화로 전한 뒤에 병원으로 뛰어서 갔다. 남편은 중환자실에 가 있다. 산소마스크를 하고 있다.

이게 무슨 날벼락인가. 하늘이 무너지는 것 같다. 1시간 전에 아무 이상이 없다고 했는데, 남편은 숨이 가빠서 호흡이 제대로 안 된다. 맥박 수치가 90까지 올라가야 하는데, 70에서 77로 왔다 갔다 한다.

"하나님 아버지! 남편이 이렇게 숨 가빠 하는데 아버지 하나님 손길로 치유하여 주옵소서. 고통이 끝나고 회복되어 일반 병실로 가게 해 주옵소서."

간구하면서 주치의를 불러 '오늘 낮까지도 아무런 이상이 없다고 했는데…' 다시 진찰을 부탁했다. 체온, 혈압, X-ray 검사가 끝나더니, "폐에 균이 많이 퍼져서 이젠 어쩔 수 없다"는 말을 쉽게 하였다.

"세상에 이런 날벼락이…."

나는 주치의를 원망하면서 넋 나간 사람처럼 아무 말도 할 수 없었다. 주치의도 멍한 표정으로 난처해한다.

2월 10일 새벽 2시 59분에 남편은 운명(殞命)했다. 원장의 기도로 명복을 빌었다. 어떤 말로도 표현할 수 없었다. 온 세상이 캄캄해지고 하늘이 무너졌다. 함께 떠나지 못하는 죄인이 무슨 말을 하겠는가.

남편은 어찌 그리도 냉정하게 급히 떠났는지. 하늘의 뜻이라면 나에게 너무나 가혹한 형벌을 주시는 것 같다.

2018년 2월 10일 저녁 무렵 미국에서 막내아들 가족들이 도착했다. 미국에 살고 있는 조카며느리도 왔다. 미국의 큰 손자 영수가 고등학교 1학년인데 어찌나 슬프게 우는지, 가까이 한국에서 사는 것도 아닌데 핏줄은 하나님이 주신 소중한 인연이다. 나는 가슴이 뭉클했다.

과천 사돈 내외분과 연희동 사돈 내외분이 추운 날씨에 장지까지 함께하여 주셔서 진심으로 감사의 마음을 전한다.

2018년 2월 12일 입관예배, 고별예배, 목사님 추도사, 아무것도 들리지 않고 꿈만 같았다. 이렇게 덧없이 세상을 떠날 수야. 참으로 인생의 무상함을 새삼 느꼈다.

지난 58년 동안 남편과 함께한 젊은 날의 아름다운 생애가 너울거리며 사라진다.

현기증을 느끼며 쓰러질 것만 같다.

3
남편께 바치는 '감사'와 '뉘우침'

당신이 세상을 떠난 지 한 해가 되어 가는데 나의 마음의 시계바늘은 지금도 1년 전으로 뒷걸음질 치며 가고 있습니다.

여기 당신께 감사하는 마음과 뉘우치는 마음이 쌓여 있는데 당신은 냉정하게 혼자서 먼 길을 떠나갔으니, 이 가슴앓이는 누구도 치유할 수 없습니다. 오늘도 지나간 우리의 아름다운 날들을 되새기며 당신의 영정 앞에 놓인 당신이 즐기던 커피와 당신이 좋아한다고 며느리가 사다놓은 약과를 맛있게 잡수셨나요?

오늘은 이계준 목사님 댁에서 보내주신 유기농 귤을 드립니다. 지난 주일에는 오정환 교수님 댁에서 보내주신 영양떡을 드렸지요. 워낙 입맛이 까다로운 당신이 맛있게 잡수셨다고 미소 짓는 영정 사진을 물끄러미 보면서 방에서 나오면 큰 아들 재근의 문안 전화가 오고 전화를 받고 하루가 시작됩니다. 그리고 한 주 동안 미국의 막내아들이 보내는 카톡의 사진들을 봅니다.

주말엔 전과 같이 동영상으로 아들, 며느리, 손자들의 반가운 얼굴들을 볼 수 있습니다. 밤이 되면 큰 아들의 하루 동안의 소식과 문안 전화로 하루가 끝나는 것입니다. 낮엔 무얼 하느냐구요? 친구들의 문안 전화도 받고, 카톡으로 안부도 보내며 신문읽기, 책읽기예요. 쓰기도 하지요.

이따금 고모(큰 시누이)와의 안부전화를 주고받고 합니다. 오늘도 고모가 전화 걸었어요. "언니, 오늘 무엇하세요? 함께 점심 잡수십시다" 그러면 "오늘은 맛있는 점심 얻어먹는 날이구나" 하면서 나갑니다. 나가야 고작 "신촌 현대백화점" 아니면 "난향" 음식점. 신촌 테두리를 벗어나기 싫어요.

고모를 만나면 입버릇처럼 "우리 오라버니는 언니 밖에 사랑할 줄 모르시는 양반이예요. 우리 형제들을 사랑할 줄 모르셨으니까요" 이렇게 핀잔 섞인 말투로 말할 때면 나는 "그럼요, 그래요, 오라버니는 나를 위해 이 세상에 온 사람이예요" 하고 말하면서 웃음을 찾아봅니다.

시누이는 음대를 나오지 않았지만, 음대를 나온 조카딸보다 음악에 대해서 "독학박사"라는 별명을 붙일 수 있었어요. 내가 "고모, 베르디의 오페라 "나부코" 아세요?" 하고 물으면 오페라의 작곡가, 플로트, 주제 등등 음대 졸업생 이상으로 정답을 말해준답니다.

젊어서는 시누이들과 갈등도 많았지만, 지금은 큰 시누이에게 감사하며 삽니다. 보호자를 잃은 내가 무척이나 가엾어 보이나 봐요.

오늘은 미국 막내가 "오마니 좋은 노래 들으면서 하루를 시작하세요"라고 카톡을 보냈는데 심봉석 시, 신귀복 곡, 강혜정 소프라노가 부르는 가곡 "얼굴"을 보내주었어요. 나는 얼마나 눈물이 나오는지 감당하기 어려웠어요.

당신 기억하세요? 우리가 모임에 가면 노래 부를 차례에 난감했잖

아요. 그래서 그때 유행하던 "얼굴" CD를 구해서 열심히 연습하여 듀엣으로 불렀지요. 친구들은 그 노래 밖에 부를 줄 모르냐고, 우리 보고 18번 노래라고 놀려댔지요.

당신은 꾸밈없는 사람, 당신은 욕심이 없는 사람이지만, 당신은 훌륭히 당신의 생애에 충실했다고 말할 수 있어요. 당신은 많은 분들의 사랑을 받고 남들을 위하여 많은 사랑을 베풀었다고 나는 믿어요.

감정 표현이 적은 당신은 항상 미소를 잃지 않았어요. 남들에게 항상 "감사합니다", "수고했어요"라고 칭찬을 아끼지 않았어요. 말수가 적은 당신은 항상 눈빛으로 감사와 수고의 보답을 하였지요.

당신은 나의 꿈을 이룰 수 있도록 나의 반려자로서의 역할을 넘치게 해 주었고, 나의 뜻을 존중해 주었어요. 나는 항상 마음속으로 감사하면서 당신께 표현하지 못한 것을 지금 후회하면서 뉘우칩니다.

2019년 2월 10일 주일 날.

당신과 나는 이 세상 떠날 때 아무 흔적도 남기지 않고 훌훌히 떠나가자고 약속했는데 아들·며느리들이 나도 모르게 "양승두 가족묘"라고 묘비를 세우고 가훈처럼 아끼는 성경말씀 고린도전서 13장 13절의 구절을 비문으로 남겼군요.

한편 생각해 보면, 가족들이 저 세상 가서도 함께 모여 외롭지 않게 살 수 있으니 감사하지요. 이제 생각하면 당신이 보고 싶을 때 당신 찾아가 엄살도 부릴 수 있고, 당신과 말하고 싶을 때, 울고 싶을 때 당신 곁에 찾아가 넋두리도 할 수 있으니 참 아이들이 우리 생각보다 어른답네요.

2019년 2월 4일 월요일.

여보, 당신이 이 기쁜 소식을 들었다면 얼마나 흐뭇하고 대견스럽 겠어요. 다름 아닌 당신의 수제자 강수경 교수가 덕성여자대학교 총 장으로 추대되어 내외가 방문하였어요. 강수경 교수와 서로 잡고 눈 물을 흘렸답니다. 이 얼마나 연세대학교 법대의 큰 경사인지요. 축하 합니다. 감사합니다. 이런 경우를 두고 순자(荀子) 권학편(勸學編)에 나 오는 "청출어람(靑出於藍)"이란 고사가 생각납니다. 정말로 스승보다 제자가 훌륭하군요. 진심으로 축하하며 감사합니다.

2018년 봄 당신이 세상을 떠난 지 한 달이 채 안 되었는데 제자 홍 복기 교수가 당신이 보고 싶은지 산소에 가려고 와서 함께 당신께 다 녀왔어요. 당신이 병원에 입원했을 때도 제자 박동혁 사장과 홍복기 교수가 문병 왔었지요. 그 후 홍복기 교수는 일본 대학의 유혁수 교수 와 함께 나를 위로하고 갔습니다. 그 후 봄이 가기 전 후배 교수 전병 재 교수님과 김중순 교수님도 저를 위로하고 갔습니다. 유혁수 교수님 사모님은 당신의 1주기 추모예배 때에도 일본에서 와서 참석했어요. 나는 지금 당신의 덤으로 많은 사랑을 받고 있습니다. 감사합니다.

2018년 5월 15일 화요일 스승의 날에 제자 박기병 교수, 김형철 교 수, 민태욱 교수, 김기영 교수, 박민 교수가 해마다 스승의 날을 지켜 주었는데 오늘은 김형철 교수가 교무처장 직무 때문에 학교에 출근하 고 네 명의 제자들이 나와 함께 당신 산소에 다녀왔습니다. 당신이 아 끼던 제자들의 변함없는 사랑에 깊이 감사했습니다.

2018년 7월 7일 토요일. 친정 조카 허경 교수가 나를 위로하기 위하여 찾아왔는데 오라버니의 유품 도록집을 가지고 왔었어요. 〈양천 허씨 신포 허강 소장 서화도록(陽川 許氏 新浦 許穰 所藏 書畵圖錄)〉을 큰 공을 들여 만들었더군요. "아버지대엔 고모 밖에 없어요" 하면서 우울한 모습을 보였어요.

당신이 세상 떠나기 전 나의 11대 할머님의 〈난설헌집(蘭雪軒集)〉을 조카에게 주도록 의논하였지요. 조선시대 유일한 여성시집 〈난설헌집〉을 잘 보존하도록 하라고 참 고마운 결정을 하셨어요. 조카 허경 교수는 감사히 받으면서 잘 소장하겠다고 했어요. 나는 소동파가 지은 〈적벽부(赤壁賦)〉에 "물각유주(物各有主)"라는 구절이 생각났어요. 정말 물건에는 물건을 잘 보존하고 잘 부려 쓸 줄 아는 물건의 주인이 따로 있구나 하는 것을 실감하였어요.

지난 해 봄 당신을 떠나보내고 나 혼자 집에 있는데, 우리 가족이 동신아파트에 살 때에 아파트 상가에서 "소아약국"을 운영하던 박선자 약사와 조연님 미용실의 조연님 원장이 함께 나를 위로하기 위하여 여러 가지 베풀면서 다녀갔어요. 30년이 넘게 내가 신세지고 살았는데 나보다 20년이나 나이 어린 동생 같은 친구들이랍니다. 언니도 동생도 없는 나에겐 친정 식구처럼 정답게 지내고 있습니다. 지금도 한 달에 한 번씩 만나서 옛날 얘기도 하면서 그리움에 잠긴답니다.

2018년 9월 28일 금요일. 당신이 떠난 후 처음 맞이하는 생일 전날 나의 생일을 축하하기 위하여 "일산회"가 모였었는데 나는 처음 가보는 북한산 입구에 있는 불란서 음식점 "빨라뒤쥬르"라는 당신이 좋아할 맛있고 분위기 좋은 식당에서 맛있는 식사를 했어요. 이날 이 목사님께서 특별히 생일 케이크까지 준비해 주셔서 분에 넘치는 사랑을 받았습니다.

오늘은 김 여사(김미란 요양사)가 우리의 눈물이 담긴 카톡의 사진을 보냈어요. 나는 가슴이 터지는 것 같은 통증을 느꼈어요. 2017년 8월 19일 토요일인데 당신은 삼 일 후 월요일이면 영등포에 위치한 "서울 은빛요양병원"에 입원해야 하는 날이었어요. 나는 당신 무릎에 엎드려 어린애처럼 엉엉 울면서 "나 이제 어떻게 살지" 하면서 아무런 지각도 없이 울기만 하는데 당신도 따라 울면서 내 등을 쓰다듬었어요. 지금 생각하면 내가 왜 아픈 당신을 슬프게 했는지 뉘우칩니다. 용서하세요.

당신은 "사랑한다"는 말에는 인색하다고 생각했는데 이렇게 많은 사랑을 남기고 갔으니 나는 어떻게 감당하라고…

당신은 정직하게 열심히 살았는데 "왜 하나님은 나보다 일찍 당신을 부르셨을까" 나는 오늘도 "하나님 억울합니다"라고 푸념합니다.

여보, 오늘은 죽고 싶도록 당신이 보고 싶어요. 내가 산다는 의미가 없어졌어요. 살아가야 할 아무런 이유도 찾을 수 없어요.

여보, 당신은 무한한 가능성을 지닌 나의 멋진 남편이었어요. 당신은 아들 재근과 철근에게는 훌륭한 아버지셨고, 며느리 원경과 은영에게는 존경받는 시아버지셨어요. 손자 영준, 영재, 영수, 영호에게는 인자하신 할아버지셨어요.

당신이 세상을 떠나기 전까지 우리 가족 모두 당신의 따뜻한 보호막(保護膜) 속에서 행복하게 살아온 것 감사합니다.

이제는 이 세상 모든 것 고뇌와 병고(病苦) 다 떨쳐버리시고 하늘나라 하나님 곁에서 부모님도 만나뵙고 동기간도 만나고 친구들도 만나고 "진우회" 박대선 감독님, 전산초 학장님, 최정훈 교수님, 심치선 교장님, 김정건 교수님, 김옥환 실장님, 박근옥 권사님, 그리고 "길벗회" 조효길 선생님, 이용훈 교수님 만나서 반갑게 인사하시고, 하나님 주시는 은총, 무한한 복락을 누리시면서 즐겁게 보내세요.

여보, 당신과 함께 떠나지 못한 저를 용서하세요.

2014년 성탄절 나들이

4

故 양승두 권사 장례의식

2018년 2월 10일 새벽 2시 59분 남편은 하나님의 부르심을 받고 하늘나라로 황급히 떠나갔다.

나는 넋 잃은 사람처럼 아무 것도 생각이 나지 않았다. 아무 것도 할 수 없었다. 다만 맏며느리 원경이가 장례의식을 주관하며 그 준비와 절차를 진행하는데 아들 재근이와 의논하며 모든 일을 감당하였다. 오후에 미국에서 막내아들 가족과 조카며느리가 도착했지만, 선두에서 수고하는 맏며느리의 인도에 따라 할 수밖에 없었다.

나는 지금 그날의 모든 행사를 소상하게 남편께 전갈할 수는 없으나 다만, 장례식장은 신촌 세브란스병원 영안실 특2호실이라는 것과 장지는 강원도 춘천시 서면에 위치한 '경춘 공원 묘원'이라는 것을 알았다. 그 후 삼우제에 산소에 갔을 때 그곳에는 '양승두 가족묘'라고 새긴 비석과 성서말씀 "고린도 전서 13장 13절"의 말씀이 새겨진 비문을 보았다.

2018년 2월 12일 오전 5시 50분부터 장례예배가 시작되었는데 입관예배를 주관하신 집례자 이계준 목사님의 설교 말씀과 발인 예배를 주관하신 집례자 신애교회의 황웅식 목사님의 설교 말씀이 계셨는데 이 설교문을 남편께 보내드리고 싶다.

장례식장(2018)

고 양승두 박사 입관예배

설교제목 : 율법의 완성자

성경본문: 로마서 13:8

설교자: 이계준 목사

때: 2018. 2. 11.

1. 우리를 극진히 사랑하시는 하느님의 영원하신 위로와 소망이 유가족과 조객 여러분에게 함께하시기를 빕니다.

저는 1967년 연세대학에서 고 양승두 박사를 만난 이후 지난 50년 동안 동료교수와 행정가로 함께 일했을 뿐만 아니라, 절친한 친구로 지냈습니다. 박대선 전 연세대 총장님을 중심으로 한 은퇴교수모임에서 우정을 돈독히 했을 뿐만 아니라, 연세대학교회 원로교우들의 여행팀인 "길벗회"를 통해 근 10회에 달하는 국내외 여행과 매월 친교모임에도 함께 참여하며 남다른 즐거움과 친목을 도모하였습니다. 그리고 일산에 이사 와서 머물 때는 오정환 박사 내외와 우리 세 가정이 정기적으로 만나 즐거운 한때를 보내기도 하였습니다.

이런 인간관계는 제 인생에 있어서 몇 안 되는 인연이므로, 고인을 만나게 된 것에 대한 감사와 함께 이제 그 관계를 마감하게 되니 섭섭하기 그지없습니다. 더욱이 사랑하는 친구의 육신을 입관하는 자리에서 말씀을 전하게 될 때, 말씀의 증거에 앞서 착잡한 심정을 가눌 길 없습니다.

고인이 요양병원에 입원한 다음 몇 차례 방문한 적이 있었습니다. 그런데 약 1개월 전에 부인이신 허미자 박사님을 통해

"이 목사가 보고 싶으니 오면 좋겠다."

는 연락을 받고 병실을 찾은 적이 있었습니다. 제가 가까이 다가가니 양 박사가 얼굴에 환한 미소를 지우며 저를 대하는데, 그렇게 해맑은 웃음으로 반기는 모습을 처음 본 것 같습니다.

다음 주간에 다시 찾아갈 예정이었는데 어제 아침 비보를 접하였으니, 그의 미소 진 얼굴을 다시는 대하지 못하게 되었습니다. 사람이 늙고 연약해지면 세상을 떠나기 마련이지만, 다시 만남의 기쁨을 갖지 못하게 된 것 실로 서글픈 일이 아닐 수 없습니다.

2. 입관예배의 말씀을 부탁받고 고인이 우리에게 마음에 남기고 간 흔적이 무엇일까 생각하는 가운데, 좀 전에 읽은 로마서 13:8의 말씀이 떠올랐습니다.

"서로 사랑하는 것 외에는 아무에게도 빚을 지지 마십시오. 남을 사랑하는 사람은 율법을 다 이룬 것입니다."

이 말씀을 기록한 사도 바울은 우리가 아는 대로 유대교를 절대 신봉하던 바리새파 사람이고, 그 율법을 가르치던 랍비이었습니다. 그러

나 그가 그리스도인들을 박해하려고 가다가 부활하신 그리스도를 만나 개종하고 율법주의자에서 사랑 중심주의자로 일대 변화를 일으킨 것입니다. 오늘날 수많은 기독교인들이 바울이 가르친 기독교의 본질이 신앙 중심인 것처럼 여기지만, 실상 바울이 전한 복음은 사랑 중심이라고 봅니다. 사도 바울은 로마서 본문에서 뿐만 아니라 고전 13장에서 '믿음, 소망, 사랑 가운데 사랑이 제일'이라고 천명하였고, 에베소서에서는 '진리를 사랑으로 말하라'고 했습니다. 율법처럼 고체화되는 신앙보다는 생명과 삶의 근원인 사랑이 기독교의 본질이라는 뜻이라고 생각합니다.

이 시간 말씀의 제목을 "율법의 완성자"라고 정한 것은 본문의 말씀이 고인의 삶과 관련이 있다는 느낌 때문입니다. 고인은 한 평생 법학자로 그리고 법학대학 교수와 학장으로 봉직하면서 법학계와 사계에 수다한 업적을 남겼습니다.

물론 저는 법학에 대한 지식이 없기 때문에 그 내용에 관해서는 말할 수 없습니다. 그러나 저는 법학자인 고인이 법의 철저한 실천자라는 확실한 증거를 알고 있는데, 그것은 우리가 보통 범하기 쉬운 교통법을 엄수했다는 고백을 직접 들었기 때문입니다.

그러나 고인이 법률을 철저히 지켰다는 것이 시민으로서는 당연하고 모범사례라고 할 수 있을지 모르나, 그리스도인의 경우라면 그것으로 "율법의 완성자"라는 명예를 얻을 수는 없습니다. 성서적 의미에서 율법의 완성은 이웃사랑이란 전제조건 없이는 불가능하기 때문입니다.

제가 고인을 만났을 때 받은 첫인상은 "영국 신사"답다는 것이었습니다. 그는 영어를 비롯해서 여러 외국어에 능통할 뿐만 아니라 교양도 풍부하고, 특히 사람을 대하는 자세가 정중함과 예의로 배어있었기 때문입니다. 그러나 오랜 교제를 통해 알게 된 것은 그의 세련됨과 정중함은 스스로의 노력의 결과이기도 하겠지만, 그의 심성이 본래 매우 여리고 동정으로 채워져 있었다는 사실이었습니다.

그런데 고 양승두 박사는 영국 신사이자 유능한 법학교수의 자리를 넘어서 참 스승의 모습을 조형하였습니다. 그는 학문에 대한 열정과 교수에 충실함은 물론 경제적으로 어려운 제자들에 대해 깊은 관심과 적극적 지원을 아끼지 않은 것입니다. 학생들의 면학제도와 사법고시를 위해 기숙사인 법헌학사 건축을 위한 모금책임을 맡아 불철주야로 뛰어다니며 성공적 결과를 낳았습니다. 이렇듯 사랑의 실천으로 육성된 많은 인재들이 지금도 사회요로에서 활동하며 스승의 은덕을 기리고 있습니다.

어쩌면 고인이 사랑의 실천을 통해 율법의 완성자가 된 것은 하나의 계기가 있었지 않나 추정해 봅니다. 그가 연세대 교수로 재직할 때 한 은사님을 만나게 되었고, 그분으로부터 능력을 인정받아 공적으로 은덕을 입은 일이 있었습니다. 그러나 우리가 아는 것처럼 사람이 은혜를 입었다고 한평생 감사하고 기억하는 일은 그리 예사로운 것이 아닙니다. 지성인의 사회일수록 그런 경우가 더욱 희박하다고 할 수 있습니다.

그런데 고인은 사랑하는 부인 허미자 박사와 함께 그 은사님을 마치 육친처럼 세상을 떠날 때까지 진심으로 존경과 감사를 표하는 것을 보고 감동하였습니다. 고인은 본래 기독교 가정의 출신이 아니지만, 연세대 출신이고 모교의 교수직에 있었기 때문에 기독교인이 되는 데는 여러 가지 요인이 작용했으리라고 짐작합니다. 그러나 그중에서도 유독 고인은 은사님의 은덕을 깊이 기억하고 그분의 기독교적 인격에 감동한 나머지 그리스도인이 되고 사랑의 실현을 통해 율법의 완성까지 성취하였다고 생각할 때, 그의 학자적 및 구도자적 모습에 깊은 존경을 표하게 됩니다.

저는 이런 맥락에서 친구 양승두 박사를 하느님의 품으로 보내면서, 고인은 율법의 완성자인 동시에 신앙과 지성을 겸비한 가정을 이루고 자녀의 효성까지 누렸으니 인생의 승리자인 그를 큰 축하의 박수로 환송하고 싶습니다. 그것은 오늘의 현실에서 사람답게 살고 주어진 사명을 다하며 숭고한 삶을 마감하는 인사가 희소하기 때문인지 모릅니다. 똑똑하고 잘난 사람, 권력과 재력이 많은 사람은 주변에 널렸으나 하느님 사랑과 이웃사랑으로 삶의 완전에 도달하는 사람은 찾기가 쉽지 않습니다.

사랑하는 유가족과 조객 여러분, 이제 우리는 사랑을 통해 율법을 완성한 고인을 기쁜 마음으로 환송하고 우리에게 남긴 이 놀랍고 진귀한 사랑의 유산을 우리 삶에 실현하는 데 전력투구할 수 있으면 좋겠습니다. 그때 하느님의 말로 다 할 수 없는 위로와 평화가 우리에게 임할 뿐만 아니라 우리도 고인의 뒤를 따라 율법의 완성자로 변화되는 은총을 입게 될 것입니다. 하느님의 다함없으신 위로와 사랑과 소망이 유가족과 조객 여러분에게 영원히 함께하시기를 기원합니다. 감사합니다.

영원을 소망하는 그리스도인의 삶(살전 5:13-18)

신애교회 황웅식 목사

우리는 지금 故 양승두 권사님의 장례예식을 진행하고 있습니다. 사도 바울은 데살로니가 교회에 보낸 편지를 통해서, 신자들에게 삶과 죽음에 대해 교훈했습니다. 그리고 오늘 우리는 바울이 남긴 말씀을 통해서, 장례를 대하는 그리스도인의 삶의 자세와 믿음에 대해 생각해 보려고 합니다.

첫째, 그리스도인은 언제나 소망을 가져야 합니다.

사랑하는 사람과 이별을 한다는 것은 누구도 예외 없이 슬퍼하고 안타까워할 만한 일입니다. 누군가 사랑하는 사람과 이별을 하든지, 사랑하는 사람이 떠나가면 슬퍼하고 아쉬워하게 되어 있습니다. 그러나 그리스도인은 그런 일에도 소망을 잃어버리면 안 됩니다. 사도 바울은 이렇게 말했습니다. 13절, "형제들아 자는 자들에 관하여는 너희가 알지 못함을 우리가 원하지 아니하노니 이는 소망 없는 다른 이와 같이 슬퍼하지 않게 하려 함이라"

세상 사람들은 '사람이 한 번 살다가 죽으면 모든 것이 끝난다'고 생각합니다. 그래서 슬퍼하고, 괴로워하고, 안타까워합니다. 세상 사람들은 '인생이 한 번 살다가 죽으면 그만인데…'라는 식으로 말합니다. 그러나 성경은 다르게 말합니다. 성경은 "한 번 죽는 것은 사람에게 정해진 것이요 그 후에는 심판이 있다"(히 9:27)고 했습니다. 한 번 살다가 죽으면 끝나는 것이 인생이 아닙니다. 그 후에는 심판이 있습니다. 예수 그리스도를 영접하지 않은 사람들은 죽음 이후에 영벌로 가고, 예수님을 믿고 영접한 사람들은 천국 영생의 삶으로 가는 것입니다.

세상 사람들은 죽음이 인생의 끝이라고 생각해서 소망 없는 사람처럼 슬퍼하고 괴로워합니다. 그러나 그리스도인은 그러면 안 됩니다. 바울은 분명히 말했습니다. "형제들아 자는 자들에 관하여는 너희가 알지 못함을 우리가 원하지 아니하노니 이는 소망 없는 다른 이와 같이 슬퍼하지 않게 하려 함이라" 바울은 잠자는 자들을 보면서 슬퍼하더라도 소망 없는 사람처럼 슬퍼하지는 말라고 했습니다. 성도들도 사랑하는 사람이 세상을 떠나면 슬퍼하기 마련입니다. 사랑하는 사람과 이별하면서 슬퍼하고 아쉬워하는 것은 당연한 일입니다. 그러나 "소망 없는" 사람처럼 슬퍼하지는 않습니다. 우리는 천국 영생의 삶에서 다시 만날 것을 믿기 때문입니다.

우리는 이 사실을 믿습니다. 그래서 故 양승두 권사님이 살아계신 동안에 믿음을 가지고 계셨다는 사실에 감사합니다. 우리도 먼저 하늘나라로 떠나간 남편이요, 아버지요, 할아버지요, 친우가 되시는 故 양승두 권사님을 생각하면서 아쉬움이 있습니다. 슬픈 마음도 있습니다. 그러나 소망 없는 사람처럼 슬퍼하지 마시기 바랍니다. 하늘 소망을 기대하면서 인내로 모든 장례의 절차에 참여하는 여러분이 되시기 바랍니다.

둘째, 믿음을 잃어버리면 안 됩니다.

사도 바울은 15절에서 이렇게 말했습니다. "우리가 주의 말씀으로 너희에게 이것을 말하노니 주께서 강림하실 때까지 우리 살아남아 있는 자도 자는 자보다 결코 앞서지 못하리라" 이것은 믿음과 관련해서 바울이 했던 말입니다. 우리는 이 세상을 살아가는 동안에 믿음을 잃어버리면 안 됩니다. 구원과 관계되어 있는 유일한 것이 믿음이기 때문입니다. 지금은 고인이 먼저 떠나서 우리가 슬퍼합니다. 그러나 우리가 고인이 가졌던 믿음이나 마음을 계승하지 못하면, 우리는 고인보다 결코 앞설 수 없습니다.

장례식장에 오면, 사람들은 언제나 좋은 말을 애써 찾아서 하려고 합니다. 장례식장에서는 고인의 옛 모습 속에서 좋았던 것, 훌륭했던 것, 사랑이 많았던 것 등에 대해서 이야기합니다. 이유가 무엇입니까? 고인의 좋았던 모습을 우리 가슴에 새기고, 그것을 더 찬란하게 계승하고 발전시키려는 까닭입니다. 그러니까 장례식장에서 나쁜 말을 하는 사람은 진짜 나쁜 사람이라고 했습니다. 좋은 것을 생각하고, 좋은 것을 계승하고, 좋은 것을 더욱 찬란하게 꽃 피울 수 있도록 생각해야 합니다.

저도 장례식장에서 故 양승두 권사님 사진을 제법 긴 시간 동안 보았습니다. 어제 입관예배를 드리면서 이계준 목사님이 설교하시는 모습을 보고 있으려니까 자연스럽게 볼 수밖에 없었습니다. 그렇게 오랜 시간 동안 권사님의 사진을 본 적이 없었는데, 어제는 그렇게 보았습니다. 사진을 보면서 계속 마음에 떠오르는 생각이 있었습니다. 제가 권사님을 네 번 정도 만났는데, 처음 만났을 때도 사진 속의 얼굴 그대로였습니다. 함께 식사를 한 것도 두 번인데, 그때도 사진 속의 얼굴이었습니다. 지난 해 12월 19일에 요양병원에서 만났는데, 그때도 사진 속의 얼굴이었습니다. '아~ 이분은 평생이 이 얼굴이었구나! 사진 속에 있는 미소가 있는 얼굴이 평생의 얼굴이었구나!' 저는 그렇게 생각했습니다.

제게는 고인과 많은 대화를 나누어보지 못했습니다. 권사님의 건강이나 형편상 그럴 수도 없었습니다. 그런데 기억에서 잊혀지지 않는 것이 그런 미소였습니다. 그리고 언제나 '감사합니다'라는 말이 나오는 언어습관이었습니다. '권사님은 저렇게 미소와 감사가 생활화되어 있었구나!' 저는 그렇게 생각합니다. 아마 남편으로서, 자녀로서, 친구로서, 믿음의 동역자로서, 권사님은 여러분에게 더 많은 기억들을 남겨놓으셨을 것입니다. 더 많은 사랑과 더 많은 기억들이 여러분에게 있을 것입니다. 그 좋은 것들을 더 찬란하게 꽃 피우는 여러분의 믿음과 삶이 되시기 바랍니다.

셋째, 서로 위로하는 삶이 되어야 합니다.

바울은 18절에서 마지막으로 이렇게 권면했습니다. "그러므로 이러한 말로 서로 위로하라" 먼저 가신 분을 생각하면서, 우리에게 남겨진 일이 무엇입니까? 서로 위로하는 일입니다. 남겨진 어머니 허미자 권사님께서는 자녀들에게 더 많은 사랑을 남기면 좋겠습니다. 그래서 후손들이 할아버지와 할머니가 남겨 놓은 사랑을 이어가도록 해 주어야 합니다.

남겨진 자녀들, 손주들은 홀로 되신 어머니(할머니)를 더욱 위로해 주어야 합니다. 이제 평생을 함께 하신 남편을 떠나보내고 홀로 남으신 어머니에게 더 큰 위로와 사랑을 베풀어주어야 합니다. 사람들은 크고 작은 일에서 갈등하고 싸울 때가 있습니다. 그러나 성도들은 언제나 서로 위로하고, 격려하고, 이해하고, 사랑해주어야 합니다. 모든 장례의 절차가 끝날 때까지, 그리고 장례 이후에도 이 가정은 그런 믿음의 가문이 되시기 바랍니다. 그래서 장례에 참석했던 사람들에게 덕을 세우고, 믿음의 영향력을 건강하게 세우시는 가정이 되시기 바랍니다. 이전에도 사랑과 위로가 있던 가정이지만, 이후에 더 큰 사랑과 위로와 이해가 넘치는 가정이 되시기를 주님의 이름으로 축원합니다.

——— 5 ———
故 양승두 교수 1주기 추모예배

2019년 1월 26일 토요일 오후 1시 30분.

당신이 세상을 떠난 지 1주기가 되었는데, 제자들이 과분한 추모예배를 준비해 주어서 어떻게 감사의 뜻을 표할지 모르겠어요. 당신은 참 복이 많은 사람이라고 생각합니다. 당신이 세상을 떠나기 전 같으면 나에게 "당신은 왜 시키지 않은 일을 이렇게 벌였느냐"고 꾸중했을 것 같아요.

용서하세요. 나의 뜻이 아니랍니다. 요즘같이 어렵고 힘든 세상에 동문들, 동료 교수님, 후배 교수님, 제자들이 이토록 당신을 사랑한다는 것을 생각만 해도 이 은혜를 어떻게 보답할지 마음이 무겁습니다.

연세대학교 법학전문대학원이 주관해서 연세대학교 법학전문대학원 별관 국제회의장에서 예배를 보았어요. 집례는 이계준 목사님께서 하시고, 기도는 박길준 교수님께서 하셨어요. 이계준 목사님께서 "율법의 완성자"라는 설교를 하셨고, 추도사는 홍복기 교수가 하셨지요. 찬송가는 "하늘 가는 밝은 길이"를 함께 불렀고, 성경 말씀은 마태복음 5장 17절부터 20절까지 이목사님께서 낭독하셨습니다. 너무나 은혜로운 추모예배였답니다.

당신께 여기 기도문과 설교말씀 그리고 추모사를 보여드립니다.

남편 1주기 산소에서

1주기 추모예배 기도

박길준

(연세대학교 명예교수)

인간의 생사화복을 주관하시는 하나님께서 오늘 저희 연세인들을 이 자리에 불러 모아 주신 것을 감사하옵나이다.

저희들이 오늘 이 자리에 모인 것은 저희들을 아끼시고, 사랑하시고, 소중히 여기시던 양승두 교수님을 작년에 저희들에게서 불러 하나님의 품으로 데려 가신 것을 기억하고 그에 대한 저희들의 그리움을 한데 모으기 위하여서 입니다.

범사에 기한이 있고 천하만사가 다 때가 있다고 말씀하신 하나님께서 양 박사님의 수명을 정하시고, 1년 전에 그를 불러 가셨으나 저희들은 인간의 감정으로 그에 대한 슬픔과, 아쉬움과, 그리움을 아직까지도 억제할 수 없습니다.

그를 세상에 보내시어 일생을 사시면서 학문에 열정을 불태우고, 연세를 사랑하며, 제자를 아끼고 소중히 여기시던 그의 삶은 한마디로 '연세사랑'이었습니다.

양 박사님이 우리나라 행정법에 남기신 커다란 족적과 연세대학의 발전, 특히, 연세의 국제화와 전자화에 이바지한 공로, 또 법과대학의 독립과 광복관의 건립에 앞장서 물심양면으로 기여하신 업적, 그리고 수많은 제자를 양성하시어 연세법학회와 법학전문대학원을 창립하시고, 그 기틀을 잡아 주시느라 애쓰셨던 노고를 오늘 이 자리에서 모두 회상하며, 기리고, 또 기억하게 하여 주시옵소서.

시간이 되시면 교수들과 환담을 나누시며 입버릇처럼 "어이 재미없어"라고 하시곤 하셨는데 그러면서도 세상을 재미있게 만들고 다른 사람들에게 재미를 주기 위해 애를 쓰셨습니다. 이제 양 박사님이 우리 곁을 떠나신 지가 벌써 1년이나 되었습니다.

오늘 이 자리에서 그의 생애를 더듬어 보며 그에 대한 그리움이 우리의 소망으로 바뀌게 하여 주시옵소서. 그가 우리들에게 남기신 학문사랑, 연세사랑, 제자사랑의 유산이 우리의 삶이 되게 하여 주시옵소서.

그리하여 시간의 한계에 속박되어 있는 우리의 인생도 우리를 그리워할 만한 사람들에게 아름다운 기억을 남기는 삶이 되게 하여 주시옵소서.

오늘 이 추모의 자리를 만드느라 수고한 법전원장과 연세 법학 회원들의 노고를 하나님께서 기억하여 주시고 양 박사님이 이 땅에 남기고 가신 사모님과 자손들에게도 하늘의 평강과 위로가 함께하여 주시기를 간절히 기도하옵나이다.

이 모든 말씀 예수그리스도의 이름 받들어 기도하옵나이다.

AMEN.

1주기 추모예배 설교

이계준 목사

제목: 율법의 완성자
본문: 마태 5:17-20
2019. 1. 26. 연세대 법대

1. 이 시간 우리는 존경하고 사랑해 마지않던 고 양승두 박사의 서거 1주기를 맞이하여 고인을 추모하기 위해 자리를 함께하였습니다. 지난 한 해 동안 하느님의 말로 다 할 수 없는 위로와 소망이 유가족을 비롯한 추모객 여러분에게 함께하셨을 줄로 믿고 감사드립니다.

오늘 우리에게 주신 하느님의 말씀은 예수께서 율법을 부정하는 것으로 오해하는 유대교 지도자들을 향해 하신 말씀인 것 같습니다. 예수께서는 공생활에서 하시는 일이 인간의 생명을 우선시하므로 안식일에 치병 같은 율법에 저촉되는 사건 때문에 제기된 문제에 대해 스스로 해명하신 것입니다. 그는 자신이 율법의 폐기하는 자가 아니라 완성자라고 선언합니다. 율법의 준수는 문자를 따르는 데 있지 않고 율법의 궁극적 목적인 생명을 살리는 사랑을 실현하는 데 있기 때문입니다.

유대교의 율법이라면 넓게는 구약성서 첫머리에 수록된 모세오경 곧 율법서이고 이것을 약축한 것이 십계명이며 이것을 다시 줄인 것이 '하느님을 사랑하고 이웃을 제 몸 같이 사랑하라.'는 예수의 2대강

령입니다. 결국 유대교의 율법은 하느님 신앙과 인간 윤리의 조화라고 하겠습니다.

예수 당시 사회 지도층이고 지식인이라고 자처하는 율법학자들은 율법과 인격을 별개로 여겼고 율법주의자인 바리새파 사람들은 율법과 일상을 분리시키는 위선의 표상이었습니다. 이런 정황에서 유대교의 전통을 이어받은 예수께서는 율법의 존엄성을 밝히는 동시에 율법을 가르치는 일과 실천은 둘이 아니라 하나임을 역설하였습니다. 그는 이것을 비유로 말씀하시기를 율법 중의 작은 것을 범하거나 잘못 가르치는 사람은 하늘나라에서 아주 작은 사람으로 여겨지고 율법을 실천하며 가르치는 사람은 하늘나라에서 큰 사람으로 인정받는다고 하였습니다.

이스라엘이 로마정권의 식민지로서 정치적 억압과 경제적 착취란 삶의 극한 상황에서 예수께서는 사회 지도층의 불의와 무책임을 질타(叱咤)하시고 추종자들에게 율법의 본질 곧 하느님 사랑과 이웃사랑을 실현하므로 생명을 구원하는 율법의 완성자가 되라고 당부하신 것입니다.

2. 지금 우리는 21세기란 인류 역사상 문명의 정상에 가장 가까이 근접한 시대에 살고 있음을 부정할 수 없습니다. 그럼에도 불구하고 법률이나 도의적 맥락에서 볼 때 마치 1세기 원시시대를 벗어나지 못했다는 자괴감을 지울 수 없습니다. 이것이 온 지구에 편만한 보편적 현상이라고 할 때 지금 예수께서 우리에게 오신다면 2000년 전에 하신 말씀을 되풀이하시지 않을까 생각됩니다.

오늘날 우리 사회의 현실을 보면 법의 존재와 가치가 위정자들과 국민들 모두에 의해 부정되고 남용되고 있습니다. 나라의 법이 권력의 시녀가 되고 율사의 노리개가 되며 민심에 좌우되는 같은 상황이

반복되고 나날이 증폭되고 있습니다. 이로 인해 생명과 인격은 희생되고 사회는 분열되며 나라는 존망지추(存亡之秋)에 놓이게 되었습니다. 국가의 존립과 국민의 삶의 뼈대인 법의 존재 이유와 목적이 증발한 결과입니다.

우리가 이러한 현실에 직면하게 된 단초는 특히 오늘의 율법학자들과 바리새파 사람들 곧 지식인들, 사회 지도층, 위정자들은 물론 특히 법조계 인사들에게 있다고 해서 지나친 말은 아닐 것입니다. 예수의 말씀처럼 '이들은 율법을 실천하며 가르치는 큰 사람들이 되어야 사회가 안정되고 발전할 것입니다. 그러나 율법을 스스로 범하고 잘못 가르치는 작은 사람들만이 속출하며 경거망동마저 서슴지 않으니 사회적 혼란과 위기의식은 날로 증폭되고 어느 순간 멸망의 나락으로 떨어질지 알 수 없는 지경에 이르게 되었습니다.

3. 이렇듯 왜곡되고 위태로운 사회적 분위기 속에서 오늘 우리가고 양승두 박사를 추모하며 그가 살아간 족적을 되새긴다는 것은 실로 각별한 의미가 있다는 생각이 듭니다. 우리는 그가 남긴 학문의 업적과 제자들에 대한 사랑, 깔끔한 신사의 모습과 부드러운 인간관계 등 여러 가지 측면들을 회상할 수 있을 것입니다. 그러나 고인의 삶을 한마디로 요약한다면 무엇이라고 할 수 있겠습니까? 물론 이에 관한 대답은 사람에 따라 구구각각일 것입니다.

그러나 지난 60년 동안 고인의 동료와 친구로서 저에게 남긴 이미지를 요약한다면 그의 인격과 삶에는 이중성이나 괴리가 없었다는 것입니다. 개인이나 감정에서 대학이나 사회 어떤 영역에서나 고인은 말과 행동이 항상 일치하였고 법학을 가르치는 교수로써 "법 없이도 사는 사

남편 1주기 추모예배(2019)

람"의 전범이 되었습니다. 고인은 이미 생존에 법을 실천하며 가르치므
로 하늘나라에서 큰 사람으로 인정받을 자격증을 취득하신 것입니다.

저는 학덕을 갖추신 스승님들을 만난 것을 큰 행운으로 알고 이 축
복을 주신 하느님의 은총에 늘 감사하며 살아가고 있습니다. 선생은 많
으나 스승이 빈곤한 세대에 속한 후진 여러분께서도 인격과 학문을 두
루 갖추신 큰 스승님의 문하생이 되신 행운에 감사하시리라 믿습니다.

고인은 인생 후반기에 기독교 신앙에 깊이 심취하였습니다. 이것은
아마도 지금까지 연마한 인생과 학문이란 그릇에 하느님의 사랑을 가
득 채움으로써 인생, 학문, 신앙을 삼위일체로 완성하려는 동기에서
비롯된 것이 아닐까 상정해 봅니다. '율법은 사랑을 힘입어야 비로소

완성된다.'(로마 13:10)는 사도 바울의 명언과 같이 말입니다.

친애하는 유가족과 추모객 여러분, 우리는 이 시간 고 양승두 박사께서 살아가고 남기신 삶의 모습을 함께 추모하며 우리 마음에 깊이 각인하는 계기로 삼았습니다. 이제 고인께서는 율법의 충분조건인 하느님 사랑과 이웃사랑으로 인격과 학문을 통합한 존귀한 유산을 우리에게 주고 가셨으니 이것을 감사함으로 받아 우리의 일상에서 몸소 실행할 수 있으면 참 좋겠습니다. 그래서 이를 통해 고인과 우리가 영원한 진리와 자유 안에서 사랑으로 하나 되는 동시에 엄중한 시대적 사명을 성취하므로 지금 여기서 하늘나라의 큰 사람들로 거듭나는 계기가 되었으면 참 좋겠습니다.

유가족과 추모객 여러분들에게 하느님의 무한하신 위로와 축복이 함께하시기를 빌며 말씀을 맺습니다. 감사합니다.

1주기 추모예배 추모사

균재 양승두 교수님을 추모하며

홍복기

(연세대학교 법학전문대학원 명예교수)

작년 2월 10일 새벽에 균재 양승두 교수님께서 소천하셨습니다. 돌아가시기 전 한동안 거동이 불편하셨지만 백발의 해맑은 모습을 지니고 계셨기에 병환을 극복하고 쾌차하시리라는 희망을 갖고 있었습니다. 그러나 늘 우리 곁에 계셨던 선생님의 별세는 대한민국 법학계와 연세대학교 법과대학이 큰 스승을 여의었다는 상실감에 허망할 수밖에 없었습니다.

선생님은 1934년 12월 18일 서울 명륜동에서 태어나셔서 초등학교 4학년 재학시에 해방을 맞이하였습니다. 경동중·고등학교를 거쳐 1954년 연세대학교 정법대학 법학과에 입학하여 연세와의 인연이 시작되었습니다. 1961년 박사과정 수학 중에 사모님과 결혼하시어 평생을 해로하시며 슬하에 2남을 두시고, 네 명의 손자를 두셨습니다.

선생님의 일생은 학문연구와 후학을 양성하는 데 정진하시는 것으로 일관하셨습니다. 그 시작은 연세대학교 대학원에서 법철학을 전공하여 1960년에 석사학위를 취득하신 것이었고, 이후 미국 뉴욕대학원 로스쿨에서 플브라이트 장학생으로 수학하셨습니다. 또한 60년대 말

영국 맨체스터 대학원에서 수학하셨고, 그 결실로 '영국위임입법의 통제에 관한 연구'로 1973년 연세대학교에서 법학박사 학위를 1호로(맨처음) 취득하셨습니다. 뒤이어 미국 하버드 대학교에서 초빙교수로 계시는 동안 미국의 사법제도와 법학교육제도를 집중연구하시고 우리나라의 법학교육이 이론 중심에서 벗어나 사례 중심의 교육방법으로 전환하는 (당시를 기준으로 본다면) 법학교육방법을 획기적으로 변화시키는 선구적인 역할을 하셨습니다.

선생님은 1963년부터 연세대학교에서 후학을 가르치기 시작하셨습니다. 이후 1967년에 교수로 취임하여 2000년 정년퇴임하시고, 그리고 70세에 강의를 마치실 때까지 거의 반 백 년을 모교에서 제자들을 교육하고, 연구하고, 학교와 사회를 위하여 봉사하셨습니다.

선생님은 우리나라의 법학이 일본식민지 법학의 잔재를 벗어나 우리의 독자적인 학문영역을 개척하시기 위하여 행정법, 법철학, 지적재산권법 분야에 걸쳐 폭 넓은 연구활동을 하시고 수많은 연구업적을 남기셨습니다. 특히 한국의 사법제도의 선진화, 한국인의 전통적 법의식, 국제적으로 경쟁력 있는 법률가의 양성을 위한 법학교육제도의 개선, 행정법학의 발전, 법철학 분야에 각별한 애착을 가지고 학술활동을 하셨습니다. 또한 선생님은 비교법 연구에 관심을 기울여 영미의 법철학과 사법제도를 우리나라에 소개하는 데 많은 노력을 기울이셨고 '정의론' 등 많은 역저가 있습니다.

선생님은 대외적으로 정부 및 공공기관 등에서 많은 봉사활동을 하셨습니다. 중앙선거관리위원회, 공직자윤리위원회 위원장, 국무총리 정책평가교수, 규제개혁위원회 위원장, 법 및 사회철학회 회장, 헌법개정심의회 위원, YMCA 이사 등을 역임하셨고, 이러한 활동으로 국민 훈장 동백장, 황조근정훈장을 수훈하셨습니다.

선생님은 무엇보다도 오늘날 연세대학교 법과대학을 이끄시고 법학 전문대학원이 국내 최고의 로스쿨이 될 수 있는 큰 기틀을 마련하셨습니다.

교내에서는 기획실장, 중앙도서관장, 법과대학장을 맡으시면서 연세와 법과대학의 발전에 많은 열정을 쏟으셨습니다. 특히 연세동산에서 법학이 제대로 대접을 받지 못했던 시절, 여러 동문들과 힘을 합하여 법과대학의 독립을 위하여 줄기차게 노력하셨고, 그러한 노력의 결실이 연세대학교 법과대학의 발전과 오늘날의 법학전문대학원이 국내 최고의 로스쿨로 발전하는 전기를 마련하셨습니다.

또한 선생님은 '연세대학교 법과대학 설립 50주년 기념사업회'를 결성하여 열과 성의를 다하여 현재 연세대학교 법학전문대학원이 사용하고 있는 '광복관'을 2000년에 건립하셨습니다. 이때 평소 미국식 로스쿨 교육을 주장하셨던 선생님의 선견지명으로 광복관 안에 독자적인 법학 도서관을 갖추게 되었고, 모든 강의실을 계단강의실로 설계할 것을 주문하여 법과대학이 로스쿨(법학전문대학원)로의 전환이 수월하게 진행되어 연세로스쿨이 국내 최고의 로스쿨이 될 수 있는 물적 토대가 마련되었습니다.

또한 2000년 광복관 건립과 동시에 '연세법학진흥재단'의 설립을 위한 기금모금을 진행하여 '연세법학'이 학문적으로 도약할 수 있는 재정적 기초를 마련하셨습니다. 아울러 산업발전에 도움이 되는 실용적인 법률가를 양성하기 위한 선생님의 노력은 국내 최초로 특허법무대학원의 설립으로 이어졌고, 오늘날 '법무대학원'이 그 전통을 이어가고 있습니다.

이렇게 선생님은 '연세법학'이라는 학문공동체를 이끄셨고, 제자들에게는 늘 어렵지만 항상 자상한 어른이셨습니다. 그래서 선생님은 망망대해와 같은 학문의 세계에서 학자의 길을 닦고 있는 제자들이 본받을 선망의 대상이셨고, 선생님께서도 제자 사랑으로 많은 학은을 베푸셨습니다. 선생님의 해박한 지식과 좌중을 이끄는 담론은 많은 제자들의 존경심과 유대감으로 이어졌고, 선생님은 전공을 불문하고 우리 모두의 스승이셨습니다.

선생님의 가르침과 말씀은 사회생활을 충실히 수행할 수 있는 우리 모두의 원동력(양식)이 되었습니다. 학부와 대학원에서 선생님이 보여주신 남다른 탁월한 강의방법, 영어·불어·일어에 능통하실 뿐만 아니라 박학다식한 전문가로서의 소양은 학문으로서 법학의 지평을 넓혀 주셨습니다. 그래서 많은 제자들이 선생님의 학은을 받아 사회 각계에 진출할 수 있었고, 학계는 물론 법조계, 정계, 기업에서 중추적인 역할을 할 수 있는 실력과 교양을 갖춘 인재로 활약하게 되어 '연세법학'의 위상을 높이게 되었습니다.

우리 모두 선생님을 모시면서 선생님은 "연세대학교의 기독교 정신과 실사구시(實事求是)의 실용정신, 민족주체의식에 투철한 법학자"라고 한결 같이 느끼고 있습니다. 선생님은 교수생활에 있어서 선생님의 성격상 일부러 강조하지 않으셨지만, 돌이켜보면 연세의 이념인 진리·자유 의식을 고양하고, 한국인의 법의식과 법률사상을 연구하시면서 한국법의 토착화와 세계화, 국제화를 위하여 한평생 매진하셨습니다. 선생님은 법학공부에도 이론적인 것보다도 법적 사고방식, 법적 정의의 구현, 공평과 민주적 의식의 함양에 중점을 두고 실천적인 방면에 더욱 역점을 두고자 노력하셨습니다.

선생님은 옥석이 뒤섞여 혼돈한 세상 속에서 출세라든가 세속적인 부귀나 영화보다도 연세의 울타리 안에서 고고히 제자의 양성과 학문의 거보를 지켜 오심으로 인해서 지금도 후학의 흠모를 받고 계신 분입니다. 그러기에 선생님은 우리 곁을 떠나셨지만 선생님의 생애와 그 헌신의 결과가 오늘에도 살아있고 우리의 영원한 사표(師表), 연세 법학의 영원한 스승이십니다.

끝으로 존경하는 선생님! 이제 주님의 나라에서 영원한 안식을 누리시며 천상에서 '연세법학'의 발전을 지켜 봐 주시기를 기원하며 추모사를 마치겠습니다. 감사합니다.

2019. 1. 26.

홍복기 올림.

가족 대표 인사 말씀

　가족을 대표하여 맏아들, 제가 인사말씀 올리겠습니다.

　오늘 바쁘신 가운데 저희 아버님 1주기 추모예배에 참석하여 주신 아버님의 동료교수님, 동문교수님, 친구분들께 감사의 말씀을 드립니다. 특히, 예배를 집례 하여 주신 이계준 목사님, 추모기도를 하여 주신 박길준 명예교수님, 추모예배를 위하여 모든 준비를 하여 주시고 추모사를 해주신 홍복기 명예교수님과 동문교수님께 감사의 말씀을 드립니다.

　아버님께서 돌아가신 지 1년이 되었지만 아직도 저희 가족 곁에 계신 것만 같습니다. 어머님께서 준비 중이신 추모집을 위하여 동료교수님, 후배교수님, 제자교수님께서 보내주신 소중한 추모의 글을 읽었을 때 아버님에 대한 그리운 마음이 더하여집니다. 또한, 하늘나라에 계신 아버님께서 생전에 여러분들의 많은 사랑을 받으셨다는 것을 다시금 느꼈습니다.

　오늘 쌀쌀한 날씨에 추모예배에 참석하여 주신 교수님들께 다시 한번 감사의 말씀을 드리며, 추모집이 완성되면 한번 자리를 마련하여 모시겠습니다.

2019. 1. 26.

맏아들 재근 올림.

6

남편이 아끼고 사랑한
후배와 제자들의 추모의 글

양승두 선배님을 추모하며

전병재

(연세대학교 명예교수)

양승두 교수(1934년생인 선생은 37년생인 나보다 인생의 3년 선배이자 연세대 법과의 3년 선배이기도 하지만, 작년에 나보다 먼저 타계하셨으니 여러 모로 확실한 선배이시다.)는 지금 어느 세상으로 가 계실까?

몇 해 전까지만 해도 양 선배님은 연세대학교에서 친하게 지낸 몇몇 친구들과 모임을 이어가고 있었는데, 몇 해 전에 작고한 박영식 총장을 위시해서 정진위 교수, 이상회 교수, 백영철 총장, 그리고 양 선배님이 그 주요 멤버였다. 미국에서 가끔 고국을 방문했던 서정갑 교수와 정년 이후 시골에 살면서 일 년에 두어 차례 서울에 올라온 나도 이 모임에 자리를 함께하곤 했는데, 점심을 먹으며 시작되는 모임이 보통 서너 시간 이어지곤 했다. 모두들 각 분야에서 선도적 활약을 하신 분들이라 모처럼 모이면 시간 가는 줄 모르고 각자 보고 들은 시국에 관한 이야기들을 다투어 쏟아내곤 했다. 한적한 시골 생활을 하다가 이 모임에 참가하는 나는 이 모임이 정년 이후 겪게 된 여러 가지 즐거움 중 하나였다.

한번은 내가 '우리 모두 언제 죽을지 모르는 나이가 되었으니, 죽음이란 과연 무엇이며 사후 세계는 존속하는 것인지 아닌지 한번 이야기해 봅시다.'라고 제안했더니 이 엉뚱한 제의에 모두들 한동안 서로 얼굴들만 쳐다보다가 맨 먼저 입을 연 분이 박영식 총장이었다. 아는 것은 안다, 모르는 것은 모른다를 분석철학자답게 명쾌하게 드러내는 박총장은 사후 세계는 경험될 수 없는 것이기 때문에 결코 논리적으로 해명될 수 없다고 보는 불가지론자들과는 달리, 사람의 의식은 두뇌활동의 결과일 뿐이라고 보는 수반이론에 입각해서 '죽음은 모든 것의 끝'이라고 단언했다. 박 총장의 이런 단도직입적인 분명한 해답으로 그 이야기는 더 이상 진행될 여지가 없어져버려서, 화제는 이내 세상 돌아가는 이야기로 되돌아왔다.

그 다음 번 서울 갔을 때 학교에서 고 함병춘 교수의 업적을 토론하는 학회가 연세대학에서 있었는데, 마침 "박 총장이 세브란스 병원에 입원 중이니 문병을 가자" 해서 양 선배님, 정진위, 남기심 교수와 함께 갔더니 박 총장은 밝은 모습으로 "곧 퇴원하니 다시 모이자" 했다. 헤어질 때 악수하는 손아귀 힘이 유독 강하게 느껴졌는데, 뜻밖에 그 다음날 별세했다는 부음을 접하게 되었다. 루스채플에서 고별예배를 보고 양 선배와 법과대 연구실로 걸어오면서 생사의 덧없음을 이야기한 일이 생생한데, 이제는 양 선배님까지도 타계하셨으니 인생의 허무

함이 더더욱 뼈 속 깊이 저며 든다.

　나 또한 80고개를 넘은 후, 하루하루 쇠약해져 가는 몸을 가누며 삶과 죽음의 문제를 좀 더 구체적으로 생각하는 시간이 많아지고 있다. 동서고금의 성인들 말씀을 되새기면서 과연 인생이란 어디서 왔다가 어디로 가는가의 문제를 생각하면 불교에서 말하는 업과 인연, 그리고 윤회의 진실성이 점점 더 가까이 느껴진다. 그래서 금생에서 만난 모든 인연을 소중히 여기며 일체의 악연은 풀고 선연은 더욱 돈독히 가꾸어 나가는 것이 올바른 삶의 도리라 생각한다. 양 선배님과의 50년 넘는 깊은 인연도 나는 결코 우연으로 생각하지 않을 뿐 아니라, 선배님의 죽음이 우리 둘의 관계를 결코 단절시킬 수 없는 것이라는 확신을 갖고 있기 때문에 이 관계가 다음 생에서는 더 좋은 인연으로 이어지기를 간절히 바라는 마음으로 이 글을 쓰고 있다.

　양 선배님은 어느 날 지나가는 말처럼 "현명한 자는 남의 충고를 필요로 하지 않고, 어리석은 자는 남의 충고를 받아들이지 않는다."라고 하신 적이 있다. 당시의 구체적 상황은 기억되지 않지만 나는 이 말씀을 가끔 곱씹어보면서 양 선배님은 나를 위시한 주위 사람들에게 충고 대신 도움을 주려고 항상 애쓰신 일을 기억하고 있다. 그래서 나는 이 말씀을 나의 대인관계를 반성하게 하는 시금석으로 삼고 있다. 특히 남을 가르치는 직업에 종사하다 보면 충고를 남발하기 쉬운데, 양 선배님은 후배나 제자들에게 충고나 질책을 하는 대신, 항상 상대방의 어려움이 무엇인지를 먼저 살펴서 구체적으로 도움을 줄 수 있는 방도를 고심하신 따뜻한 인품이셨다. 나는 이런 선배님을 법이 단순한 사회통제 수단이 아니라, 어려움에 처한 사람을 구제하는 제도적 장치로 보는 독특한 법학자라고 생각하고 있다.

가족과 이웃들, 그리고 학교 동료들, 선후배들, 제자들에게 그토록 두터운 은혜를 베풀고 떠나셨으니 필경 좋은 곳으로 가셨을 것이다. 양 선배님의 제자사랑, 학교사랑은 유별나다. 제자들 결혼 주례도 삼백 쌍 이상 서셨을 것이다. 강원도로 전라도로 출장주례까지 마다하지 않고 서셨으니 참으로 놀랍다. 혹시 한가해서 그런 일이나 했겠지 할지도 모르지만, 결코 그렇지 않다. 정년 이후에도 각종 기관 자문위원회 등으로 항상 바쁜 나날을 보내셨고, 친구 동료들 모임에도 빠지는 일이 없으셨으니 어찌 한가한 생활이라 하겠는가. 고 함병춘 선생님과 양 선배님께 거문고를 배우자고 졸라댄 일이 있다. 당시 국립국악원장 송방송 교수도 함 선생님 댁으로 와서 선비는 거문고를 배워야 한다고 거들어 두 분이 거문고를 사게 되었는데, 줄곧 "지금은 바쁘니 이 일 끝내고 다음 학기부터 배우자" 하시던 것이 결국 시작조차 못하고 멀리 떠나버리셨다. 이런 바쁜 생활 속에서 제자 주례를 삼백 쌍이나 서셨으니 이 어찌 예사로운 일이라 하겠는가. 학교 일에도 헌신적이셨다. 법현학사, 법과대학 건물 신축을 위해 진력하시던 모습이 지금도 눈에 선하다.

사람은 각자 깜냥대로 기억한다. 그래서 사람들이 양승두라는 한 사람을 기억하는 내용도 다양할 수밖에 없을 것이다. 부인이신 허미자 교수가 기억하는 남편 양승두가 재근이 철근이 두 아들과 며느리들 기억과 어떻게 같을 수 있겠는가. 나와는 전공이 다른 첫째 아들 재근 교수는 별로 기억되는 바가 없다. 그러나 둘째인 철근 교수는 불교에 관심이 많다는 점에서 나와 생각이 통하는 바가 크다. 철근 박사가 미국 유학시절, 그리고 교수생활을 할 때도 가끔 불교관련 자료를 부탁해 오면 양 교수가 그 자료들을 일일이 복사해서 보내는 정성을 곁에서 보고 "애비의 자식사랑이 이런 건가, 나는 내 자식들에게 저런 정성을 쏟은 일이 있는가" 하는 자책에 빠진 일이 한두 번이 아니다. 사람의 행동이 버릇으로, 버릇이 성격으로, 성격이 운명과 팔자로 굳어지는 법인데 양 선배의 그 행동 하나하나가 주위를 훈훈하게 해준 그의 인품으로 된 것을 생각하면 말 한마디 행동 하나를 함부로 할 수가 없다.

내 인생에 가장 큰 은혜를 베푼 분으로 나는 항상 함병춘 교수를 생각하고 있거니와, 양승두 교수도 언제나 함 교수와 함께 은혜로운 분으로 각인되어 있다. 예컨대 내가 63년 봄, 독일로 유학을 떠나는 인사차 함 교수를 찾아뵈었는데 그 자리에서 함 교수는 나를 미국으로 가도록 강권하셨다. 독일 사회과학은 사양길에 접어들어 훌륭한 학자들이 모두 미국으로 자리를 옮기고 있고, 독일은 비록 학비는 무료지만 장학금이 없는 데 비해 미국에 가서 잘만 하면 생활비 일체도 장학금으로 충당할 수 있다. 또 내 독일어가 영어만 하겠는가 등의 이유를 들어 미국행을 주장하셨다. 그해 마침 연세대 화학과 이길상 교수가 처가와 막역한 사이라 아현동 시장통에 있는 댁을 찾아가 인사 하는 자리에서 함 교수 말씀을 했더니, 이교수도 단박에 함 교수 말씀에 따를 것을 권하셨다. 이 교수는 일 년간 독일 교환교수를 끝내고 막 귀국한 터였다. 모든 수속을 끝내고 출국 인사차 들린 자리에 두 선생님이 이렇게 말씀하시니 내 마음이 동요되지 않을 수 없었지만 내가 미국행을 결심하기까지는 양 선배님의 따뜻한 조언이 큰 역할을 했다. 66년도 동베를린 사건이 미국에서 발간되는 한국 신문에 대문짝만하게 보도된 것을 보는 순간, 내가 독일이 아닌 미국으로 오게 된 것을 큰 다행으로 생각하지 않을 수 없었다. 윤이상 선생은 내 고등학교 음악선생이셨고, 또 내 고등학교 동기 천병희 군도 하이델베르크 대학에 나를 입학하도록 도와준 절친이었는데, 이 두 사람이 모두 동독사건에 휘말려 강제 귀국당했으니 내가 63년에 독일로 갔었으면 나 또한 그 사건에 휘말렸을 것이 틀림없는 일이었다.

내가 미국에서 박사학위를 끝내고 새 차와 새 가구를 장만하여 적어도 몇 년은 더 교수생활을 하면서 구경도 하고 논문도 쓰고 할 생각이었는데, 72년 봄에 함 교수가 세인트루이스 한인 모임에 참석하신 후 우리 집에서 하루를 주무시면서 날더러 즉시 귀국할 것을 권하셨다. 그 몇 달 후 철학과 김형석 교수가 그곳에 들렀을 때 귀국의 타당성을 여쭈었더니, 그분도 함 선생 말씀과 일치하는 내용이었다. 그런데 그때도 내가 72년 겨울 급히 귀국하도록 하는 데 큰 역할을 하신 분이 양 선배님이시다. 내가 1972년 겨울, 갑자기 귀국하게 되어 귀국 직후 생활이 매우 궁핍했을 때 양 선배가 거금으로 나를 도와주신 일은 지금까지 잊을 수가 없다. 이렇듯 나는 항상 도움을 받는 쪽이었지 양 선배를 도운 일은 없다.

내가 폐병으로 2년간 휴학하고 1960년에 복학했을 때 내 대학생활은 엉망이었고, 내 앞길 또한 막막하기 짝이 없었다. 양 선배를 처음 만나게 된 계기는 구체적으로 기억되지 않는다. 그러나 본격적으로 가까워진 것은 고 함병춘 교수, 그리고 김중순 형과 넷이서 연세대 사회과학연구소를 운영해나가면서 전국 법의식조사를 시행했을 때부터였다. 당시 양 선배가 신혼생활을 시작했던 신촌의 셋방이 마침 내가 기거했던 곳과 지척이라 더 가까이 할 수 있었다. 우리 모두가 가난했던 시절,

옹색한 살림 속에서도 꿈같은 젊음을 보낸 일들이 마치 전생의 기억처럼 아득하다. 전국 사회조사를 행하면서 겪은 일들은 입담 좋은 김 총장의 글에 세세히 담겨 있거니와, 내가 귀국한 후 새로 창설된 연세대 사회학과를 만들어가는 과정에서 양 교수가 베푼 도움들은 일일이 열거할 수가 없다. 당시 박대선 총장과 지근거리에 있었던 양 교수가 신규채용을 둘러싸고 부닥치는 어려움을 타개하는 데 얼마나 큰 도움이 되었는지 아는 사람들은 별로 없다. 조그마한 공을 침소봉대하여 자기 이익을 챙기기에 급급한 이 야박한 세상에 묵묵히 남을 돕는 일에 시종하셨던 양 선배님의 음덕은 가히 그 크기를 헤아릴 수가 없다.

양 교수와 함께 거닐던 연세동산 구석구석이 내게는 지금도 새롭다. 함병춘 교수가 주미 대사 시절 겪으셨던 어려움도 양 교수와의 이야기 속에서 더욱 생생하게 부각되곤 했었다. 한번은 양 교수가 함 대사로부터 당시 연세대 이야기꾼으로 소문난 오화섭 학장과 이군철 교수의 재미있는 이야기를 녹음해 보내달라는 부탁을 받은 일이 있었다. 현해탄이라는 일식집으로 두 분을 모시고 가서 요리를 한상 차려놓고 녹음기를 틀어놓고 이야기를 청했더니 처음에는 서먹서먹하던 이야기판이 무르익자 배꼽을 잡게 하는 이야기들이 쏟아져 나온 것을 녹음해 보낸 일도 있다.

당시는 군사정권 시절이라 뉴스가 심하게 통제되었다. 그러나 일본어에 능통한 양 교수가 충무로 책방에서 구입한 일본잡지를 읽고 당시 국내외 상황을 내게 자세하게 설명해준 일도 비일비재하다. 술은 한방울도 안 드시면서 술좌석을 즐기기로 말하면 양 교수만큼 흥겹게 즐기는 사람도 드물 것이다.

81년도에 함 선생이 정부 일에서 풀려나 연세대학교에 복직했을 때 양 교수와 나는 사회과학연구소를 처음 만들었을 때의 꿈을 다시 되찾은 듯 매일 학교에서 만나 앞으로의 연구계획을 논하곤 했다. 그러나 그도 잠시 일뿐, 정부에서 대통령 비서실장으로 들어오라는 압력을 받으며 몇 주 동안 심각한 고심을 하신 끝에 못내 다시 청와대로 들어가게 되었는데, 그때 마침 김중순 교수도 미국에서 일시 귀국했을 때라 양 교수와 김 교수, 그리고 나와 셋이서 함 선생 댁을 방문하게 되었다. 축하의 자리가 아닌 위로의 자리였다. 나는 그때 난초를 한 그루 가지고 갔는데 신통하게도 꽃이 한 차례 진 뒤에 다시 꽃대가 올라온다고 사모님이 전화까지 하셨다. 그런데 1983년 10월 9일 아웅산 사건으로 함 선생님은 비명에 가시고 말았다. 비보를 듣고 댁으로 급히 달려갔으나 사모님은 안 보이고 거실에는 급히 달려온 인척들만 몇 분 계셨다. 마침 김상협 국무총리가 방문하시자 누군가가 안방으로 들어가서 사모님을 모시고 나왔다. 그때 사모님은 나를 보시자마자 내 손을 붙들고 "선생님이 떠나시면서 맺힌 꽃 봉우리가 돌아올 때쯤이면 만개해 있겠지 하시며 떠나셨다"고 절규하셨다. 양 선배는 그때 법과대 교수 수양회를 가셨다 급히 달려 오셨다. 슬픔은 나누어 가지면 반감이 된다는 말이 있지만, 양 선생과 나는 서로의 존재가 함 선생과의 지난 일들을 회상하게끔 하여 우리들의 슬픔은 더욱 짙어지기만 했다. 그 삼 년 후인 1986년 유월에 양 선생과 나, 그리고 함 선생의 고교 후배 이홍구 교수와 함 선생의 장남 재봉 박사가 함 선생의 유고집 〈Korean Jurisprudence, Politics and Culture〉를 발간했을 때도 우리의 실의는 달랠 길이 없었다.

194

함병춘, 양승두, 김중순 교수와의 만남은 내게 얼마나 고마운 인연인지 모른다. 이제 양 선생까지 가시고 김 교수와 나만 남았다. 우리 둘도 80고개를 넘고부터는 젊을 때의 의욕도 사라졌다. 그러나 함병춘 교수님의 두 아들 재봉이 재학이, 그리고 양승두 선배님의 두 아들 재근이 철근이가 곁에 있으니 이분들은 내 곁을 아주 떠난 것이 아니다. 나는 두 분에게 받은 태산 같은 은혜를 하나도 갚지 못하고 노경을 이렇게 초라하게 지내고 있는 것이 그저 죄송스러울 뿐이다. 지금도 양 선배를 찾아가 뵙던 마지막 모습이 생생하다. 연세대에서 가장 멋쟁이로 통하던 양 교수의 수척해진 모습을 보고 나와서 갑자기 쏟아진 빗속을 걸으며, 사람의 육신은 참으로 허무한 것임을 실감했다. 그러나 이 글을 쓰면서 양 교수가 지금 하늘나라에서 그 특유의 미소 짓는 모습으로 내려다보고 계실 것으로 생각하면 나는 외롭지 않다. 금생의 우리들 인연이 다음 생에는 더 좋게 이어지게 될 것을 믿기 때문이다.

양승두 선배님을 그리워하며

김중순

(전 고려사이버대학교 총장)

내가 양 선배를 알고 지낸 지는 올해로 61년째다. 그 중 36년간은 양 선배와 내가 다른 세상에서 살았다. 그 기간이 양 선배가 가장 왕성한 사회활동을 한 시기였다. 그러나 나는 그 기간에 양 선배가 이룩한 업적들이나 활동상황을 잘 모르고 있다. 남을 통해 전해 듣거나 지상을 통해서 보도된 기사를 읽은 것이 고작이다. 그래서 양 선배에 대한 내 기억은 '임의추출기억장치(random-access memory)'처럼 '무작위'적일 수밖에 없다. 이런 자리의 글이 흔히 그렇듯이 망자(亡子)에 대한 과도한 찬사가 실제의 사실을 흐리게 할 수도 있고, 사실을 왜곡해서까지 찬양 일변도의 글이 지인을 잘 아는 눈 밝은 사람들의 빈축을 사기도 쉽다. 이런 폐단을 줄이기 위해서 나는 양 선배에 대한 나만의 기억을 내 이야기를 통해 찾아보기로 했다. 그러다 보니 마땅히 있어야 할 양 선배에 대한 '칭찬'을 최소화했고, 평범한 이야기들이 주를 이룬 듯해서 오히려 죄송한 감이 들기도 한다. 실제로 양 선배는 유별난 성격을 지녔거나 "주머니에서 토끼를 꺼내는 마술사"같이 요술을 부리는 재주는 없지만, '양(梁)'이라는 성(姓)씨에 나타난 것처럼 양처럼 '양'순하고, 중국의 고사처럼 대양이 샛강에서 온 물이라고 거절하지 않는 것처럼(河海不擇細流), 매사를 포용할 줄 아는 아량을 지닌 분

196

이어서 나 같은 못난 후배까지도 포용한 마음씨 넓은 분이었다. 그러면서도 남들이 이루지 못하는 영역까지 많은 일을 성취한 분이다. 그러면 내 이야기를 통해 양 선배를 찾아보기로 하자.

양 선배님과 나와의 만남은 우연이 아니었다

어느 유행가의 노랫말처럼 양 선배와 나와의 만남은 "우연이 아니었다." 이 세상 어느 인연인들 우연일 수 있겠는가. 그러나 양 선배와 나 사이를 아는 사람들은 두 사람이 어떻게 친 형제처럼 가까운 관계가 되었는지, 그 연유를 알 수 없다는 사람들이 많다. 내가 대학에 갓 입학했을 때, 양 선배는 신입생들에게는 '하늘같이' 보이는 졸업반이었으니 3년 선배였다. 출신지로도 양 선배는 서울 토박이인 반면, 나는 오지(奧地) 중에서도 상 오지인 경상북도 봉화 출신 '깡 촌놈'이었다. 게다가 출신 고등학교도 양 선배가 경동고등학교 출신인 반면, 나는 중앙고등학교를 다녔으니, 두 사람 사이에 친밀성 요소는 찾기가 쉽지 않다.

성격으로 보면 그 차이는 더 크다. 6·25전쟁이 휴전이 되어 서울에 와서 연세대학교를 다니기 전의 내 성격은 아주 소심하고, 수줍음이 많고, 사람들과 어울리는 것을 기피했던 그야말로 '촌 닭'이었다. 학교에서도 나는 늘 외톨이로 읍내 아이들을 피해 후미진 곳에서 혼자 지냈다. 학교에 가는 것이 너무나 싫어서 매일 아침 학교를 가는 대신 낙동강 상류 천 중의 하나인 내성천(乃城川)에서 고기잡이를 하다가, 다른 아이들이 학교를 파하고 '신작로'로 돌아오는 것을 보고는 나도 집으로 돌아오는 생활을 3개월이나 했다. 드디어 일본인 담임교사 '구레모토 센세'에게 탄로가 나서 무단장기결석이란 '죄목'으로 퇴학처분을 받았다. 그 후, 해방이 되어 다시 학교로 돌아가기 전까지 나는 집에서 일꾼들을 따라 산에 땔나무를 하러 다니던, 당시 초등학교 선생님들께는 골칫거리 문제아였다. 여기에 토를 하나 단다면, 해방 후 나는 다시 입학하여 월반을 하는 바람에 학년으로 손해는 보지 않았지만, 나를 따라 고기잡이를 하다가 학교로 돌아가지 않았던 옆집 대진이는 영원히 '소학교'도 마치지 못하는 처지가 됐다. 나의 이런 불량한 품행은 다른 한 사람의 인생까지 망쳐버린 악업이 되기도 했다.

'대인기피증'이 있는 아이로 분류될 정도였던 내가 서울에 소위 '유학'을 시작한 이후부터 아주 다른 아이가 되었다. 성격으로는 아주 적극적이 되었고, 남의 앞에 나서기를 좋아했으며, 모든 일에 앞장을 서는 것뿐만 아니라 남을 선동하기까지 했다. 내가 지금 현대사옥의 일부가 된 원서동 어느 집에서 가정교사를 하면서 숙식을 제공받던 그 집은 여섯 명 여자들만 사는 비교적 부유했지만 좀 이상한 가정이었다. 남자가 없던 그 집에 홍일점(紅一點)으로 나는 그 집안의 중심을 잡아 가는 일이 가정교사 역할보다 더 중요했다. 내 '넉살'은 가히 그 집의 '가보(家寶)'라고 할 정도였다. 하여튼 나는 서울에서 '넉살이 좋은 아이'로 변신하고 있었다.

이렇게 성격이 변하면서 나는 사람을 사귀는데 꼭 나보다 손위의 선배들과 관계를 맺기를 좋아했다. 내 동기들과는 가까이 지내는 일이 드물었고, 더구나 가까이 하는 후배는 거의 없을 정도였다. 동갑내기 친구나 후배와 사귀면 어쩐지 마음이 편하지 않았다. 이 버릇은 내가 대학으로 진학했을 때 더 심해졌다. 내가 양승두 선배를 가까이

하게 된 이유도 내 '선배 지향적'인 교우관계 성향 때문이 아닌가 한다. 그 덕으로 양 선배와 동기이던 양 선배의 여러 동기들과도 가까워질 수가 있었다. 윤관, 김석수, 정영훈, 박영기, 김영재, 김재량, 최은범 그리고 조창현 선배 등이 양 선배 덕으로 평생 내 울타리가 되어준 분들이다. 그분들 중에는 대법원장, 국무총리, 교통부장관(당시 이름), 한국노총 국제부장, 서울특별시 국장, 강남구청장, 대학교수, 중앙위원회 위원장 등 기라성 같은 유명인사들이 많다. 그 후, 내가 연세대학교 법학회 실무위원장으로 일할 때 이 선배들을 많이 괴롭혔다.

양 선배의 친구 중에서 조창현 선배는 4학년 때 정법대학 학생회장이었고, 내가 1학년 대표일 때 신촌행 버스요금 인하를 위해 1개월 이상 연대와 이화여대 학생들의 버스 승차거부 운동을 전개하였다. 그때 이화여대생들의 버스 승차거부를 유도하느라고 함께 투쟁 했던 이대생이 있었다. 우리는 서로 소식이 끊겼었다. 그러던 중, 1978년 내가 테네시대학교 교수로 있을 때 미국 연방정부로부터 인디언들(American Indians or Native Americans)의 성인교육을 위해 미국 미시시피강(Mississippi River) 이동(以東) 22개 주에 산재해 살고 있는 인디언들의 성인교육 연구책임자로 노스캐롤라이나(North Carolina) 주의 로브슨 군(Robeson County)에 있는 룸비 인디언(Lumbee Indian) 부족 집단을 방문했을 때였다. 그 주위에 있는 주립대학인 팸브로크주립대학교(Pambroke State University 당시의 이름이고, 1996년 이후에는 그 학교의 이름이 The University of North Carolina at Pembroke로 변경)를 방문했을 때, 그 대학에 한국 교수님이 계시다고 해서 찾아가 보았더니 천만뜻밖에도 조창현 씨가 아닌가! 조창현 씨는 그 학교 교수가 되어 있었다. 20년 만에 선배이자 '신촌행 버스요금인하투쟁' 동지였던 조 선배를 만났던 그때 그 감격은 지금도 잊을 수가 없다. 우리 대화의 주인공은 양 선배였다. 그 후 1980년에는 조창현 선배와 나는 같이 외무부 소속 외교안보연구원의 초빙 교수로 그해 여름 3개월간을 한남동 소재(당시) 외교안보연구원에서 함께 한 여름을 지내면서 각별한 관계를 맺었다.

고시 행정과를 합격한 후 강남구청장을 지낸 김재량 선배는 아드님을 미국 유학을 보내야 하겠는데 기왕이면 아는 사람이 교수로 있는 곳에 보내겠다고 하여, 내가 근무하던 대학으로 아드님을 보내서 그분이 세상을 떠나기 전까지 돈독한 관계를 유지해 왔다. 그러나 다른 선배님들은 그 후 하도 높은 관직에 있었기에 오히려 가까이하는 것이 부담스러워서 편안한 양 선배와만 인연을 유지해 왔다.

이렇게 나는 나보다 3년 선배인 분들과 막역하게 지내면서도 내 동기생들의 이름을 선배들만큼 기억하지 못할 정도로 동기생이나 후배들과는 소원한 편이었다. 그런데 양 선배가 나 같은 후배들을 많이 거느릴 수 있었던 것은 후배들이 끼어들어갈 공간과 여유를 두는 특별한 매력과 성품을 지녔기 때문이었다. 무엇보다도 양 선배의 성품이 원래 '양순'하기 이를 데가 없는데다가, 다른 선배에게서 좀체 찾을 수 없는 인간미가 물씬 풍긴다. 누구나 그분과 한 번 자리를 같이하기만 하면 그분의 인간적인 포용력에 말려들지 않을 수가 없다.

후에 이야기하겠지만, 1963년부터 함병춘 선생님이 주관하시던 한국 국민의 법의식 조사를 위해 전국 방방곡곡 500여 개의 자연부락을 1963년부터 1965년 초까지 다닐 때, 내가 양 선배의 속을 썩인 일이 한두 번이 아니었지만, 그분은 '단 한 번'도 내게 짜증을 내거나, 언성

200

을 높이거나, 얼굴을 붉힌 일이 없었다. '사람이 어떻게 저럴 수가 있을까' 의심할 정도였다. 현지조사를 할 때 내가 유일한 독신이어서 현장에 가장 오래 머물렀는데, 양 선배가 서울에서 올 때 "명동의 명물 '애플파이'가 먹고 싶다" 했더니, "미국에 가 본 일도 없는 주제에 웬 애플파이 타령이냐"라고 한 그 말 한마디가 수년간 같이 일하면서 3년이나 후배인 나에게 낸 유일한 '역정'이었다. 나는 왜 많은 여학생들이 양 선배를 좋아하고 따르며, 사모님인 허 교수님이 양 선배와 결혼했는지를 충분히 이해한다.

내가 양 선배를 따르게 된 이유는 내가 서울에서 후천적으로 길들어진 넉살이 후배에게 파고들 공간을 제공하는 양 선배의 특유한 인간성에 빨려 들어갔기 때문인 것 같다. 양 선배를 따르는 후배는 나만이 아니었다. 이처럼 양 선배는 후배들이 의지할 여유와 정을 나누어 주었기에 많은 후배들의 존경을 받은 것이다.

양 선배와 밀접한 관계를 맺은 것은
내가 정법대학의 조교를 하면서부터다

내가 연세대학교 학부 4년과 대학원에서 석사과정 2년과 박사과정 2년간을 다니면서 본 법학과의 특징은 법학과 교수님 중에서 대학원에서 석사학위를 가진 교수님이 단 한 분밖에 계시지 않았고, 다른 분들은 모두 다 학사 출신이었다. 모 회사 서기를 하다가 해방이 된 덕에 대학 교수가 되던 시절이었다. 또 다른 법학과의 특징은 연세대학교를 졸업한 (심지어 연세대학교에서 법학이 전공이 아닌 다른 전공을 했더라도) 동문

출신의 전임이 한 분도 계시지 않았다는 점이다. 한국 대학의 폐단이 그 학교 출신을 대거 고용하여 순혈주의(純血主義)를 고집하는 것인데, 연세대학교의 법학과는 그 양상이 정반대였다. 전임은 고사하고, 양승 두 선배가 온갖 어려움을 참아가면서 거의 보수도 없는 시간강사를 자리를 지키기 전에는, 연세대 출신으로는 시간강사도 한 명 없었다. 그때 학생들 사이에는 연세대 법학과의 교수가 되려면 이북의 신의주 모 고등학교 출신이어야만 한다는 소문까지도 파다할 때였다.

당시 학부 학생이던 내가 자세한 내용을 알 길은 없었지만, 확실한 것은 연세대학교 출신으로는 양 선배가 유일하게 시간강사로 견디기 전까지 연세대학교 출신은 단 한 사람도 없었다는 점은 확실하다. 일각에서는 그 이유가 학과의 역사가 일천(日淺)해서 그렇다고 했다. 그러나 역사가 같은 정치외교학과에는 연세대 출신의 전임교수가 있었으며, 법학과보다 역사가 더 짧은 행정학과에도 연세대 출신 전임 교수가 있었다. 내가 대학원에 재학하던 시절에는 양 선배가 시간강사가 됐고, 내가 박사과정을 이수하면서 법학과, 정치외교학과, 그리고 행정학과를 포함한 세 학과의 조교를 맡았을 때 양 선배는 겨우 전임 대우를 받는 강사였다. 당시 나는 세 학과의 무보수 조교였고, 대학원 박사과정의 등록금을 면제받은 것이 보수의 전부였다. 조교로 있다가 보면 어쩌다가 강사자리라도 하나 얻어 챙기지 않을까 하는 막연한 희망으로 '봉사'하는 것이 당시의 조교 자리였다. 내가 고려사이버대학교의 총장으로 있을 때 조교들의 월급에 특별히 관심을 가졌던 것은 내가 당시 조교 시절에 어려웠던 경험 때문인지도 모른다. 요즘 같은 세상이면 연세대학교 같은 대학의 전임이 되면 적어도 생활 문제는 해결되고, 경제적으로 안정된 생활은 할 수 없을지는 몰라도, 친구나 후배들을 만나면 차 한 잔 정도를 대접하는 데는 걱정이 없을 것이다. 그런데 그때는 그렇지 못했다. 전임대우를 받은 양 선배조차도 커피 값 걱정까지도 해야 할 형편이었다. 그러면서도 양 선배가 연세대학교 법과대학에서 구차한 생활을 감내해서 연세 법과의 대들보로될 수 있었던 것은 사모님이신 허 선생님의 내조 덕택이라고 나는 굳게 믿고 있다.

혼자 버티어 나가기에도 힘겨운 양 선배는 나 같은 불쌍한 조교 후배를 건사해야 한다는 의무감까지 거머쥐고 있었다. 돈 없이 가정교사를 하면서 대학원에서 박사과정을 한답시고 고생하고 있으면서 세 학과의 교수님들이 시키는 잡다한 일 때문에 학교를 매일 나오는 나를측은하게 생각한 양 선배와 연세대학교 출신으로 사무직으로 총무처에서 근무하던 오성진 선배가 번갈아가면서 거의 매일같이 내 점심을사 주었다.

신촌 로터리의 중국 음식점이 단골집이었다. 양 선배는 거기에서그치지 않고, 그 양반의 '풍류'대로 매일 일과가 끝난 후에는 신촌에흔하던 '다방'에서 하루를 마무리했다. 그 의식을 위해 신촌 로터리근처의 문간방에 세 들어 살던 양 선배의 집 문을 두들기고, 커피 값을 사모님에게 받아가던 궁한 생활이 처음에는 나도 당황스러워서 양선배를 따라가고 싶지 않았지만, 한두 번이 아니고 여러 번 반복을 하고 보니 그 후부터는 으레 그러는 것이라고 생각하여 내성이 생겼다.허미자 선생님이 처음 보기에 저런 "염치없는 후배 녀석이 어디 있나?왜 저 녀석을 항상 달고 다니나?"라고 생각했을지 모르지만, 그런 일이 자주 되풀이되고 보니, 나도 누님 집에 가서 문 두드리고 커피 값 얻으러 가는 것과 다르지 않았고, 아마 허 선생님도 그렇게 편하게 되셨을 것이다.

이런 구차한 생활에 지친 나는 후에 연세대학교에 어떠한 자리가 보장된다고 하더라도 더 이상 서울에서 버틸 힘이나 명분이 없었다. 더욱 괴이한 것은 양승두 선배처럼 석사학위가 끝난 후 박사과정에 진학했으나, 연세대학교가 당시의 그런 교수진으로 대학원에 박사과정을 개설한다는 것은 말도 되지 않는 일이었다. 전 학과를 통해 단지 학과장이시던 장경학 교수님만 일본의 어느 제국대학(당시의 이름)에서 석사학위를 했을 뿐, 모두가 학사 출신인데 학사 출신 교수님들이 모여서 어떻게 박사학위를 심사할 수 있단 말인가! 내가 그래도 박사과정에 적을 두었던 이유는 세 학과의 조교를 한다고 보수는 없었지만, 박사과정의 등록금이 면제되었기에 그렇게 한 것일 뿐이었다. 나는 소학교(당시 이름)에 다닐 때 무단결석을 하고 학교에서 사라진 것 때문에 퇴학을 당한 것처럼, 서울에서 선배들의 신세를 지는 것이 싫어서 양 선배 이외에는 아무에게도 말하지 않고 그래도 공식(空食)은 할 수 있는 고향집으로 돌아갔다. 그야말로 기약 없는 낙향(落鄕)이었다.

함병춘 교수님의 전보로 상경하여 양승두 선배와 함께
사회과학연구소 설립에 참여

내가 기약 없이 시골로 돌아간 것을 안 함병춘 교수님이 놀라서 내 시골집으로 "급히 상경하라"는 전보를 보내주셨다. 양 선배가 내 소재

(where about)를 알고 있었기 때문에 함병춘 교수님이 나에게 귀경하도록 통보하는 전보(電報)를 칠 수가 있었다. 그때 가장 신속하게 용건을 전달하는 수단은 '전보' 밖에 없었다. 물론 전화가 있었지만, 장거리 전화는 하기가 복잡했고, 무엇보다도 우리 시골집에는 전화가 없었다. 120여 호가 넘는 비교적 부유한 동성 집단부락이이었지만, 그 당시에는 전화는커녕 전기조차 없었다. 내가 1965년 미국 유학을 떠날 때에도 우리 시골 마을에는 전기가 들어오지 않았다. 전보이고 보니 그 내용을 짐작할 수는 없었지만 나쁜 소식은 아닌 것으로 생각했다. 즉시 상경했다.

함 교수님은 내 서울 생활이 어려운 것을 알고 있던 터라 서울에서 생활할 생활비라도 마련할 방법으로 어느 미국 기관이 시장조사(marketing survey)를 의뢰할 것 같으니 준비를 하자고 나를 상경시키신 것이었다. 함 교수님은 비록 시장조사 자체가 학문적인 것은 아니라고 하더라도, 조사방법에 관한 경험도 쌓고 훈련도 될 것이고, 무엇보다도 얼마간의 보수도 책정할 수 있어서 어느 다른 '아르바이트'보다는 좋을 듯하니 신청을 해 보자는 것이었다. 그런데 그때 미국에서 학위논문을 준비하러 왔다는 함 교수님의 지인인 어느 분이 함 교수님을 방문했다가, 우리가 시장조사 프로젝트를 수주하기 위해 준비하는 것과 우리가 요청하는 금액까지를 확인한 후, 자기 자신이 그 조사를 맡을 결심을 하고, 그 기관에게 우리가 요청하는 비용의 반값으로 그 조사를 끝마쳐 주겠다고 제의하는 바람에, 우리는 그 프로젝트를 수주하는 데 실패하고 말았다. 허탈하기도 했지만, 그보다는 세상이 "산 사람의 눈까지 빼 먹을 수도 있다"는 말이 과장이 아닌 것을 처음으로 실감했다.

그 시장조사 프로젝트를 수주하기 위한 준비를 하는 과정에서 함 교수님이 느낀 바는 '앞으로 외국 연구기관으로부터 연구비를 신청하더라도 연세대학교 정법대학 모 교수의 명의로 연구비를 신청하기보다는 대학 내에 연구소를 설립한 후 그 연구소의 이름으로 신청하는 것이 유리하고 편하지 않겠나' 하는 점이었다. 비록 시장조사연구 프로젝트를 수주하는 데 실패했을망정 그로 인해 연구소를 설립하게끔 된 것은 큰 소득이었다. 요즈음에야 거의 모든 대학에서 산학재단을 설립하고 학교 교수들이 수령해온 프로젝트를 전문으로 관리하는 기구가 생겼지만, 그때는 이런 제도는커녕 대학 교수가 외부기관으로부터 연구비를 수주하는 경우도 거의 없었다. 그때 함 교수님이 생각한 연구소가 연세대학교 정법대학부설 '사회과학연구소'라는 것이었다. 그때가 1963년 초였다. 그때 사회과학연구소는 그야말로 명목상으로만 존재했다. 함병춘 교수님이 연구소장이고, 함 교수님 이외에 나 혼자만이 아무런 직함도 없이 함 교수님의 일을 도와드리고 있었다. 그 연구소가 초창기에는 아무런 실적도 없이 명의만 존재했다. 양승두 선배와 전병재 선배를 영입한 후로는 사정이 달라졌다. 외부에 공문을 발송하려면 연구소 명의의 직인은 있어야 해서 길거리에서 직인을 하나 만들었다. 연구소라고 이름을 붙였지만, 연구소의 실체가 존재하는 사무실도 없어서 연구소의 직인을 내 가방 속에 넣고 다니는 소위 '움직이는 간이 연구소(moving research institute)'였다.

그때 함 교수님은 한국 국민의 법의식이 서양 사람들의 법의식과는 다르고, 또 한국의 어떤 법 규정은 한국 사람들의 실생활과는 거리가 먼 규정들이 많아서 법의 신뢰도에도 문제가 많다는 사실을 알았다. 무엇보다도 당시 우리 국민들의 법률에 대한 인식은 소극적이며, 법은 자신과는 관계가 없이 멀리 존재하는 것으로 이해할 정도로 법률에 대한 의식이 박약한 것으로 알려져 있을 때였다. "재판소에 가본 일이 있느냐?"고 질문하면 사람들은 자신을 범죄자 취급한다고 화를 낼 정도였다. 이런 국민들의 법의식을 이해하기 위해서 사회조사방법론을 통해서 실제로 사람들이 생각하고 있는 바를 연구하는 계획이었다. 이 연구계획의 중요성은, 첫째, 법률분야의 연구에서 사회과학적이고 행태학적인 연구방법을 적용해보는 첫 연구였고, 둘째로는 이 연구가 한국에서 처음 시도해보는 전국 규모의 연구였다.

함병춘 교수의 이런 연구계획이 당시 아시아재단(Asian Foundation) 한국 책임자로 있던 데이비드 스타인버그(David I, Steinberg)[1] 씨의 적극적인 호응을 얻었다. 드디어 한국 국민의 법의식연구는 연세대학교 정법대학 사상 처음이자 신설한 사회과학연구소의 첫 사업으로 아시아재단으로부터 연구비를 수령했다. 그때까지도 소장인 함병춘 교수님과 직함도 직책도 없이 소장 보좌 겸 허드레 심부름까지 하는 내가 연구소 인력의 전부였다. 무엇보다도 나는 비로소 이 연구비에서 연구소 연구원이라는 직책에 해당하는 보수를 받은 것이 가장 기쁜 소식이었다.

연구소가 연구비를 수령했고 연구 주제도 정해졌으므로 이 연구

---

1 David I Steinberg: 미국으로 귀국한 후 미국 조지타운(Georgetown University) 대학에서 아시아전공학자로 근무하면서 한국학 분야에 공헌했다. 한국학에 관계되는 분야의 회의에 함께 참여한 일이 있으며, 그때 우리 연구소에 첫 연구비를 지급해 주어서 한국 최초의 전국적인 조사에 도움을 준 것을 큰 자랑으로 생각하고 있다. 지금은 그 대학의 명예교수다.

과제를 실제로 집행하기 위해서(operationalize), 첫째로, 함 교수님은 이 연구의 실무를 담당할 양승두 선배를 영입했다. 양 선배는 부소장 격이었으나 그런 직함은 없이, 함 교수님의 여력이 미치지 못하는 모든 분야의 책임을 맡고, 그에 버금가는 역할을 다했다. 나는 그분들의 지시대로 실무에 충실했다. 그때만 해도 함 선생님이 한자와 한글 철자법에 서툴러서 연구에 필요한 도구인 질문지(interview schedule or questionnaire)를 영문으로 먼저 작성했고, 양 선배가 우리말로 번역을 하고, 이 번역한 질문지가 우리말 사용법에 맞는지를 검토하는 작업을 담당했다. 아마 우리말로 말이 되는지에 관한 것을 검토하는 데는 양 선배님의 사모님이 한국어에 정통함은 물론 시인이기도 했기 때문에 허 선생님과 상의했음이 틀림없다.

이 법의식 조사에 관한 연구는 법학도들이 처음으로 사회조사방법론을 사용해보는 것이어서 사회조사방법을 터득하는 데 어려움이 많았다. 사회조사방법론에 문외한이던 우리 법학도들은 어떻게 하던 단시간에 이 조사방법론을 터득해야만 했다. 그때만 해도 연세대학교에서는 사회학과가 없었을 뿐만 아니라, 사회학을 전공한 교양과목 담당 교수도 없었다. 내가 1학년 때 교양과목으로 택했던 사회학개론은 우리가 이화여자대학교에 가서 이화여자대학생과 함께 대강의실에서 고황경 교수님의 사회학개론을 수강해야만 했다. 이효재라는 분이 그 과목을 담당한 조교였다. 그런 빈약한 사회과학 분야의 교과목이 연세대학교의 현실이었으니 나보다 3년 선배인 양 선배가 학생이던 시대의 연세대학교 교양과목의 편성은 우리 때보다 훨씬 더 허술했을 것임에 틀림없었다. 하는 수 없이 양 선배가 총대를 메고 사회조사방법에 필수적인 질문서 구성, 표본추출, 코딩(coding), 그리고 후에 분류 등에 관한 사사(師事)를 받기 위해 고려대학교의 홍승직 교수님에게 매일 출근하다시피 했다.

우리가 한국 역사상 최초의 전국적인 사회여론을 시행하기 위해서는 연구소의 인원 확충이 불가피했다. 그때 함 교수가 양 선배와 전병재 선배를 섭외했다. 전병재 선배는 연세대학교의 입학은 나보다 한 해 먼저 했지만 도중에 1년을 휴학하는 바람에 나와 같은 시기에 졸업했다. 그전까지 나는 전 선배를 알 기회가 없었다. 당시 독일 유학을 준비 중이라고 듣던 전 선배를 함 교수님이 법의식 연구에 참여한 후에 미국유학을 하도록 권유했다. 그리고, 사회조사를 한 경험이 있는 사회학과 출신이 필요했을 뿐만 아니라, 여성 연구원이 필요했다. 그때만 해도 외간 남자와 인터뷰하기를 거부하는 여성들이 많았다. 그래서 여성 연구원이 절대로 필요하기에 사회여론조사에 경험이 있는 이화여자대학교 사회학과 출신인 연혜정 씨를 섭외했다. 무엇보다도 함 교수님이 아시아재단에서 당시로는 거액의 연구비를 수령했고, 전국적인 규모의 연구를 시작하자, 그간 무관심했던 학교도 지금은 사라지고 없지만, 옛 도서관 건물인 '용재관' 4층에 있는 비교적 큰 사무실을 연구소 사무실로 내어 주었다. 연구소 바로 아래층에는 명예총장 용재 백낙준 박사의 연구실이 있었다. 학교가 연구소를 위해 공간을 마련해 준 덕에 그간 내 책가방에 넣고 다니던 연구소 직인을 넣어둘 캐비닛도 장만하고, 그간 내가 하던 허드렛일을 맡고, 또 연구소에 오가는 전화와 메시지를 전달할 여직원 한 명도 고용했다.

양 선배의 노력으로 함 교수님의 영문으로 된(English version) 질의서 원안이 완전한 우리말 판으로 번역되고 완성되었다. 질의서가 완성되자 함 교수님과 내가 전라북도 김제군(현재는 김제시) 만경면의 만경평야 어느 표본 마을로 가서 그 질의서를 사용하여 '인터뷰'를 해 보았다. 질의서의 질문 내용이 완전한 우리 대중말이었고, 질문이나 내용이 간명(簡明)해서 아무런 문제가 없었다. 이 질의서가 만족할 만했기 때문에, 우리는 전국적인 표본 마을을 무작위로 선정해서 이 질의서에 담긴 내용을 질문하기만 하면 되게 모든 준비가 완료됐다.

　이 모든 실무적인 일이 양 선배의 노력으로 가능했다. 물론 이 연구를 하겠다는 구상과 계획을 세우고, 연구비를 아시아 재단으로부터 지급받는 일은 함 교수님이 하셨지만, 실제로 이 사회조사를 실현하게 되기까지는 뒤에서 묵묵히 일만 한 양 선배의 노력이 없었다면 불가능했다. 이 준비과정에서 짜증나는 일도 한두 가지가 아니었지만, 나는 양 선배가 단 한 번도 역정을 내는 것을 본 일이 없다. 한결같이 차분하게 일을 진행했다. 사실 함병춘 교수님과 양승두 선배와는 나이 차이도 크게 나지도 않는다. 함 교수님이 나보다 8살 위이시고, 양 선배가 나보다 3년 위이니, 두 분 사이의 나이 차이는 5살 이내이다. 예로부터 우리 풍속에는 5살 차이는 '말을 놓고 지내'도 무방한 나이다. 또, 당시 연세대학교에서의 직함도, 함 교수도 연세대학교의 전임강사였고, 양 선배도 강사였다. 또 양 선배는 연대에서 함 교수님께 강의를 들은 적도 없으니, 사제지간도 아니다. 어쩌면 동료라는 말이 맞을지 모른다. 그래도 양 선배는 함 교수님을 모교의 교수님으로 깍듯이 예우했으며, "자기가 뭔데"라는 태도를 보인 일이 단 한 번도 없었다. 물론 함 교수님도 자신이 연구소의 책임자이고 연구프로젝트의 책임자라고 양 선배를 향해 무례하게 대한 일도 없었다. 연구를 위해 필요한 일은 양 선배 스스로 알아서 했으며, 차도 없이 버스, 기차, 대부분의 경우에는 자전거로 500여 자연 부락을 방문해야 하는 일을 분담하는데도 양 선배는 기꺼이 하는 '팀 플레이어(team player)'였다.

　무엇보다도 양 선배는 가족이 있는 분이고, 전병재 선배는 곧 결혼하기로 되어 있으며, 연혜정 씨는 미혼의 여성분이라서 지방여행에는 참여할 수 없다 보니 지방 면접은 나와 전병재 선배가 주로 맡는 것이 당연했지만, 양 선배가 우리를 도우려고 웬만한 지방 면접에는 적극적으로 참여하였다. 전북 만경군의 시범조사에는 내가 함 교수님을 모시고 면접을 끝낸 이후, 본 조사가 본격적으로 시작되었다. 제주도에서 시작하여 휴전선까지 오면 전국 순회 면접이 끝나는 것으로 계획되어 있었다. 처음 면접을 제주도에서 시작할 때, 그 첫 면접을 양 선배와 내가 담당했다. 난생 처음으로 대한항공의 전신이던 KNA기를 타고 부산의 수영비행장을 거쳐 비행을 했다. 그때의 수영비행장이었던 비행장은 간 곳 없고 지금은 화려한 '센텀시티'가 들어서 있다.

　제주도에서 면접이 끝날 무렵 태풍이 심해서 태풍이 잦아들 때까지는 비행기편이 끊겨져서 며칠을 더 머물게 되는 동안 나는 양 선배를 정말로 이해하는 기회가 생겼다. 제주도에서 1주일 이상을 한 방에서 먹고 자고 지내는 동안에, 나는 양 선배가 보통 멋쟁이가 아닌 것을 알 기회가 생겼다. 내가 서울에 있을 때도 양 선배가 영어와 불어에 능통해서 양 선배의 동기동창이자 노동조합총연합회의 국제부장을 하던 박영기 선배와 영어나 불어로 자유롭게 의사소통을 하는 것을 부러워한 적이 있다. 그런데, 이번에는 제주도에서 양 선배가 일본 말을 유창하게 구사하는 것을 직접 볼 기회가 생겼다. 나보다 3년 선배이니 일제 강점기에 초등 교육을 나보다 3년 더 받았다손 쳐도 소학교 4학년 때 해방을 맞이하였을 터인데 일본 말을 그렇게 유창하게 할 줄은 몰랐다. 제주에 온 일본 사람과 유창하게 일본말로 대화하는 것을 보고 놀라지 않을 수가 없었다. 나는 소학교 1학년 때 퇴학을 맞았으니 그나마 일어를 배울 기회는 거의 없었지만, 그래도 누가 옆에서 일어를 하는 것을 들으면, 그 사람이 일어를 유창하게 하는지 아닌지는 알 정도는 된다. 무슨 이유에서인지는 알 수 없었으나 그 당시에 제주도에서는 일본 바람이 거세었다. 다방에서는 소위 일본 유행가가 자연스럽게 흘러나오고, 일본 말을 하는 사람들의 출입이 잦았다. 나는 양 선배의 뛰어난 외국어 재주에 놀랐지만, 그보다는 그의 '멋'에 놀랐다. 그는 보기 드문 멋쟁이이자 국제신사임을 알게 됐다.

양 선배의 독특한 외모와 그가 풍기는 '멋'이 우리가 제주도를 탈출하는 비행기 대기표를 구하는 데 큰 역할을 했다. 태풍으로 비행기 편이 결항됨으로 인해 적체(積滯)된 대기 승객이 많게 되자 비행기대기표를 구하는 경쟁이 치열해졌다. 보통 연구소의 궂은일은 내가 맡는 것이 관례가 되었지만, 이번에는 양 선배가 활동하지 않을 수가 없게 되었다. 표 예약을 담당하는 직원들이 모두 젊은 여성들이라 외모가 돋보이는 양 선배의 얼굴을 파는 것이 유리하다고 믿었다. 모두가 원하는 일자와 시간을 얻지 못하는데, 양 선배가 가장 빠른 날짜와 좋은 시간을 얻게 되었다. 양 선배의 외모와 신사다운 언행(manner)이 공항 비행기표 예약 처리를 담당한 여직원들에게 호감을 주었기 때문이었다. 양 선배의 외교술이 성공하지 못했더라면 우리는 목포로 가는 배편을 이용하지 않을 수 없을 뻔했으며, 전라도에 약속한 일정들을 변경하지 않으면 안 될 뻔한 이야기는 내 졸저, 『같은 공간, 다른 시간』[2]에서 자세히 언급한 바 있다. 내가 양 선배 외모 덕에 비행기로 떠날 수 있게 되었다고 했을 때 양 선배는 "내가 그 아가씨들에게 '캐러멜(caramel)'을 몇 통이나 뇌물로 바쳤는지 아느냐?"고 했다.

이 사회조사방법에서 우리가 방문해야 하는 이/동(里/洞)의 선정은 무작위로 추출한 후, 그 이/동 내에서 해당 표본이 될 사람의 선정은 가장 최근의 선거에서 사용한 선거인명부에서 무작위로 추출했다. 인터뷰할 지역을 무작위로 추출하다 보니, 추출된 지역 중에 명승지나 고적지가 포함되는 경우는 극히 드물었다. 그러나 제주도와 같은 경우에는 제주도가 한 도(道)이므로 당연히 표본 지역에 포함되었다. '아이러니(irony)'한 점은 제주도처럼 색다른 지역의 면접을 갈 때는 꼭 양승두 선배와 동행하게 된 점이다. 억지로 그렇게 만든 것이 아니고 여러 가지 다른 사정으로 나와 양 선배가 가게 되었다. 여기에 토를 단다면, 어떤 일인지 모르지만, 공교롭게도 나와 전병재 선배와 다닌 지역은 경남 하동군 청암면 묵계리같이 지리산 속의 오지 마을이 주로 포함되었다. 그러나 양 선배의 경우는 제주도에서만이 아니고 낭만의 도시 목포와 주변의 면접을 할 때 양승두 선배가 서울에서 내려와 나와 함께 조사에 참여하게 됐다.

내가 다른 곳의 면접을 끝내고 하루 먼저 목포역에서 양 선배를 기다리는데, 기차에서 내린 양 선배가 어느 숙녀분을 동반하고 대합실을

---

2 김중순, 『같은 공간, 다른 시간:1960년대 한 법학도가 바라본 한국의 참모습』, 나남, 2015, pp.37-79.

빠져 나왔다. 인사를 시켜준 여주인공은 양 선배가 기차 안에서 알게 된 목포의 어느 학교 선생님이라고만 했다. 그 선생님에 의하면 다음날 내가 목포에서 잘 알려진 '돌'(당시의 이름)이라는 다방에 정해준 시간에 가면, 목포의 어느 병원에서 근무하는 젊은 여 시인이 기다릴 것이라고 했다. 자초지종을 알고 보니, 양 선배는 기차 안에서 사귄 그 여인을 통해 그 여인이 아끼는 목포의 '풋(애송이)' 시인을 내게 소개해 주기로 했다는 것이다. 그러면 그 처녀 시인으로부터 목포의 유명한 관광지에 대한 안내를 받을 것이라고 했다. 양 선배는 오지랖도 넓을 뿐만 아니라, 무슨 재주로 난생 처음 기차간에서 만난 사람에게 후배에게 여자친구를 소개해 주도록 부탁까지 하는 재주가 있는지 놀라웠다. 이 이야기는 봉이 김선달 뺨치는 얘기다. 그러나 그것은 사실로 나타났다. 양 선배 자신은 기혼자인데 총각인 내가 혼자서 '팔도강산'을 유람하는 중이니 적어도 목포 같은 낭만의 도시에서는 목포 출신의 여자 친구와 목포의 정서를 즐겨야 한다는 것이다. 나는 양 선배도 동행하는 줄로만 알았으나 그렇지 않았다. 나는 양 선배의 각본대로 목포의 '가시나 시인'을 만났고, 목포에 있는 동안 그 목포 시인의 안내로 명승·유적지 구경을 잘 했다. 목포를 떠난 이후에도 나는 우리 중간보급기지를 통해 그녀의 시를 몇 편 받아 읽었다. 앞에서 언급한 내 졸저 『같은 공간, 다른 시간』에서 그녀의 시를 소개하기도 했지만, 그 여인을 알게 된 경위는 감추었는데, 이게 다 양 선배의 연출이었음을 고백해야겠다.[3]

---

3 앞의 책, pp.83-98.

내가 여기서 말하고 싶은 것은, 내가 양 선배의 도움으로 목포에서 여인을 사귈 기회가 생겼다는 말이 아니고, 양 선배가 지닌 천부적인 낭만을 말하고 싶은 것이다. 내가 보기에도 양 선배는 잘생긴 외모에, 부드러운 말씨와, 서구적인 '매너(manner)'는 많은 여성들의 호감을 사기에 족했다. 나는 그때까지만 해도 살아남기 위해 투쟁하지 않으면 안 되었기 때문인지는 몰라도, 양 선배처럼 인생을 즐기면서 사는 법을 몰랐다. 늘 어떤 일을 성취하기 위해 돌진해야 했고, 잠시도 여유를 가지고 쉬는 것은 내게는 용납이 되지 않았다. 늘 바쁘고 분주했다. 쉬어가는 것을 용납할 수가 없었다. 나는 처음으로 양 선배를 통해 낭만적이고 목가적인 생활이 무엇인가를 배웠고, 그런 여유 있는 양 선배의 태도에 끌리지 않을 수가 없었다. 나같이 멋이 없는 사람이 양 선배처럼 멋을 부리다 보면 남에게 '꼴불견'이겠지만, 양 선배처럼 멋을 알고, 멋이 있는 사람이 멋을 부리고 사는 생활은 한없이 부럽기만 했다. 한 말로 양 선배는 '멋'을 알고, 그 멋을 즐길 줄 아는 '멋쟁이'였다.

법의식조사에 관한 말을 끝내기 전에 이 조사에서 마지막 단계에서 양 선배가 한 역할을 빼 놓을 수 없는 점을 밝혀야만 하겠다. 이 조사의 고충을 잘 모르는 사람이 듣기에, 미국의 유수한 재단에서 달러로 연구비를 받고 전국의 수백 마을을 두루 다니는 연구이니 호화판의 연구로 들릴지도 모른다. 그러나 한국에서 최초로 전국 조사를 처음 시도한다는 것이 어려웠고, 당시 자동차가 없고 불편한 도로사정으로 버스가 아니면 자전거를 이용하느라 고생한 것은 참을 수 있는 일이었지만, 연구비의 부족이 문제였다. 우리가 연구비를 지급받을 때 미화로 받았는데 그 당시 미화의 환율 가치가 매일같이 떨어졌다. 연구를 끝내기 훨씬 전에 우리 연구비는 이미 바닥이 났다. 그렇다고 처음부터 계획한 연구를 중단할 수가 없었으며, 나는 남은 여정을 계속해야만 했었다. 하는 수 없이 그간 함 교수님이 유학시절에 모은 정든 레코드판까지 팔아서 부족한 연구비를 충당하는 길 밖에 없었다. 함 교수는 아직도 한국 사정에 서툴 때여서 양 선배가 레코드판을 파는 역할을 해야만 했다. 명동 등 시내 음악감상실 여러 곳을 찾아다니며 음반을 팔아서 부족한 연구자금을 메워 나갔으니, 이 연구를 위한 양 선배의 역할이 어떠했는지를 짐작하고도 남을 것이다.

미국 유학으로 잠시 헤어졌다가 미국에서의 재회

우리의 법의식 연구에 대한 조사가 끝난 후 함병춘 교수님을 비롯한 우리 연구 팀은 이번 연구를 통해서 법률연구에도 지금까지 해 본 일이 없는 행태학적인 연구방법의 필요성을 느꼈고, 이런 연구를 위해서는 다방면의 전문 지식, 특히 사회조사방법론의 연구가 절실하다는 데 의견을 모았다. 그때에는 사회학적인 조사방법 외에도 문화·사회인류학적인 조사방법이 따로 있는 것조차 몰랐다. 그리고 연구에 참여한 법학도인 우리 네 사람이 절실히 느낀 것은, 무작정 무보수의 조교를 해 가면서 연세대학교에 자리가 나기를 기다리는 '인내심 경쟁'을 할 것이 아니라, 가능하면 그간에 미국 유학을 하면서 후에 우리가 연구할 때 필요한 전문지식을 키우자는 것에 모두 동감을 했다. 함 교수님의 입장은 우선 우리 모두가 다 미국 유학을 떠나면 자신이 맨 마지막으로 떠나겠다고 했다. 나만은 미국 유학에 대한 희망은 거의 없었지

216

만, 전체적인 계획에는 찬동을 했다.

모든 질의서의 정리와 분석은 양 선배가 담당하고, 우선 그 모아진 자료를 통한 보고서는 아시아재단에 영문으로 제출해야 했으므로 함병춘 교수님이 맡았다. 전병재 선배와 나는 연구소의 연구원으로 그대로 남아 있었지만, 우리가 해야 할 특별한 일은 없었다. 법의식조사로 인해 유학 가는 일정을 미루었던 전병재 선배는 당초의 유학지를 독일에서 미국으로 바꾸어 곧 미국 인디아나주 블루밍턴(Bloomington)에 소재한 인디애나 대학(Indiana University)의 사회학과로 정하고, 범죄학을 공부하러 유학을 떠났다. 법률과 사회학을 합친 요즈음 유행하는 소위 '융합학문'을 하기 위해서였다.

미국 유학은 엄두조차 하지도 못한 나에게, 마침 예일대학에서 박사학위 논문을 준비하러 왔던 연세대 출신의 이영호 선배를 알게 되었다. 이영호 선배의 주선으로 이 선배의 모교인 애머스트대학(Amherst College)에 학사편입을 주선해 주었다. 애머스트대학은 인문대학으로는 미국에서 1~2위 안에 드는 명문이지만, 그 명성에 걸맞게 등록금도 미국대학 중에서 가장 비싼 학교 중의 하나이다. 전교 학생 1천 2~300명 내외의 아주 규모가 작은 학교일 뿐만 아니라 학부만 있으므로, 외국인이 장학금의 혜택을 받기가 거의 불가능했다. 그러던 중 함병춘 교수의 주선으로 마침 그때 한국에 풀브라이트 교환교수(Fulbright Senior Professor)로 서울대학교 법과대학에 와 있던 미국 테네시주 스와니(Swanee, Tennessee)에 있는 남부대학교(The University of the South)의 부총장이던 랭캐스터(Robert S. Lancaster) 교수가 자기 친구가 학사부총장으로 있는 조지아주 애틀랜타 소재 에머리대학(Emory

University) 사회학과에서 조사방법론을 전문으로 공부한다는 계획으로 입학 허가가 받아주었고, 또 학비와 생활비까지 지급을 받게 되는 특혜를 입어 미국 유학을 떠날 수가 있었다.

전 선배와 내가 떠난 후, 양승두 선배와 함병춘 교수가 연대에 남게 되었다. 양 선배는 연세대학교 출신으로는 처음으로 모교에 발을 들여놓을 기회를 포기할 수도 없었지만, 당초의 약속대로 후배인 전병재 선배와 나를 먼저 미국 유학을 보낸 후에 자신을 생각하겠다는 약속을 실천했다. 양 선배도 아무리 한국의 법률 전통이 대륙 법계를 따르기 때문에 대륙 법계의 외국 유학이 더 도움이 되겠지만, 영·미 법에 대한 이해를 넓히고, 미국 법과대학에서의 공부를 실제로 보는 것이 도움이 될 것이라고 생각하여 뉴욕의 뉴욕대학(New York University)에서 일년간 연구하게 되었다. 그 기간에 연구소 출신의 우리 세 사람은 자주 연락하고 지냈다. 우리 셋이 다 미국으로 떠난 후에 당초의 약속대로 함병춘 교수님이 예일대학교 법과대학에서 연구하시게 되어 사회과학 연구소 출신 우리 네 명은 모두 미국 안에 한동안 공부와 연구를 할 수 있었다. 유일한 여자 연구원이던 연혜정 씨도 의사인 남편을 따라 미국으로 갔다. 연구소 심부름을 하던 여 사원만 한국에 남았다. 연혜정 씨를 비롯한 미국 주재 연구소 출신 다섯 명 중, 양승두 선배가 제일 먼저 귀국했다. 양 선배는 귀국 전에 뉴욕에서 함 교수가 계시던 예일의 뉴헤이번(New Haven), 전 선배가 있던 인디애나의 블루밍턴(Bloomington), 그리고 내가 살던 애틀랜타(Atlanta) 등을 차례로 방문한 후 귀국했다.

예일에서 연구가 끝난 함병춘 교수까지 귀국하여 연세대학교에 연구소 출신 두 명이 자리를 잡은 셈이고, 미국에 두 명이 남아 있었다.

함병춘 교수님의 주선으로 오화섭 문과대학장의 지원을 받아 연세대학교에 사회학과가 문과대학 내에 설립됐다. 함 교수님은 장차 우리가 함께 일할 수 있는 터전으로 생각하고 사회학과의 설립을 주장해서 성사가 되었다. 함 교수님이 나더러 서울로 돌아가기를 강권했으나 나는 서울에서 살림을 할 형편이 되지 못해서 귀국을 머무르는 동안 전병재 선생이 연세대학교로 돌아가고 나는 테네시대학교에 그냥 남아 있었다. 그 사이에 함병춘 교수님이 박정희 대통령의 외교안보 고문으로 추대되었고, 주미대사로 임명되는 등 공직생활을 시작하면서부터 연세대학교에 설립한 사회과학연구소는 당초에 설립한 우리들과는 인연이 점점 멀어져 갔다. 함 교수가 주미 대사 사임 후 외교안보연구원에서 쉬고 계실 때 나도 외교안보연구원의 초빙 교수로 한 여름을 함께 지났지만, 내가 판단하기에 함 교수님의 연세대 복귀는 어렵게 보였다. 연세대학교에 잠시 돌아가시기는 했지만, 당시 상황이나 우리 네 사람이 연세대학교로 돌아가서 옛날의 약속을 이행하기는 어렵게 보였다. 서로의 관심과 이해관계는 옛날의 약속에 앞섰다. 네 사람이 계획했던 장래 연구소에 대한 '비전(vision)'은 중국 후한 말 영제시대 때 관우, 장비, 그리고 유비가 복숭아밭에서 맺은 '도원의 결의(桃園結義)'에 비견할 만했지만, 도원의 결의가 소설 속의 이야기였던 것처럼, 우리들의 옛 약속도 허구(虛構)였다.

패기 넘치던 모교에서의 양 선배의 활약

1960년대 초 법의식 조사 때 우리의 약속이 허구가 된 것은 한국에 돌아간 세 분들이 너무 유능해서 다른 일들이 그들의 시선을 끌어 갔기 때문이다. 함병춘 교수님이 전두환 대통령의 비서실장으로 지명된 이후부터 그 옛날의 꿈은 사라졌다. 말하자면 법의식 조사 전후와 비교하여 우리 네 사람의 '케미스트리(chemistry)'가 변했고, 함 교수님의 '정부로부터의 징발(徵發)'로 인해 우리는 구심점을 잃었다. 만일 우리 네 사람이 초심대로 연구에 전념했다면 우리는 사회과학의 일부로서의 법률 연구에 큰 역할을 했을지도 모른다.

그러나 무엇이 더 중요한지는 사람에 따라 다를 것이다. 만일 양 선배가 우리 당초의 초심대로 연구업무에만 전력을 다 했더라면, 양 선배가 연세대학교와 법학과를 위해서는 그만한 업적을 이룩하지 못했을 것이다. 양 선배가 연세대학교에서 왕성한 활동을 할 때 나는 그분과 함께 한국에 같이 있지 않았기 때문에, 그분의 활약을 세세하게 잘 알지는 못하지만, 그때 내가 만나본 양 선배는 옛날의 양 선배가 아니었다. 매사에 자신이 넘쳐 있었다. 나쁘게 이야기하자면 큰 소리를 치기도 했고, 과장하는 것 같이 보이기도 했다.

그런 패기와 자신감으로 인해 양 선배의 업적은 대단했다. 우선 연세대학교 대학원에서 법학박사 학위를 취득하는 쾌거를 이룩했다. 그간 기다린 보람이 있었다. 나처럼 2년간 수학만 하고 학위를 받지 못한 불행한 사람에 비해 양 선배는 끈질기게 기다려서 연세대학교 대학원의 발전으로 인해 모교에서 박사학위를 받은 것은 학문적인 업적에 못지않는 '인내심에 대한 표창'도 동시에 수여해야 마땅했다. 그리고 그 후에는 미국 하버드대학교의 초빙교수를 역임했고, 연세대학교 법학연구소장, 연세대학교 법과대학원장, 연세대학교 법무대학원장, 그리고 학교 외부의 중요한 직책으로는 법률 및 사회철학 한국 학회장, 한국 산업재산권 회장 등을 역임했다. 그 이외에도 여러 기관의 자문역, 상담역 등은 이루 다 열거할 수가 없이 많다. 국민훈장 동백장이 양 선배의 활약상과 업적을 증명하는 객관적인 징표라고 생각한다. 옹색한 법과대학의 건물이던 구광복관 자리에 새로운 법과대학건물을 신축하기 위한 그의 노력은 연세대학교 법과대학과 관련이 있는 사람이면 누구나 그의 공로를 잊어서는 안 된다. 광복관에 그의 공적을 기리는 좌상이라도 하나쯤 세울 만하지 않은지?

말년의 양 선배의 기억

내가 1980, 1989, 1993년, 그리고 1998년에 풀브라이트 교수, 초빙교수 등의 자격으로 서울을 방문했지만, 양승두 선배는 원체 바쁜 분이라서 조용히 만나 식사라도 해 본 기억이 없을 정도였다. 내가 양 선배와의 관계를 의식적으로 소원하게 한 것은 내가 혹 연세대학교로 돌아오고 싶은 미련으로 그분에게 로비(lobby)라도 하는 인상을 풍길까 생각하여, 양승두 선배를 만나는 것을 의식적으로 피했다. 지금 생각해 보면 얼마나 옹졸한 생각인가? 그러나 그런 인상을 남기고 싶지는 않았다. 그때 테네시대학교의 내 위치는 한국의 어느 대학의 어떤 자리와도 바꾸고 싶은 생각이 없었을 정도로 좋은 대접을 받고 있을 때였기 때문이었다.

그러나 내가 양 선배와 격의 없이 옛날로 돌아갈 수 있었던 것은, 2001년 동아일보 명예회장이자 학교법인 고려중앙학원 김병관 이사장이 고려대학교를 주축으로 신설하는 한국디지털대학교(현 고려사이버대학교)에 나를 총장으로 영입해서 한국에 왔을 때부터였다. 김병관 이사장은 사람들 앞에 공공연하게 "김중순 총장이 비록 연대 출신이나 학교법인 고려중앙학원에 관계되는 기관에 일을 맡기는 것에 나는 주저하지 않았다. 연세대학교가 그 사람을 두 번씩이나 부르고서도 쓰지 않으니, 그 사람이 필요한 내가 쓰게 되었다."라고 했다. 그 이후부터 나도 연세대학교의 옛 친구들과 만나는 것도 자연스러울 수가 있었고, 특히 양 선배와는 더욱 그러했다.

내가 처음 양 선배에게 부탁한 것이 법학을 전공한 훌륭한 제자를 추천해주면 법학과의 교수로 임명하겠다는 부탁이었다. 양 선배 밑에서 석사학위 논문을 썼고 박사학위는 민법 분야에 논문을 쓴 착실한 후배를 소개해 주어서, 그 교수는 지금도 고려사이버대학교의 법학과를 이끌고 있다. 우리 학교 행사에 참여할 때마다 양 선배는 내가 하는 일이 너무 신통해서 기뻐하시던 모습이 지금도 눈에 선하다. 비록 규모는 크지 않았지만 학생이 1만 명이 넘고 졸업생이 2만 명이 넘으며 교직원과 외부의 시간강사까지를 포함하면 결코 작지 않은 학교를 16년간이나 운영하다 보니 양 선배의 근황을 잘 챙기지를 못했다. 그러던 중 어느 지인으로부터 양 선배가 군대에 간 손자의 면회를 갔다가 사고를 당해 졸도하고 병원에 다녀왔다는 전갈을 들었으나, 언제처럼 다시 건강해지실 것으로 믿고 그냥 지났다. 그러나 후에 들은 이야기지만, 그때 이후 양 선배의 건강은 나빠지기 시작했다는 것이다.

2015년에 우리가 1960년대 초에 현지조사를 위해 전국을 순회하면서 면접할 때 여담 등을 적은 기록을 내가 정리하여 출판한 책 출판

기념회에서 양 선배님이 짧은 축하의 말을 하기로 되어 있었는데, 그 날은 전과 다르게 할 이야기를 종이에 적어 와서 그 적어 온 노트를 읽는 것을 보고, 나는 양 선배의 건강상태가 전과 같지 않다는 것을 직감하고 걱정했다. 시골에서 온 전병재 선배가 양 선배 댁으로 문병을 갔었는데 병세가 몹시 나쁘고 대화도 자유롭지 않았다고 전해 왔다. 그런데 그때 나도 심장질환으로 병원에 입원하고 수술을 받을 때여서 양 선배 댁에 문병 한 번 하지 못하고 있었다. 양 선배가 추천한 고려사이버대학교 교수의 전갈로 양 선배가 타계했고, 시신은 연세대학교 의과대학 세브란스병원 영안실에 안치되었다는 말을 듣고 황망히 달려갔으나, 영안실에 양 선배는 사진만 남아있고 사모님과 아드님이 영안실을 지키고 있었다.

1957년 봄 아직도 까까머리가 그대로이던 때 마음씨 후덕한 양승두 선배를 만난 이후, 학부 4년을 거치고, 대학원에서 석사과정 때 2년, 박사과정 때 2년을 비롯해서 법의식 조사 때의 2년을 거쳐 2018년 운명할 때까지 61년간 끈끈한 선-후배의 정을 유지해 오던 내가 가장 좋아했고 존경했던 양 선배를 잃은 마음은 황망할 뿐이다. 그토록 다정한 목소리로 정을 나누던 양 선배를 어디에서 다시 만날 수 있을까? '오호통재(嗚呼痛哉)'를 되풀이할 뿐이다. 양 선배님이 날이 갈수록 점점 더 보고 싶어진다. 부디 저 세상에서는 편안하게 지내시기를.

후학 김중순 드림.

영원한 스승, 잊을 수없는 선배 양승두 교수님

주영은
(연세대학교 명예교수)

스승으로서는 한없이 인자하고 아량이 넓으셨으며, 대학선배로서는 후배들의 대학진출을 위해 온갖 궂은일을 마다하지 않고 도와주셨던 다정다감하고 인정이 많으셨던 양승두 교수님. 연세가 배출한 최초의 법학교수이자 모교 법과대학의 교수로서, 다른 대학에 비해 연륜도 짧고 위상도 높지 않았던 초창기에 연세법학 발전의 초석을 놓으신 양승두 교수님. 연세법학의 영원한 스승, 잊을 수 없는 선배 양승두 교수님.

1980년대 초까지만 해도 대학원 법학전공 수료자를 포함하여 연세대 출신 법학교수가 손가락으로 꼽을 정도로 소수에 불과하였습니다. 대학교수가 되려면 물론 실력이 우선되어야 하겠지만 우리나라의 대학사회에서 학연, 지연, 인연이 큰 비중을 차지하고 있는 것은 불문가지의 사실입니다. 각 대학의 법학과에 선배교수가 전무한 상황에서 실력이 있다고 하더라도 대학교수로 진출한다는 것이 결코 용이한 일이 아니었습니다. 그 당시 다른 교수님들도 노력을 많이 하셨지만 교수님께서 더욱 수고를 많이 하셨습니다. 교수님의 인품과 폭넓은 인간관계로 많은 제자들이 대학에 진출할 수 있었고 이것은 교수님의 가장 큰 보람이 되기도 하였습니다. 교수님은 사석에서 제자들이 교수로 임명되기까지의 고충과 배경을 말씀하시면서 늘 큰 보람으로 여기셨습니

224

다. 제자들의 성장을 바라보시면서 매우 흐뭇해하신 것은 말할 필요조차 없습니다.

항상 안면 가득히 웃음을 머금고 정다운 모습을 보여주셨던 교수님을 다시 뵐 수 없다고 생각하면 가슴이 아릴 뿐입니다.

교수님은 주류는 물론 생선이나 육류의 날 것은 전혀 드시지 않고 식사량도 소식인 편이셨습니다. 소탈한 외모에도 늘 깔끔하고 고고한 기품을 잃지 아니하셨습니다. 운동을 별로 좋아하지 아니하신 것 외에는 건강상 별로 문제가 없으셔서 장수하실 것으로 여기고 있었습니다. 편찮으시다는 소식을 듣고 찾아뵈었어야 했는데, 사람을 만나는 것을 꺼려하신다는 말만 믿고 찾아뵙지 못하고 허망하게 교수님을 떠나보내게 되고 보니 후회와 회한만 남습니다.

저는 1963년 법학과 3학년 때 법철학 강의를 수강한 것이 교수님과의 처음 인연이었습니다. 교수님은 어려운 법철학을 아주 구체적인 사례를 들어 이해하기 쉽게 강의하셨습니다. 어린 딸과 함께 많은 재산의 관리를 위탁받은 아버지의 친구가 모든 재산을 편취하고 어린 딸을 무일푼의 가난뱅이로 내쫓아버린 사례를 들어 보통법과 형평법을 설명하셨는데 50년이 훨씬 지난 지금도 생생하게 기억하고 있습니다.

학부를 졸업한 후 뒤늦게 대학원에 입학한 후에 교수님과의 인연은 다시 이어지게 되었습니다. 다른 대학의 전임을 거쳐 모교 원주캠퍼스로 옮기고 나서 교수님과의 인연은 더욱 깊어졌습니다. 특히 바쁘신 와중에도 수년간 원주캠퍼스에 출강하시면서 후배교수들과 원주캠퍼스 학생들을 격려하고 지도하여 주셨습니다.

교수님은 영어뿐만 아니라 일본어를 뛰어나게 잘 하셨습니다. 전국

법학교수 중에 영어와 일본어를 가장 잘 하시는 것으로 정평이 나 있을 정도였습니다. 영어와 일본어 원서를 우리글과 마찬가지로 읽고 이해하셨으며, 외국으로 보내는 영문문서를 초고도 없이 그 자리에서 바로 작성하셨습니다. 장거리 비행을 하실 때에는 원서 한 권을 독파하는 것으로 피로를 잊으신다고 말씀하시곤 하셨습니다.

강의하실 때나 말씀하실 때마다 참 기억력이 출중하시다는 것을 자주 느끼곤 하였습니다. 90년대 초 각 대학별로 입학시험을 치를 때입니다. 우연히 같은 교실에서 교수님과 수학입학시험을 감독한 일이 있었습니다. 시험지를 나누어주고 나서 교수님은 교탁에서 수험생들의 수학입학시험 문제를 풀어보셨습니다. 시작한지 10분도 안 되었는데 수학문제를 모두 풀었다고 하시면서 별로 어렵지 않다고 말씀하시는 것이었습니다. 고등학교를 졸업한 지 40년이 훨씬 지나고 더욱이나 고등학교 졸업 후에는 수학문제를 다루지 아니하셨을 터인데 그 어려운 수학문제를 10분도 걸리지 않고 모두 풀어버리신 것입니다. 연세대의 수학입학시험 문제는 매우 어려운 것으로 알려져 있을 때인데, 수학을 배운지 40여 년이 훨씬 지난 후까지 어려운 수학문제를 거침없이 푸시는 것을 보고 기억력이 뛰어나시다는 것을 알 수 있었습니다.

교수님은 정부의 규제개혁위원회 위원장을 맡으신 적이 있었습니다. 그런데 하나의 규제법규를 풀어 놓으면 공무원들이 다른 규제법규를 만들어 규제법규의 개정을 무의미하게 만들어 버린다고 한탄하시곤 하셨습니다. 역대 정권마다 규제개혁을 외칩니다. 그러나 규제법규로 기업을 옥죄이는데 재미를 들인 공무원들이 그 버릇을 고치지 않는 한 규제개혁은 불가능하다는 것이 교수님의 말씀이었습니다. 지금도 규제를 확 풀어 기업하기 좋은 나라를 만든다고 외치고 있는데 그 버릇을 버리지 못하는 공무원들이 있는 한 규제개혁은 말로만 그치는 것이 아닐는지 모르겠습니다.

교수님을 비롯하여 법대의 선배님 몇 분과 같이 오랜 동안 매년 7월 말이나 8월초에 원주에서 1박 2일로 주말을 보낸 적이 있습니다. 교수님과는 거의 10여 년 이상의 여정을 같이하였던 것으로 기억됩니다. 원주에 도착하는 날에는 치악산 기슭 치악계곡가든이라는 곳에서 하루를 보냈는데 계곡의 차갑고 시원한 물줄기에 발을 담그고 한여름의 무더위를 잊곤 하였습니다. 교수님께서도 어린아이처럼 즐거워하시면서 다양한 이야기의 소재로 시간이 가는 줄 모르게 하셨습니다. 반주를 곁들인 식사로 즐거운 시간을 가졌는데, 교수님께서도 비록 약주는 하시지 않으면서도 분위기에 어울려 맛있게 식사를 하시는 편이었습니다.

다음 날에는 치악산 구룡사계곡의 넓고 맑은 물줄기에 발을 담그고 망중한을 보냈는데 역시 교수님의 구수한 이야기가 시간이 가는 줄 모르게 하였습니다. 구룡사계곡의 산채비빔밥은 입맛을 돋우는 고정메뉴였습니다. 교수님과 함께하였던 시간들이 엊그제 같은데 벌써 10여 년이 훌쩍 지나가 버리고 더욱이 교수님께서 곁을 떠나시고 보니 더욱 그때가 그리울 뿐입니다.

영원한 스승, 잊을 수 없는 선배, 양승두 교수님, 주님의 나라에서 영생복락을 누리시기를 간절히 기도합니다.

은사 양승두 박사님을 추모하며

(전 청주대학교 교수)

선생님! 아직 그리 연치 높지 않으신데 일찍 가시니, 그 사이 자주 문안 못 드린 죄책으로 슬프고 부끄러운 마음 더할 수 없습니다. 저는 어리석은 생각에 아직 선생님을 뵐 세월이 넉넉하다 여긴 데다 신변잡사에 묶여 결국 오래 뵙지 못하고 말았으니 후회 가득합니다.

제가 연세대 대학원 법학과 박사과정을 이수하며 선생님의 지도 아래 「영법상의 '법의 지배'에 관한 연구」 논문으로 박사 학위를 받았으니, 선생님은 저의 학위 스승님이십니다.

이제 선생님을 추모하며 떠오르는 감상을 영전에 몇 말씀 드리렵니다.

법학 분야의 여러 과목에 더하여 영어(제1 외국어)와 독일어(제2 외국어) 과목 시험에 합격해 대학원 법학과 박사과정에 입학한 일, 선생님(양승두:행정법)을 비롯한 정영석(형법)·김현태(민법)·손주찬(상법), 김정건(국제법)·허영(헌법)·이형국(형법)·허경(공법) 등 여러 교수님의 강의를 들으며 공부하던 일.

어느 학기에는 대학(원)간 학점교환제에 의해 이화여대 대학원 법학과에 설강된 선생님의 과목을 내내 수강하던 일(선생님은 그 대학원 학생들에게도 인기가 좋으셨어요).

과정을 이수하면서 학위 청구 논문 테마를 '영법상의 법의 지배'로 할 의향을 아뢰니, 선생님께서

"성문 헌법이 없는 영국에서 인권보장, 대의정치(의회주권), 정당정치, 법치주의, 권력분립, 사법의 독립 등이 충실히 작동하는 그 바탕이 '법의 지배'인데, 우리 주변에 그에 관한 연구가 부족한 듯하니, 그대가 잘 살펴 연구해 보게."

라고 허락하신 일 등을 잊을 수 없습니다.

논문제출자격 종합시험을 거치고, 논문을 완성하고 논문 요지를 발표하고, 선생님(양승두 : 연세대)을 비롯한 윤세창(고려대)·김철수(서울대)·허영(연세대)·허경(연세대) 등 다섯 분 심사위원의 심사를 몇 차례 받던 일 등도 기억에 생생합니다.

논문 심사를 통과하고 학위 수여식이 가까워올 때 선생님과 이정한 교수님 등 선배 박사님들이 비용을 모아 박사 가운을 마련해 저의 학위 취득 축하의 뜻으로 제게 주신 일, 학위 수여식에서 학위를 받던 일 등도 뜻깊은 추억입니다.

그리고 제가 재직하던 청주대 캠퍼스에서 열린 한국공법학회 학술행사 때와 같은 대 법대 학술행사에 오셔서 특별강의 등을 해 주신 일, 부산 광주 등 지방대 캠퍼스에서 열린 공법학회 학술대회에 참석 발표 또는 토론참가에 동행하신 일 등, 또 대만 중국 여행에 동행하신 일, 선생님 내외분과 한견우 교수와 저 네 명이 이태리 독일 프랑스 영국 등 유럽을 여행하신 일도 아름다운 추억입니다.

선생님의 관심 학문 분야에는 법학 다음으로 한때 잠시 신학(神學)이 있었던 듯합니다. 오래 전 선생님은 "신학이면 박사학위도 해볼 만

하다" 하신 적이 있거든요. 그래서 저는 '천(天)'이나 '신(神)'이라는 개념에 관한 동·서양의 사상을 접하면 더러 선생님 의 그때 말씀을 떠올리곤 합니다.

"군자가 심(心)을 함양하는 데는 성실보다 좋은 것이 없다. 성실을 다하는 데는 다른 방법이 있는 것이 아니다. 오직 인(仁)을 지키고 의(義)를 행하면 된다. 성심(誠心)으로 인을 지키면 겉으로 드러나게 되고, 드러나면 신묘해지고, 신묘하면 백성을 교화할 수 있다. 성심으로 의를 행하면 조리가 서게 되고, 조리가 서면 명확해지며, 명확하면 악(惡)을 변화시킬 수 있다. 이 변화와 교화가 연이어 일어나는 것을 '천덕(天德)'이라 한다."(순자 불구 9)

라는 말을 접하고도, 여기 '천'의 의미가 무엇일까를 선생님께 여쭈어 볼 수 없으니 안타까울 뿐입니다.

학문 외적으로도 선생님은 제게 특별한 어른이십니다. 저는 아들이 셋인데, 첫째인 태희는 연세대 의대 졸 내과 전공 레지던트 때 결혼했는데 신부(김수진)는 서울대 공대 졸 같은 대 대학원 석사 졸 같은 대 박사과정 입학자이고 결혼식장은 서울대 동문회관이며 주례는 연세대 의대학장님이 맡으셨으나, 그러나 둘째와 셋째의 결혼식 주례는 다 선생님이 맡으셨습니다.

둘째인 우희는 연세대 법대 졸 같은 대 대학원 법학과 석사과정 중 사법시험 합격 사법연수원 시절인 2002년 8월 14일 결혼했는데, 신부는 덕성여대 약학과 졸 약사입니다. 예식장은 '연세대 동문회관'이고 주례는 선생님이 맡으셨습니다.

주례사 요지는 대략

"신랑은 법조인이 될 터이니 사회에서 일어나는 법적 분쟁의 재판이나 범죄의 수사, 처벌 등에 관여하여 사회의 건강을 지키고 향상하는데 봉사할 것이다. 신부는 약사이니 사람의 병을 낮게 하는 약 전문가로 사람들의 건강을 지키고 향상하는 데 봉사할 것이다. 그러기 위해서라도 먼저 두 사람은 오늘 이루는 새 가정의 건강을 지키고 향상하는데 진력해야 할 것이다."
이었습니다.

그때의 신랑 우희는 군법무관(대위) 필, 판사로 임관, 법조 경력 14년 차, 현재 서울중앙지방법원에 재직하며, 그때의 신부는 둘 사이에서 낳은 1녀 2남을 잘 키우면서, 현재 어느 대형 약국의 약사로 재직합니다.

셋째인 세희는 연세대 경영학과 재학 중 군 입대 복무 필 복학 졸업하고 저축은행에 재직하며 2008년 3월 16일에 결혼하였는데 신부(정유진)는 동덕여대 경영학과 졸, 같은 은행 직원이고 예식장은 서울교육문화회관이고 주례는 선생님이 맡으셨습니다.

주례사 요지는 대략

"신랑 신부는 둘 다 경영학을 전공했다 한다. 경영이란 '기업이나 사업을 관리하고 운영하는 것' 또는 '계획을 세워 일해 나가는 것'이니, 이러한 기업이나 사업을 잘 경영하기 위해서라도 먼저 두 사람이 오늘 이루는 새 가정을 잘 경영해야 할 것이다. 어른을 공경하고 서로 사랑하고 존중하며 남편과 아내로서의 도리를 다하는 것이야말로 훌륭한 가정 경영이다."
이었습니다.

그때의 신랑은 현재 성균관대 대학원 MBA 과정을 이수하고 하나저축은행 본사 경리부 차장으로 재직하며, 그때의 신부는 둘 사이에서 낳은 2남 1녀를 잘 키우면서 같은 대 MBA 과정을 이수하고 같은 은행 서울 모지점의 과장으로 재직합니다.

감사할 뿐입니다.

이제 선생님의 인품에 관한 저의 느낌입니다.

선생님의 마음 몸 가지심, 대인관계와 언론 덕행 등을 뵈면 편견이 없고 어질고 지혜로우셨습니다.

"사양(辭讓)의 절도를 잘 지키고, 장유(長幼)의 도리를 잘 따르며, 피해야 할 말은 하지 않고, 화를 부를 말을 하지 않으며, 인심(仁心)으로 논설하고, 학심(學心)으로 들으며, 공심(公心)으로 분별한다. 여럿의 비난이나 칭찬에 흔들리지 않고, 관객의 귀나 눈을 미혹하지 않는다. 귀자(貴者)의 권세를 사지 않으며, 치우친 자의 전하는 말을 좋아하지 않는다."(순자 정명 8)

라는 이 요건에 근접한 어른이셨습니다.

여행 때 영문 아니면 일문의 소설 책 읽으시고 독후감 말씀하시던 선생님이 앞에 계신 듯합니다.

선생님의 영락(永樂)을 빌면서 문하 이동과 곡 재배.

2018. 7. 31.

고 양승두 교수님을 그리워하며

박상은

(한국학술연구원 이사장)

"자네는 왜 섬에서 어렵게 공부하며 성장했는데 고시 패스해 보답을 해야지 험한 학생운동을 하려고 하나. 나는 이해가 안 되네. 법과 교수님들이 다 나와 같은 의견이신데."

1969년 시국은 박정희 대통령의 장기집권을 가능케 하기 위하여 삼선개헌을 그해 가을에 계획하고 있어, 대학생들의 반대시위가 불 보듯 뻔한 위험한 시기에 학생회장에 입후보하겠다고 양 교수님에게 의논드렸더니 하신 말씀입니다. 그러시더니 몇 일후 당시 법학과 김현태 학과장님실로 오라 해 갔더니 박관숙, 박원선 교수님을 제외한 정영석, 김기범, 이근식, 함병춘, 양승두 교수님들이 회의를 하고 계셨습니다. 양 교수님이 김현태 과장님에게 박상은의 학생회장 입후보 건을 갖고 의논하셨던 모양입니다. 김현태 박사님 말씀이 "자네는 학업성적도 좋고 고시준비하는 것으로 알고 있는데 왜 길을 바꾸려 하는가. 여기 계신 교수님들 다 같은 의견이니 재고하게나."

이렇듯 저와 후학들에게 많은 사랑과 관심을 베푸신 교수님이 우리 곁을 떠나신지 벌써 일 년이 흘렀습니다. 교수님과 나의 인연은 개인적으로는 경동고, 연법 선배이시자 대학 은사님, 그리고 졸업 후 교수님과 함께 한 연세 법과대학 독립운동(?)까지, 실로 책을 몇 권 써도 모자랄 정도로 많은 것을 배웠고, 모시고 같이 토론하고 일하면서 많은 성취도 이뤘습니다. 그 과정에서 항상 밝고 웃음으로 모임을 주도하셔서 선생님이 계신 자리에는 소통과 화합이 있었습니다. 소위 요즘 얘기하는 소프트 파워로 쇠를 녹이는 지도자이셨지요. 평생을 연세와 함께하셨기에 이 글을 읽는 모든 분들이 다 각기 선생님과 깊고 좋은 인연을 갖고 계심에도, 사모님과 홍복기 부총장이 저에게 글을 부탁하시니 큰 영광이 아닐 수 없습니다.

양 교수님의 가장 큰 업적이야 당연히 행정법 분야의 학문적인 것이지만, 나는 일찍이 학문과 거리가 멀어져 감히 말할 수 없고, 우리가 모시고 같이 고생하여 이룬 오늘의 연세법학 초석을 세우신 공로를 들지 않을 수 없습니다. 1950년에 시작한 연세법학(신현윤교수는 연세법학을 1920년대 시작으로 말씀하신다.)은 김현태 교수님 주도의 20주년 기념사업으로 법과 동문, 학부형, 재학생은 물론 연세인에게 법대 독립의 필요성을 설파하는 소식지 『연법리뷰』 발간사업, 법현대관(고시생을 위한 법과 도서관)과 법현학사(고시생을 위한 기숙사)를 건립으로 연법 독립의 불을 당겼습니다. 특히 1970년 연세발전계획에 법과대학 독립안을 당시 안세희 기획실장님께 보고하여 박대선 총장님 재가를 받은 것은 양 교수님의 숨은 노력이 있었다는 사실을 우리 동문들도 잘 모르시고 계실 것입니다. 후에 교수님도 기획실장을 역임하셨지만, 당시 백낙준 명예총장님께 제가 학생회장으로 법대 독립 필요성을 건의하였더니, "하나님의 말씀이 법이지, 인간이 만든 법을 그렇게까지 중시할 수 없다"고 말씀하신 것이 지금도 생생하게 기억납니다. 그렇듯 법대 독립에 차가운 분위기 속에서 연세발전계획안이 수립되었고, 공고롭게 안세희 총장님 재임시절에 법대가 독립이 되었습니다.

많은 동문 선배님들의 격려와 후원 하에 선생님과 설원봉 회장, 저는 동창회와 의논, 연세법과 50주년 기념사업회를 발족하여, 당시 전통과 규모에 비교도 할 수 없고 상대도 못해낸 원금 37억에 이자소득 6억, 도합 42억 원을 모금, 안 총장님께 약속한 법대 건축기금을 헌납하여, 오늘의 광복관(인송 설경동기념관)을 건축하였습니다. 선생님이 이사장, 저는 사무총장으로 3년간 힘과 열을 합하였습니다. 그 기념동판이 바로 광복관 현관에 박혀 있고, 6억 원의 잔액으로 연세법학진흥재단을 설립하여 연세법학의 학문적 후원 단체로 키워 고인이 돌아가시기까지 이사장으로 키우시고 현재는 박동혁 선배님이 대를 이어 수고하고 계십니다.

1982년 여름에 안세희 총장님을 모시고 김현태 교수님과 양 교수님, 제가 프라자호텔 도원에서 오찬하면서 총장님에게 "법대 독립을 시켜주시면 우리 대한제당 설원봉 회장(당시 전무)과 법대동문들이 건물을 짓겠다"고 총장님의 결단을 재촉하면서, 특히 "민정당 총재비서실장 남재두 의원, 대통령비서실장 함병춘 교수, 문교부장관 이규호 박사(한 분은 법과 선배, 한 분은 법과 교수, 또 한 분은 문과대 교수 출신으로 법대독립에 직간접으로 큰 영향력을 갖고 계신) 세 분이 다 힘껏 도와주신다 했으니, 문교부에 안을 제출해 달라"요구하였습니다. 왜 당시 이정한 선배님은 같이 못하셨는지 기억은 없으나, 그 후 학교 측 신청안 모든 서류를 양 교수님 주도하에 이정한 선배님이 일일이 체크하면서 독촉하였다는 말씀을 김현태 학장님께서 말씀해 주신 것이 기억납니다.

물론 연세법대의 독립은 전두환 정권의 의사·변호사·판사 등 각종 "사"자 문턱을 낮추고 권위의식 철폐라는 큰 틀에서의 의대, 법대 등의 증원정책에 편승하여 연세법대가 승인된 것이기도 하지만, 그 허가가 나오기까지 학교 안에서 또 밖에서 동창회 주도의 많은 보이지 않는 노력이 있었고, 거기에 양 교수님의 집념과 소프트 리더십이 항상 있었음을 헌사에 꼭 넣고 싶어 이 글을 씁니다.

교수님의 잔잔한 미소, 당장이라도 연구원 문 열고 "상은 씨 잘 있지" 하시며 나타나셨던 모습이 그립습니다. 부디 영면하시고, 선생님의 학문과 후학 사랑이 오늘의 연세법학전문대학과 함께 세세연년 우리 연세동산에 이어지리라 확신합니다.

* 추기. 정리하는 과정에서 가만히 생각해보니, 양 교수님의 칭호가 교수님, 선배님, 선생님, 우리 등 여러 가지로 표현이 되어 있군요. 좀 무례한 표현이라고 생각하시는 분도 계시겠지만 그만큼 양 박사님과 저의 관계가 사제 간으로 시작되었지만 마지막에는 제가 이사장으로 있는 한국학술연구원 이사장과 감사의 관계로까지 유지되었으니 이해 부탁드립니다.

양 박사 선생님을 생각합니다

정순훈

(전 배재대학교 총장)

연세대학교 법과대학에서는 아주 오래전부터 지금까지 양승두 교수님을 학생이나 동문이나 동료 교수님들이나 하물며 우리 집 아이들까지 각자 친소관계에 따라 양 박사 또는 양 박사 선생님이라고 불렀습니다. 언제부터 무슨 연유로 다들 선생님을 양 박사로 불렀는지는 알 수 없으나 아무튼 오래전부터 그렇게 불렀습니다. 1970년대 초에는 연세대학교 법과대학에 박사학위를 가진 교수님이 안계시던 시절이라, 극존칭의 뜻으로 양 박사라고 했을 것 같습니다. 그 당시에는 머리를 기르는 게 유행이었던지 머리를 길게 기르셨습니다. 그리고 영국에 유학을 다녀오셔서 영어를 잘하시고 모교 법과대학을 졸업한 유일한 교수님으로 학생들 사이에 회자되곤 했습니다. 그때는 군사부사상이 남아 있어선지 대부분의 학생들은 4년 동안 교수님과 사적인 대화를 한 번도 해본 적 없이 졸업했기 때문에 교수님의 신변에 대해서는 그저 풍문으로 이야기를 들었고, 특히 선생님에 대한 개인적인 정보는 매우 흥미 있는 것이기는 했지만 거의 드문 시절이었기 때문에 잘 알 수가 없었습니다.

선생님에게서 석사학위 논문지도를 받았지만, 선생님에 대한 기억을 되살릴 만한 추억은 별로 없었습니다. 선생님을 가까이 모시게 된 것은 박사과정에 입학하여 선생님 조교로 선생님 연구실 한쪽 귀퉁이에 낡은 책상을 확보하게 되면서부터였습니다. 대부분의 학부 때 교수님들께서 은퇴하시거나 돌아가셔서인지 선생님은 옛날 젊은 교수님이 아니라 이미 중견교수님이 되어 계셨습니다. 선생님의 조교가 되어 선생님의 연구실 한 구석에서 일 년을 보냈는데도, 특별히 연구자로서 교육자로서 갖추어야 할 덕목에 대해 한마디의 말씀도 없었습니다. 그러나 한 연구실에서 선생님의 여러 가지 하시는 모습을 보면서 깨달은 무언의 가르침이 저의 교수생활에 큰 사표가 되었습니다. 일생 동안 교수로서 학생이나 동료교수들을 대할 때나 어려움이 처할 때마다 선생님이라면 어떻게 하셨을까 라는 생각을 하면서 문제를 해결하려고 노력하였습니다.

스승의 은혜는 가없고 스승의 그림자도 밟아서는 안 된다는 전통 때문인지, 왠지 늘 두렵고 가까이 하기가 어려웠습니다. 하물며 추모의 글을 쓰는 지금도 선생님은 두렵고 어렵습니다. 그래서인지 선생님께서도 구체적인 말씀이 없으셨습니다. 저자보다는 독자가 더 중요하다는 말처럼 스승으로부터 받는 가르침도 스승의 말씀보다는 스승의 무언의 생각을 어떻게 받아들이는가가 중요한 것 같습니다. 저희들이 받아들인 양 박사 선생님의 가르침은 이런 것이었습니다.

선생님은 늘 양복을 단정하게 입으시고 영어도 뛰어나게 잘하시고 언뜻 보기에는 누가 봐도 서양식 신사셨지만, 내면적으로는 완전한 동양식 군자셨습니다. 동양식 군자는 그릇처럼 틀에 메이지 않는다고 했습니다. 제가 아는 선생님은 자유로운 영혼으로 경계가 없는 분이셨습니다. 학교에서의 강의는 행정법을 주로 맡으셨지만 오히려 법철학에 더 많은 관심을 가지셨고, 지적재산권법이나 하이에크 등 거의 모든 분야에 업적을 남기셨습니다. 제자를 받아들일 때도 제자가 되기를 원하는 사람은 모두 받아들이셨습니다. 늦게 학문의 길로 들어선 사람이나 학부를 어디서 마쳤거나 학부의 전공이 무엇이었거나 학생들 사이에 회자되는 학생의 성품에 관계없이, 선생님의 지도가 필요한 사람들은 거의 누구든 선생님의 제자가 되었습니다. 동료교수를 대하는 것이나 연구실에 찾아오는 손님들이나 잡상인에 이르기까지 특별히 기준을 정해서 만나지 않으셨고, 찾아오는 손님이 연구실을 나설 때는 절대 기분 상해서 내보낸 적이 없으셨습니다. 사회적인 활동 영역도 법 관련되는 단체나 연세대학교 내의 여러 보직은 물론이고, 정부의 여러 기관이나 여러 대학의 이사에서부터 하버드 옌칭 총무나 서울 YMCA 이사까지 특별히 빛나는 자리가 아닌데도 선생님의 도움이 필요하다고 하는 곳에는 늘 도와주셨습니다. 선생님은 크나큰 도량을 가지시고 남을 감싸 안을 수 있는 친화력과 포용력을 가지셨습니다. 선생님은 완고하여 자기만이 옳다고 독선에 빠지거나 고집불통의 아집에 사로잡혀 선생님을 위해 남을 이용하고 남을 희생시켜 선생님의 이익을 탐한 적이 없으셨습니다. 특히 제자들을 힘들게 하시지 않으셨습니다. 작은 이익을 탐해 잔재주를 부리거나 그릇 같은 틀을 자질구레하게 고집하지 않으셨습니다. 이처럼 일생을 경계가 없이 산다는 것은 아무나 할 수 있는 일은 아닐 것입니다. 선생님의 체화된 겸손이 모두를 아우를 수 있었을 것이라 생각됩니다. 차마 흉내를 낼 수도 없지만, 선생님의 이러한 모습이 우리 제자들에게는 큰 가르침이었습니다.

동양식 군자는 '참으로 중요한 말은 소리 나는 말로 하지 않는 것'이라 하였습니다. 말없는 가운데 행동으로 말하고 마음과 마음으로 전달되고 이루어진다고 했습니다.

　　선생님은 동료 사이에도 뜻이 다를 수 있지만 뒷자리에서 비난하는 말씀을 하시는 법이 없었습니다. 사회과학을 연구하시는 분들이 흔히 하는 것처럼 나랏일이나 사회 정책에 대해서도 잡담으로 비난하신 적이 없으셨습니다. 특히 다른 교수님들이 보수에 대해 불평해도, 그런 문제에 대해서는 일체 언급하지 않으셨습니다. 또한 사모님과 두 아드님이 자랑할 만한 분들인데도 한 번도 가정사에 대해 말씀한 적이 없으셨습니다. 여러 사람들 앞에서 말씀하실 기회가 많으셨는데도 그때마다 사양하시고, 부득이 말씀해야할 경우에도 가능한 짧게 말씀하셨습니다. 언짢은 일이 있을 때도 간단하게 농담처럼 한마디하시고는 다시 말씀하지 않으셨습니다. 특히 감동적인 것은 어느 해 연말이었는데 설탕을 한 포대씩 사서 박관숙 교수님과 김기범 교수님 댁에 저와 같이 직접 댁으로 찾아가서 보내드린 일이 있었습니다. 두 분 교수님은 안타깝게도 일찍 돌아가셔서 사모님만 계셨는데, 아무도 모르게 스승이자 동료교수님에게 따뜻한 정을 나누시었습니다. 또한 은퇴하신 박대선 총장님도 다른 대학 교수님들과 함께 돌아가실 때까지 지극 정성으로 모셨지만, 그런 일에 대해서 일체 말씀이 없으셨습니다. 선생님은 말씀하시지 않으면서도 많은 말을 남기시고 가르치신 참 군자이셨습니다. 이 또한 저희들이 평생 동안 닮고 싶어 했던 선생님의 가르침이었습니다.

　　일찍부터 연세대학교 법과대학을 이끌어 가는 책임을 맡으시고, 오늘날의 대한민국 최고의 법과대학으로 키운 데는 선생님의 공로가 매우 컸다는 것은 이견이 없을 것입니다. 이제 많은 인재들이 선생님의 가르침을 받아 학계, 정계, 법조계, 경제계에서 자신의 행복과 나라와 사회의 발전을 위해 열심히 활동하는 모습을 천상에서 보시면서, 그리고 선생님의 발자취가 광복관 언저리에 영원히 남아 살아 숨 쉬는 것을 느끼시면서 영면하시기를 빕니다.

연세대학교 법과대학 68년도 입학생 정순훈 올림.

나의 영원한 사표(師表) 양승두 선생님

홍복기

(연세대학교 법학전문대학원 명예교수)

선생님과의 만남은 지금부터 47년 전인 1971년도에 내가 연세대학교 정법대학 법학과의 입학으로 비롯된다.

지하철이 없었던 시대에 신촌로타리에서 버스를 하차(당시는 지금의 성산대로도 없었다)하여 10여 분 걸어서 백양로에 들어서면 안산 아래에 쭉 펼쳐져 있는 확 트인 연세 캠퍼스는 입학시험에 찌들었던 신입생들의 마음을 사로잡았다. 그 당시에는 중고등학교 입시와 '대학입학예비고사'라는 대학입학자격시험이 있었고, 대학의 본고사도 있었다.

당시 법학과의 정원은 60명이었고 그중 남학생은 59명, 여학생은 홍일점이었다. 정법대학의 학과에는 법학과 이외에도 정외과와 행정과가 있었다. 총장은 신학을 하신 박대선 교수님이었고, 학장은 정외과의 김명회 교수님이었다.

당시에 우리에게 법학을 가르쳐 주시던 교수님들은 헌법에 김기범 교수님, 국제법에 박관숙 교수님, 민법에 김현태 교수님, 이근식 교수님, 형법에 정영석 교수님, 상법에 박원선 교수님, 이정한 교수님, 행정법에 양승두 교수님, 법철학에 함병춘 교수님, 민소법에 신현주 교수님이시었다.

위와 같이 연세에는 당대를 대표하는 쟁쟁한 법학자들이 많이 계셨음에도, 가르침을 받을 기회가 많지 않았다. 우리의 대학시절은 정치적으로는 공화당이 1969년 3선 개헌을 통하여 '군사독재'의 항구화를 꾀한 시기로서 1972년의 유신, 국가비상사태, 긴급조치 등으로 계속되어 참으로 숨 막히던 시절이었기 때문이다. 그래서 대학 4년 중에 '파쇼 군사정치 철폐'를 외치는 시위가 그칠 날이 없었고, 또한 정부도 강경책으로 맞서 툭하면 모든 대학교가 휴업하거나 휴강하는 일이 다반사였다. 그래서 우리가 대학 다니던 시절에 예외 없이 봄, 여름, 가을, 겨울마다 방학이 있었던 것은 당시의 정권이 학생들의 모임을 원천적으로 봉쇄한 불행한 결과이다. 전시상황이 아니었는데도 제대로 강의를 듣는 학기가 없어, 과목의 진도는 많아야 교과서의 3분의 1을 마치는 정도가 고작이었다. 아마도 우리 학번만큼 전시가 아닌 평상시에 대학의 외적인 정치적인 이유로 교수님의 강의를 들을 수 없었던 학번도 드물 것이라 생각된다. 강의를 제대로 들을 수 없기에 자연적으로 법학에 대한 흥미를 잃어 아예 자포자기하거나, 군사독재 정치를 합법화하고 영구화시킨 '유신헌법' 하에서 무슨 법학공부인가 자학하며 의식적으로 법학을 조롱하거나 외면하는 학생도 많았으며, 일부는 독학으로 고시 공부하기 위하여 절간으로 들어가 버리거나 도서관에 파묻혀 버리기도 하였다. 우리 학번들이 학부 때 법학 강의를 체계적으로 들을 수도 없었고, 법학을 제대로 공부하지 않았기 때문에 졸업 후에 다시 대학원에 진학하거나 유학하여 법학을 다시 공부하여 보자고 한 것이 결과적으로는 학계에 진출한 동문이 다른 학번보다도 상대적으로 많게 된 것은 역사적 산물인지도 모른다.

선생님과의 본격적인 만남은 대학 졸업 후 1978년 대학원에 입학한 후부터이다. 당시 대학원에 입학한다는 것은 학계에 진출하고 싶은 학도들의 관문이기도 하다. 그 시절 함께 대학원에 다녔던 대부분의 졸업생들이 현재 교수 생활을 하고 있거나 정년퇴임하였다. 대학원은 학부와 달리 진정한 학문공동체라고 볼 수 있다. 학문 공동체 속에서는 보이지 않는 목표와 규율이 있었고, 교수와 대학원생 간에는 존경심과 유대감으로 밀착되었다. '연세법학'이라는 학문공동체에서 수장은 선생님이셨고, 제자들에게는 늘 어렵지만 항상 자상한 어른이셨다. 그래서 선생님은 망망대해와 같은 학문의 세계에서 학자의 길을 닦고 있는 제자들이 본받을 선망의 대상이셨고, 선생님께서도 제자 사랑으로 많은 학은을 베푸셨다.

나도 선생님의 은덕과 후광에 힘입어 누구보다도 빨리 대학교수가 될 수 있었으며, 선생님의 가르침과 말씀은 교수생활을 충실히 수행할 수 있는 원동력이 되었다. 학부와 대학원에서 법철학과 행정법 시간에 선생님이 보여주신 남다른 강의방법, 영어·불어·일어에 능통하실 뿐만 아니라 박학다식한 전문가로서의 소양, 캠퍼스 활동을 통하여 보여주신 교수로서의 자세, 평소 학생들과 대화와 소통을 통하여 학문으로서 법학의 지평을 넓혀 주신 분이기도 하다. 선생님은 법과대학의 학장직을 수행하시는 동안에도 누구에게 명령하거나 지시하는 것을 별로 좋아하지 않으셨다. 그러나 영국신사 이상의 기품이 있으셨고, 학자로서의 품격과 겸양을 언행일치로 보여주셨던 분이다. 남을 배려하며, 모든 제자와 동료들을 포용하며 함께 가고자 하셨던 큰 어른이시기도 하다.

나는 선생님과 전공은 다르지만 영광스럽게도 선생님과 함께 한

활동이 많다. 특히 1993년부터 동아대학교에서 연세대학교로 부임한 이후 선생님을 모시고 많은 것을 배우고 경험했다. 1995년부터 2002년까지 '동아시아 비교법 문화연구회'의 일원으로 일본, 중국, 대만 등을 오가며 법철학 및 경제법을 중심으로 아시아의 법제도, 법의식 등을 오랫동안 연구했다. 또한 1998년부터 선생님이 타계하실 때까지 선생님이 회장과 이사장으로 활약하신 '연세대학교 법과대학 설립 50주년 기념사업회'와 '연세법학진흥재단'의 간사로 활동하며 현재 연세대학교 법학전문대학원이 사용하고 있는 '광복관' 건립과 재단설립을 위한 기금모금을 진행하여 2000년 광복관 건립과 '연세법학진흥재단'의 설립을 완료하였다. 이때 평소 미국식 로스쿨 교육을 주장하셨던 선생님의 선견지명으로 광복관 안에 독자적인 법학 도서관을 갖추게 되었고, 모든 강의실을 계단강의실로 설계할 것을 주문하여 법과대학이 로스쿨(법학전문대학원)로의 전환이 수월하게 진행되어 연세로스쿨이 국내 최고의 로스쿨이 될 수 있는 토대가 된 것이다. 본인이 법과대학 학장직과 초대 로스쿨 원장을 무난히 마칠 수 있던 것도 선생님의 선행 업적과 가르침이 없었더라면 불가능한 일이었을 것이다.

또한 2001년 선생님이 한일법학회(일한법학회 회장 오쿠시마 전 와세다총장) 회장을 맡으신 동안에 본인이 총무이사로서 선생님을 보필하면서 한·일 양국의 학문적 교류를 정기적으로 추진하게 되었으며, 많은 것을 경험하고 배울 수 있는 기회가 되었다. 이러한 인연으로 나는 2014년부터 한일법학회 회장을 맡고 있지만 선생님의 역량과 비교하면 부족하기만 하다. 또한 선생님이 사무총장으로 활동하셨던 한국법학교수회의 회장직에 입후보하여 당선된 것도 선생님의 격려와 당부의 말씀이 있었기에 가능한 일이었다. 2015년 봄 한국법학교수회가 개최한 학술세미나 기조발조에서 선생님이 '한국법학의 발전과정과 향후의 과제'를 말씀하시면서 한국법학의 세계화, 독립성과 자주성을 역설하셨던 모습이 지금도 생생하기만 하다. 이렇게 나는 선생님의 많은 가르침 속에 큰 시행착오 없이 교수로서, 학자로서 봉사할 수 있었다.

사람은 생전보다 사후에 평가를 받는다. 가까이 선생님을 모시면서 느낀 바를 감히 말씀드린다. 우선 선생님은 연세대학교의 기독교 정신과 실사구시(實事求是)의 실용정신, 민족주체의식에 투철한 법학자라고 말할 수 있다. 선생님은 교수생활에 있어서 늘 오로지 연세의 이념인 진리·자유 의식을 고양하고, 진정한 민족주체의 자각으로 한국인의 법의식과 법률사상을 연구하시면서 한국법의 토착화와 세계화를 위하여 노력하신 분이다.

선생님은 법학공부에도 이론적인 것보다도 법적사고방식, 법적 정의의 구현, 공평과 민주적 의식의 함양에 중점을 두고 실천적인 방면에 더욱 역점을 두고자 노력하였다. 이처럼 선생님은 생애의 모두를 항상 민족을 생각하며, 바른 길을 걸어가며 기독교적 삶에 충실한 연세법학의 영원한 스승이자, 우리나라 법학자 중 가장 우뚝 선 분이었다.

선생님은 옥석이 뒤섞여 혼돈한 세상 속에서 출세라든가 세속적인 부귀나 영화보다도 고고히 제자의 양성과 학문의 거보를 지켜 오심으로 인하여 지금도 후학의 흠모를 한 몸에 받고 계신 분이다. 그러기에 한 분의 생애와 그 헌신의 결과가 오늘에도 살아있고 우리의 영원한 사표(師表)가 되는 것이다.

양 선생님을 생각하면서

유혁수

(연세대 법대 71학번 요코하마국립대학교 교수)

지금도 선명하게 기억하고 있습니다. 제가 일본에 유학 가서 채 2개월이 안 지났을 때 선생님이 일본에 오셔서 2박 3일을 같이 지냈지요. 선생님의 일이 끝나면 같이 신주쿠(新宿)에 있는 기노쿠니야(紀伊國屋) 서점에서 책도 사고 여기저기 둘러보곤 했습니다. 이렇게 말씀드리면 마치 제가 선생님을 안내한 것 같이 들릴지 모르지만 사정은 전혀 달랐습니다. 일본에 오기 전 문부성 장학생 선발시험을 거친 탓에 읽고 쓰기는 일정한 수준에 있었지만 듣고 말하는 것은 거의 제로에 가까운 수준이었으니, 누구를 안내하는 것이 아니고 그냥 같이 다닌 것이지요. 워낙 어학에 다재다능하셨던 선생님은 초등학교 후반에 해방을 맞아서 일본어를 잊어버리기 꼭 알맞은 나이었음에도 불구하고, 매월 『문예춘추』를 구독하시는 등 독학으로 유지해 오셔서 선생님이 훨씬 더 능숙하시고 동경에 자주 오신 지라 지리에도 밝으셔서 저는 그냥 선생님을 졸졸 따라다닌 것이지요. 그렇게 사흘을 지내고 마침내 선생님과 헤어질 시간이 와서 지하철역에서 작별하였는데, 제가 먼저 지하철에 타고 문이 닫히는 순간 눈물이 핑 돌면서 이제는 정말 이곳에서 혼자구나 하는 적막감과 함께 나도 모르게 입술은 깨물며 새로운 각오를 다진 것이 떠오릅니다. 그렇게 유학하고 있으면 선생님은 동경에 오실 때면 늘 연락을 주시고 밥을 사주시었지요. 제가 계산하려 해도 절대로 용납하시지 않으셨습니다. 시간이 흐르면서 저도 조금은 안내를 할 수 있도록 되었지만, 선생님과 일본어 능력이 역전되기 까지는 많은 시간이 필요했던 것이 기억납니다.

숙달된 언어 실력과 세련된 국제 매너, 그리고 풍부한 독서력에 늘 앞서가는 예지능력을 가지신지라, 세계의 많은 곳에 국내 학자분들을 거의 인솔하다시피 하면서 다니셨지요. "아이 그 사람들 영어가 안 되니 말야. 그래도 나는 일어도 어느 정도는 하는 데 그 친구들은 참 참." 하고 말하시던 모습이 떠오릅니다. 당시 막 법과대학이 독립한 모교에 비해 월등히 앞서가던 서울대와 고려대 법대 교수님들을 인솔하며 다니시던 모습이 지금에 눈에 선합니다. 그리고 모교 도서관장이 되시고는 도서관 선진화 작업에 착수하셔서 와세다 대학의 카운터 파트너였던 (나중에 와세다 대학 총장이 되시는) 오쿠시마 다카야스(奧島孝康) 도서관장과 논의하러 자주 동경에 오시게 되고, 저도 틈틈이 자리를 같이 했던 기억이 납니다. 한국에서 도서관 선진화의 파이오니아 역할을 한 현재의 모교 중앙도서관에는 양 선생님의 선진적인 안목과 실용적인 지식이 자리하고 있었던 셈이지요. 이렇게 '양승두 선생님' 하면 무엇보다 국제성, 선진성, 그리고 실용적이 면모가 먼저 떠오릅니다.

양 선생님은 저희 모교에서는 faculty 1세대 끝자락에 위치하고 계셨지 않았나 생각됩니다. 지금은 전설이 된 교수님들, 정영석, 김현태, 박관숙, 김기범, 이근식 교수님들이 일제강점기에 교육받은 분들이었는 데 비해, 양 선생님은 전후에 교육을 받은 세대로, 말씀드린 대로 어학 실력을 활용하여 일찌감치 영미법, 미국법에 숙지하신 점에서 같은 1세대 faculty들과는 사뭇 다르셨지요. 수업에서는 미국 헌법과 영미법에 대한 압도적인 지식으로 수강생들을 압도하였는데, 특히 최근의 판례와 사례가 시의적절하게 동원되면 그저 감탄하며 들을 수밖에 없었던 것을 기억하고 있습니다. 아마도 경기대에 재직했던 석희태 교수를 필두로, 모교에 있었던 홍복기, 김대순 교수에 저를 포함한 학자들이 모교 출신 학자진의 2세대를 구성한다 생각합니다만, 선생님의 존재의 무게를 생각하면 부끄럽기만 합니다. 다행히 현재 세 자리 수를 훌쩍 넘긴 3세대 이하의 활약이 두드러지고 있어 든든하게 생각하고 있습니다.

양 선생님의 모교 사랑에는 남다른 부분이 있었습니다. 입버릇처럼 서울대에 주눅들 필요가 없다, 우리가 들어갈 때는 서울대보다 월등히 지금의 말로 '편차치'가 높았다고 강조하셨지요. 그러면서 서울대 출신이고 고대 출신이고 수없이 만났지만 그들은 늘 자기들 생각밖에 하지 않으니까 우리 일은 우리 자신들이 할 수 밖에는 없다고, 정말 연대 법대를 뼛속에서부터 사랑하시는 연대법대 민족주의자이셨습니다.

양 선생님께서는 일찌감치 영미법을 숙지하신 만큼 현재의 로스쿨 제도 도입에 대해서는 적극적인 분이었습니다. 사법시험 한 번으로 법조인 선발과 인생이 결정되는 제도에 대해서는 늘 비판적이셨지요. 연대 법대가 이미 1990년대 이후에 사법시험 합격자 수가 비약적으로 늘고 있었지만 로스쿨 제도의 도입으로 가장 많은 혜택을 본 것이 바로 모교였지요. 제 2인자인 고대의 아성을 무너뜨리고 지금은 완전히 넘버 투 자리를 확보한 상태인 것은 누가 보아도 확실하다 아니 할 수 없습니다. 남다른 법대 사랑의 양 선생님은 정년 후에 로스쿨이 생겨

도약하는 것을 보고 가셨으니 그 점에 대한 여한은 없으셨으리라 생각합니다.

마지막으로 모교 faculty 1세대인 선생님의 눈으로 연대 법대 출신 학자들의 현주소를 보아도 선생님은 만족하고 계시리라 생각합니다. 제가 대학과 대학원을 다닌 1970년대의 열악한 학문적 환경에서 되돌아보면 지금의 상황은 비교도 할 수 없는, 아마도 로스쿨을 비롯한 법조 실무자 배출에서의 눈부신 도약 이상의 발전이 있는 곳이 바로 연대 법학자들의 성장과 활동이 아닐지도 모르겠다는 생각이 듭니다. 모교 faculty는 이미 3세대가 주축을 이루고 있으며, 서울 장안뿐 아니라 전국 방방곡곡의 대학과 연구소에 포진하고 있는 연세 법학인들의 현주소를 보면 양 선생님의 딛고 오신 발자국을 후학들이 후배들이 밟고 또 밟아 이제는 누구도 부인할 수 없는 확실한 전철(前轍)이 패인 것이지요.

저는 선생님의 조언에도 불구하고 모교에 와서 봉사하는 길을 택하지 않은 못난 후배이지만 일본에서 늘 선생님을 뵈오며 그리고 모교를 지켜보며 자랑스럽고 뿌듯했지요. 비록 돌아가시기 전에 한참을 찾아뵙지 못했지만, 그래도 살아계시는 것만도 고마웠던 나날이었습니다. 이제 선생님은 가셨지만 선생님의 발자취를 후배, 후학들에게 전하며 사모님의 건강하신 모습을 가까이에서 뵈면서 지내겠다 다짐하며 이 작은 글을 드립니다.

선생님과 함께 간 일본 출장

나는 대학원에 입학하면서 선생님을 처음 알게 되었으니 햇수로는 거의 40년이 되어간다. 대학원 재학 당시에는 선생님의 조교를 했었고, 교수가 된 이후에는 여러 과제들을 선생님과 공동으로 수행하였으며, 여러 건의 박사학위 논문심사를 같이했었다. 또한 선생님께서 정년퇴직하신 후에 내가 봉직하던 학교에 초빙교수로 오셔서 강의를 담당해주셨기에, 오랜 기간 선생님을 아주 가까운 거리에서 모실 수 있었다. 이 기간 동안 나는 선생님으로부터 학문적인 가르침 이외에도 인생을 사는데 필요한 여러 지혜와 교수로서 갖추어야 하는 필수적인 덕목들을 배울 수 있었다. 이런 기회가 모든 제자들에게 공통적으로 주어지는 것은 아니어서, 나로서는 대단히 큰 행운이었다고 생각한다.

선생님의 여러 가르침 중에 '제자들을 어떠한 마음가짐으로 대해야 하는가'라는 점을 명확히 알게 된 간단한 일화가 생각나서 이를 소개하려고 한다.

2002년에 선생님과 나를 포함한 제자 여러 명이 교육부(당시는 '교육인적자원부'이었음)의 과제를 수행한 적이 있었다. 이 과제의 주제는 사립학교에 대한 것이어서, 외국의 사례에 대한 연구를 위하여 우리나라와 가장 비슷한 상황에 있으나 우리보다 앞서가는 일본의 상황을 고찰해 보아야만 했었다. 당시에는 오늘날과 같이 인터넷이 고도로 발달되어 있던 시절이 아니어서 일본의 문헌이나 기타 자료들을 우리나라에서 조사할 수 있는 방법은 대단히 제한적이었고, 따라서 직접 가서 자료수집하고 조사하는 방법 외에는 달리 방법이 없었다.

당시 일본 출장은 선생님과 나 그리고 나와 같은 학교에 근무하는 후배 김 교수 등 세 명이 같이 갔었다. 일본 동경에 체류하는 동안, 하루는 선생님께서 요코하마에 있는 일본사립학교 단체의 관계자를 만나 인터뷰를 하고, 나와 김 교수는 동경에 남아서 다른 일을 처리한 후 저녁 무렵에 요코하마에서 만나기로 하였다. 당시 요코하마대학에는 유모 선배가 교수로 재직하고 있어서 그날 선생님의 일정을 동행하고, 저녁식사에 선생님과 우리들을 초대했었다.

당시에는 2G 핸드폰은 있었으나 스마트폰은 없던 시절이어서, 외국에 가면서 해외로밍을 한다는 것 자체가 없었다. 외국출장을 가면 호텔 또는 사무실 등 어느 하나의 기준점을 정하고 유선으로 연락할 수밖에 없던 시절이다. 지금 생각하면 정말 석기시대에 살았던 것 같은 격세지감이 들지만 당시로서는 어쩔 수 없었다.

늦은 오후에 서로 연락이 되어 나와 김 교수는 동경에서 지하철을 타고 요코하마에 가서 선생님과 유 선배를 만날 수 있었다. 도착하자마자 유 선배가 우리에게 한 말은 선생님께서 요코하마에서의 일정을 마무리하신 후 다시 동경으로 가서 우리들을 데리고 오시겠다고 하셨다는 것이었다. 영문을 몰라 그게 무슨 말씀이냐고 되물으니, 유 선배의 대답이 선생님께서 "이 사람들이 일본에 처음 출장 온 것인데 동경에서 요코하마를 어떻게 찾아오며, 혹시 길을 잃으면 어떻게 하느냐" 하시면서 선생님께서 극구 동경에 다녀오시겠다고 하시더라는 것이다. 그래서 유 선배가 "이 후배들 둘 다 독일에서 공부하고 학위 받은 사람들이니 세상 어디에 갖다놓아도 알아서 찾아올 테니 걱정 말고 기다리십시오"라고 간곡히 말씀드려 겨우 말렸다는 것이었다.

이 일화를 읽는 사람들 중에는 정년퇴직하신 선생님이 나이 마흔이 넘은 제자들을 데리러 요코하마에서 동경으로 갔다 다시 오신다는 것이 너무 과하신 것 아닌가라고 생각할 수도 있다.

그러나 나는 이러한 모습에서 선생님의 제자 사랑에 대한 마음을 느낄 수 있어서 그저 고개가 숙여질 뿐이다.

우리들이 흔히 우스갯소리로 하는 말 중에, 예순이 된 아들이 외출하면서 여든이 넘은 어머니께 '다녀오겠습니다'라고 말하니 어머니께서 '차 조심해라'라고 하더라는 말을 한다. 이 말은 부모의 자식에 대한 사랑을 가장 함축적으로 표현하고 있다고 생각한다. 이날 선생님과의 에피소드는 선생님께서는 부모의 마음으로 제자들을 사랑해 주시는구나 하는 것이었고, 이러한 마음은 내가 교수로 재직하는 동안 학생들을 어떻게 대해야 하는가를 알려주신 큰 가르침이었다.

회자정리(會者定離), 사람은 모이면 헤어지게 마련이라는 말처럼 부모와 자식으로 만나던 선생님과 제자로 만나던 언젠가는 헤어지게 되는 것이 인간이 살아가는 정해진 이치이건만, 오늘은 선생님이 더욱 그리워진다.

어학의 귀재셨던 교수님

김기진

(명지전문대 교수)

"따르릉"

전화벨이 울렸다.

"여보세요."

"학술진흥재단인데요. 김기진 씨 댁이죠?"

"예, 전데요."

"○월 ○일 ○시까지 한국학술진흥재단 ○층 ○호로 장학금 신청하신 박사학위논문 면접심사가 있으니 오셔야 하겠네요."

"예, 알겠습니다. 감사합니다."

지금부터 20여 년 전 일이다.

나는 오라고 한 그곳에 갔고, 면접 볼 사람이 몇 명 더 있었다.

나의 차례가 되어 들어갔다.

들어가니 낯익은 선생님들이 계셨다.

강구철 교수님, 이철송 교수님 등.

나는 당연히 잔뜩 긴장하고 있었고…

한 교수님께서 먼저 물어보신다.

"독일어는 얼마나 하나?"

254

잠깐 망설이다가 답했다.

"영어의 반 정도 합니다."

그러자 금방 다른 교수님께서 물어보신다.

"그럼 영어는 얼마나 하나?"

망설이고 있는데 심사위원 한 분이 말씀하신다.

"독일어의 배는 하겠지!"

일동 웃음이 터졌다.

이윽고 한 심사위원께서

"어학의 귀재이신 양승두 교수님 제자이니 어학이야 어련히 잘 하려고."라고 거드신다.

결국 교수님 덕분에 나는 장학금을 받게 된 것이다.

교수님이 하신 만큼 어학을 잘 하지는 못하지만, 교수님의 학은(學恩)을 힘입어 세상에서 인정받은 한 예였다.

교수님! 명(名) 통역을 다시 듣고 싶어요!

양승두 교수님! 그립습니다.

민태욱

(한성대학교 교수)

제가 양승두 교수님을 처음 만난 것은 공인회계사로 근무하면서 대학원 법학과 석사과정에 입학한 1988년 여름입니다. 그때 제 나이 27세였습니다. 석사과정부터 박사과정 수료 때까지 매 학기 교수님의 수업을 들었습니다. 수업이라고 하면 뭔가 딱딱한 분위기를 떠 올릴 것 같지만, 실제는 친한 사람들이 화롯가에 앉아 오손도손 이야기하는 분위기였습니다.

아담하고 고풍스러운 교수님 연구실에 원생들이 둘러 앉아 발표자가 1차 발표를 하면, 교수님께서는 부연 설명을 하시면서 구수한 말씨로 여러 가지 이야기를 들려 주셨습니다. 때로는 함께 야외 나들이를 가기도 하였는데, 광릉수목원과 수안보온천에 간 기억이 생생합니다. 교수님이 자주 가시든 연희동 2층 중국집, 서로 다정하게 인사를 건네는 중국집 주인과 교수님의 모습이 떠오릅니다.

교수님은 뛰어나신 외모와 다방면에 천부적 자질을 타고나신 분이셨습니다. '교수님은 워낙 뛰어난 분이시니까!'라고 생각한 저에게 교수님의 뛰어난 전공지식은 당연한 것이었습니다. 다만 어떻게 저렇게 다방면의 지식을 알고 계시는지 그리고 어떻게 저렇게 재미있게 이야기 하시는지 신기하였습니다.

정작 저를 놀라게 한 것은 교수님의 인격이었습니다. 교수님은 참 온유한 분이셨습니다. 여러 사람들이 여러 목적으로 수업이나 모임에 참석하였는데, 교수님은 이 모든 사람을 한결같이 대하셨고 누구를 서운하게 하거나 야단치는 것을 본 적이 없습니다. 저 자신도 교수님께 말의 실수가 많았지만 제게 어떤 불편한 말씀이나 기색을 하지 않으셨습니다.

교수님은 제자와 학교를 사랑한 분이셨습니다. 연대 졸업생이 어느 대학교의 교수 초빙에 응모할 때면 교수님께 와서 도움을 청하는 경우가 많았는데, 교수님은 직접 지도한 제자든 아니든 불문하고 그 학교의 교수에게 달려가셨습니다. 유명한 대학의 유명한 교수님이 지방대학의 교수에게 내려가 아쉬운 말을 하며 연대출신 지원자를 부탁하는 모습은 제게 놀랍기도 하였습니다.

교수님은 겸손하시고 상대방을 배려하시는 분이셨습니다. 언젠가 제가 근무하던 회사의 여직원이 제가 없을 때 양 교수님이라는 분이 오셔서 서류를 주고 가셨다고 한 적이 있습니다. 제게 전화하거나 부탁하시면 될 것을 직접 서류를 사무실까지 들고 와서 전달하고 가셨습니다. 교수님은 이런 분이셨습니다.

문뜩 교수님의 이례적인 말씀이 생각납니다. 언젠가 연구실에서 교수님을 뵙고 나가는데 교수님이 "태욱아!" 하고 부르셨습니다. "예!" 하고 돌아섰더니 교수님께서 "성경을 열심히 읽어라."라고 하셨습니다. 교수님이 기독교인인 것은 알고 있었지만, 평소 종교와 관련하여서는 말씀하신 적이 없었는데 이날의 말씀은 이례적이었습니다.

교회 찬송가에 나오는 '받은 복을 세어 보아라.'라는 구절이 생각납니다. 저는 이 세상에서 평범하게 살고 있지만, 생각해보니 그래도 받은 복이 여러 개 있습니다. 그 중에 하나는 교수님을 만난 것입니다. 훌륭한 인품을 지닌 분의 제자가 되어 오랫동안 사랑을 받는 복을 받았습니다. 교수님이 돌아가시고 나니 그 복이 더욱 크게 느껴집니다. 세월이 흘러 나를 사랑해 주신 분을 뵐 수 없으니 못내 아쉽지만, 다른 한편으로 그 사랑의 가치를 이제야 온전히 알게 되었습니다. 그래서 이 사랑을 내 가슴속에 간직하고 기억합니다.

양승두 교수님! 그립습니다.

프랑스에서 미국 유학으로

박민

(국민대학교 교수)

1983년 1월 까까머리 고3 학생이었던 저는 당시 법과대학 건물이었던 용재관에서 면접시험에 응시하였습니다. 면접 교수님은 법대에 진학하고자 하는 이유를 물으셨고, 당시 언론인이 되고 싶었던 저는 "어떠한 직업을 가지던지 법은 꼭 공부하여야 할 것 같아서 진학하려 한다"고 답하였습니다. 저의 답변에 교수님은 의미를 알 수 없는 미묘한 미소를 보여주셨고, 저는 불안한 마음으로 귀가하였습니다. 합격 이후 오리엔테이션에서 그 면접 교수님이 학부 지도교수님이 되셨다는 사실을 알게 되었습니다.

입학 후 2년이 지난 1985년 봄 학기 저는 면접관이셨던 지도교수님의 행정법총론을 수강하였습니다. 통상 법대 교수님들이 사용하시는 용어 보다는 훨씬 쉬운(?), 보통 사람의 언어로 설명하시는 선생님의 강의에 빠져들게 되었습니다. 강의시간에 추천해주신 책을 도서관에서 대출하여 읽었으며, 언론인이 되고자 했던 꿈을 조금씩 잊어 갔습니다. 몰입의 결과인지, 행정법 과목의 시험에서는 수업에서 들은 내용이 거의 다 기억이 났고, 답안을 작성하는 것은 무척 쉬웠습니다. 당연히 좋은 점수를 받을 수 있었습니다. 요즈음 학생들이 저에게 '법대 과목 중 제일 까다로워 보이는 행정법을 전공한 이유'를 물어오면 저는 "학부 재학시절 행정법이 나에게는 가장 쉬운 과목이었다"고 답하곤 합니다.

그해 겨울에 저는 대학원 진학을 결심하였고, 당연히 전공은 행정법으로 결정하였습니다. 왜 그랬는지 모르겠지만, 고등학교에서 독어를 공부한 제가 행정법을 전공할 수 있는지에 대한 의문이 있었습니다. 선생님이 수업시간에 추천해주신 "프랑스 행정법 서설"을 읽은 이후 행정법을 전공하려면 불어를 공부하여야 하고 프랑스로 유학하여야 한다는 생각을 가지고 있었습니다. 사설학원에서 불어공부를 시작한 저는 다행히 대학원 입학시험에 무난히 합격하였고, 프랑스 유학을 준비하였습니다.

선생님의 연구실 조교로 근무한 지 얼마 되지 않았던 1988년 봄날 저는 선생님과 점심식사를 같이하였고, 식사 후 광복관 앞을 산책하였습니다. 그날은 벚꽃 잎이 광복관 앞을 눈길로 만들었습니다. 프랑스 유학에 대하여 질문하던 저에게 선생님은 "나는 영미에서 공부했는데, 왜 내 제자들은 다 프랑스로 유학가려고 하니?"라고 물으셨고, 저는 "행정법 전공자가 미국으로 유학 가도 되나요?"라고 답하였습니다. 선생님은 "독일과 프랑스 행정법뿐 아니라 미국 행정법도 공부하면 좋지. 유럽에서 공부하는 것보다 비용은 좀 많이 들지만. Law School 가서 JD를 하면 더 좋고."라고 하시면서 윙크해주셨습니다.

그날 이후 저는 미국 유학에 대하여 진지하게 고민하게 되었습니다. 결국 1992년 저는 미국 Wisconsin주립대 Law School에 진학하였고 선생님이 추천해주신 JD과정도 이수하게 되었습니다. 제가 미국 뉴욕주 변호사가 된 것도, JD와 JSD라는 학위를 받아 교수생활을 하고 있는 것도 모두 선생님이 알려주신 길을 따라간 결과입니다.

선생님! 감사합니다.

벚꽃 눈길에서 선생님이 보여주신 은은한 미소가 오늘따라 유난히 그립습니다.

양승두 교수님을 추모하며

김형철
(관동대학교 교수)

양승두 교수님께서 2018년 2월 10일 오전에 소천하셨다는 소식을 듣고 믿기지 않는 심정으로 급히 신촌 세브란스병원 장례식장으로 향했다. 개인적으로 그 전년에 어머님을 떠나보낸 입장에서 더더욱 안타깝고 슬픈 사실이 진짜 눈앞에 놓인 현실이었다.

우리 양승두 교수님께서는 공법학계의 원로로 연세대학교 법과대학을 지금의 존재로 일구어내시고 성장시키신 제일 큰 어른이시다. 그분을 아는 제자나 지인들은 보통 교수님이라는 표현보다는 양 선생님이나 양 박사님이라는 호칭이 더 친근하게 사용된다.

연세대학교를 졸업하시고, 미국 하버드대 초빙교수, 법학연구소장, 법과대학장, 법무대학원장, 법 및 사회철학 한국학회장, 한국산업재산권학회장을 역임하시고, 국민훈장 동백장, 황조근정훈장을 수상하신 것이 양 박사님의 주요 이력이다. 특히 영어와 일어 등 외국어에 능통하셔서 법학계에서는 거의 독보적인 수준으로 널리 알려져 있다.

양 선생님을 처음 뵙게 된 것은 대학입시 면접 때였다.

지금도 생생한 선생님의 질문, "자네는 왜 연세대학교 법과대학에 지원했나?", 그리고 본인의 답변, "집에서 가까워서 왔습니다." 당황해서였는지는 모르겠지만, 지금도 문득 생각하면 엉뚱하다 못해 상당히 당돌하고 무례한 행동이었다.

이렇게 첫 대면이 이루어지고, 사실 법학과 행정학 중 어느 것을 전 공할까 고민하던 중에 자연스럽게 선생님을 통해 행정법을 접하게 되 고 공부해서, 지금은 선생님께는 감히 미치지 못하지만 대학에서 똑같 이 행정법을 가르치고 있다. 이 모든 것이 스승님의 갚을 수 없는 커다 란 은공이고 베푸심 덕분이다.

명절이나 특히 스승의 날 전후면 친하게 지내는 동료 선후배와 함께 선생님 댁을 찾아뵙고 정담을 나누었는데, 이제는 아쉽게도 선생님의 모습은 뵐 수가 없다. 외로이 홀로 계신 사모님을 떠올리면 더 슬퍼진다.

==

2018년 4월 22일 일요일, KTX 기차 안에서 사모님께 보낸 카톡 내 용이다.

사모님, 안녕하세요?

양 박사님 제자 김형철입니다.

그렇지 않아도 5월이 다가오면서 며칠 전에도 선생님 생각을 했는 데, 어제는 사모님 전화 받고 만감이 교차했습니다.

전화기 너머로 슬퍼하시는 모습이 전해져 저도 마음이 많이 아팠습 니다.

정말 너무나도 일찍 저희들 곁을 떠나셔서 그렇지, 그래도 선생님께 서는 한평생 늘 남에게 베푸시며 올곧게 살아오셨으니 분명 평안하고 좋은 곳에서 잘 지내고 계시리라 믿습니다.

저는 지금 막 KTX 타고 강릉으로 가는 길입니다.

비까지 내려서 그런지, 유난히 선생님 생각이 나네요.

사모님께서도 너무 적적해 마시고, 항상 밝은 생각하시면서 즐거운 마음으로 지내시고, 늘 건강 살피시기를 바라겠습니다. 식사도 맛있게 챙겨 드시고, 평안한 날들 보내세요. 안녕히 계세요.

==================================

지금은 춘천 경춘공원묘원에 편히 누워계실 선생님.

바쁘다는 핑계로 차일피일 미루었는데, 조만간 시간 내어 찾아뵈어야겠다. 아직도 선생님께서 돌아가셨다는 사실이 믿기지 않는데, 아마도 "우리 형철 씨가 왔구나!" 하시면서 특유의 환한 미소로 반갑게 맞아주실 듯싶다.

2018년 8월

제자 김형철

그립고 그리운 교수님

강수경

(덕성여자대학교 총장)

1987년 3월 연세대학교 법학과에 입학을 하였습니다. 1학년 때 지도교수가 양승두 교수님이셨기에 여름방학이 끝나고 지금 부산대학교 법학전문대학원에 재직 중인 조소영 교수와 함께 교수님께 상담을 갔습니다. "방학 때는 뭐하고 지냈니?"라고 질문하시길래 "영화 미션을 보았습니다"라고 대답하였습니다. 그때 처음으로 가까이 뵈었던 교수님의 모습이 지금도 잊혀지지 않습니다. 그때 제가 느꼈던 "너무 멋지신 분이다"라는 생각은 저만의 생각이 아니었습니다.

교수님 이야기 1

여름에도 교수님께서는 대개 긴팔 셔츠를 즐겨 입으셨습니다. 그 모습이 참 잘 어울리시길래 결혼 후 남편인 피정현 선배한테 "당신도 여름에 긴팔 셔츠를 입어보라" 하였더니 정현 선배 曰 "그게 아무나 어울리냐?" 그러네요. 긴팔 셔츠 차림으로 광복관 앞에 서 계신 교수님으로 인하여 시멘트 부어 그저 튼튼하게만 지었던 회색의 광복관 건물도 덩달아 멋지게 느껴진 건 저만의 생각이 아니었겠지요?

교수님 이야기 2

1989년 행정구제법을 교수님께 수강하였습니다. 김도창 교수님 교과서로 수업을 진행하셨고, 가장 강조하신 것은 "취소소송의 제기요건"이었습니다. 중간 중간 드시는 예는 당신이 표현하실 수 있는 가장 쉬운 사례로 편하게 제시해 주셨습니다. 예컨대 "목욕탕업→옷 벗기고 돈버는" "사람→그 작대기" 요즘은 제가 그러고 있습니다. 부지불식간 교수님의 제자로 공부해 오면서 저도 행정법을 그렇게 강의하고 있는 것을 알게 되었습니다. 그때의 교수님의 강의는 참 멋지셨습니다.

교수님 이야기 3

1992년 대학원 석사에 입학하고 93년에 교수님 조교를 하였습니다. 멋모르고 시작한 교수님의 조교 생활 중 가장 기억에 남는 것은 어느 날 외국인 손님이 두 팀 동시에 온 날이었습니다. 한 팀은 미국에서 온 분이었고, 한 팀은 어린 딸을 데리고 온 일본인 가족이었습니다. 즉 한국인인 교수님과 저, 미국인, 일본인 가족. 저로서는 난감한 상황이었는데, 교수님은 너무 여유 있게 미국인과 영어로 대화를 하시다가 일본인 가족에게 그 내용을 일본어로 전달해 주시고, 그 일본인 가족의 얘기를 미국인에게 전달하시고, 그러다 지루하시면 저한테 한국어로 한마디하시고… 광복관 교수님 연구실은 들어오는 햇빛에 늘 천장 밑으로 빛이 흐르는 느낌을 주었습니다. 그날 그 밑에서 대화를 하시는 교수님의 모습을 그들도 멋지다고 생각을 하였을 것입니다.

교수님 이야기 4

석사 졸업과 동시에 학과 선배인 원광대학교 법학전문대학원의 피 정현 선배와 결혼하게 되었습니다. 무려 10년의 차이가 나는 선배와의 결혼인지라 처음에는 조심스러워 비밀로 하다가, 결혼식 날을 잡고 교 수님께 인사를 드리러 둘이서 당시 당산에 있었던 교수님 오피스텔로 갔습니다. 오피스텔 문을 열고 둘이 들어가 인사를 드리며 "저희 결혼 합니다." 하였더니 교수님께서 "너는 누구랑 하고 너는 누구랑 하니?" 세상에 설마 둘이 할 거라고 상상을 못하신 교수님의 질문에 저와 정 현 선배는 너무 놀라실까 봐 잠시 말을 못하고 있었습니다. 한숨을 쉬 고 나서 "저희 둘이 합니다"라는 대답에 잠깐 놀라시고 나서 긴 축하 를 해 주셨습니다. 너무 감사합니다. 교수님.

참! 참고로, 교수님과 정현 선배는 경동고등학교 선후배이십니다. 정현 선배한테 당신 친구분이신 신촌 황부잣집(?) 따님을 소개시켜 주셨다고 합니다. 잘 되지를 않았는데요. 그걸 아쉬워하시면서 조교 인 저한테 하신 말씀이 "정현이는 젊은 애가 좋은 가봐".

교수님 이야기 5

얼마 전 학교 연구실을 정리하다가 1989년 교수님의 행정구제법 과 목 실라버스를 찾았습니다. 무려 30년 전 교수님 수업의 흔적이 필적 으로 남아 있는 누렇게 바랜 종이었습니다. 그 실라버스는 교수님의 흔적이고 또 저의 대학 생활의 흔적이기도 했습니다. 지금은 컴퓨터

시스템에 접속하여 강의계획서를 입력하나 그때는 교수님들이 한자로 일일이 적어 주신 강의계획서로 저희가 성장하였습니다. 지금이 발전으로만 본다면 훨씬 편리한 시대이나, 연고전 응원 가라 휴강해주시고, 연구실에서 담배를 피우시면서 여자 조교에게 미안하다고 하시면서 재떨이를 손수 비우시던 모습 등은 굳이 TVN의 응답하라 시리즈를 떠올리지 아니하여도 그 시절을 기억하며 웃을 수 있게 해주는 좋은 추억입니다.

작년 이맘때 친정아버지가 갑자기 돌아가시는 슬픔을 겪었습니다. 그리고 올해 교수님이 돌아가셨습니다. 그때 남편이 하는 말이 "에고 너, 아버지가 두 분 다 돌아가셨네." 그랬습니다. 무슨 말이든 다 제 편이 되어 주시던 두 분이 연달아 돌아가셨습니다. 신촌 세브란스에서의 교수님 발인 날 절도 있게 늘어선 많은 사람들의 정중한 목례 속에 떠나시는 교수님의 마지막 모습을 보면서 흔하지만 잘 실천하기 어려운 결심을 하였습니다. 교수님의 제자로 훌륭한 교수로 살아가겠다는 결심을 하였습니다.

제가 재직 중인 덕성여대 법학과에 연대 후배인 민사소송법 전공의 김도훈 교수가 같이 있습니다. 어느 날 김도훈 교수 曰 "연대 법대를 졸업하고 교수가 된 사람들은 모두가 양승두 교수님의 멋진 모습에 반해 교수를 꿈꾸지 않았을까요?"

연세 법학 87학번 동기회 회장을 하면서 홈 커밍 때 제작한 감사패를 드리러 갔다가 교수님과 찍은 사진 속 밝은 웃음의 교수님이 그립습니다.

양 교수님께 드리는 뒤늦은 추모사

조소영

(부산대학교 교수)

너무 큰 그리움으로 남겨져 눈물진 존경심으로 안부를 여쭙습니다.

교수님!

제가 세상을 사는 동안 절대로 잊지 못하고 잊을 수 없는 만남들이 있었습니다.

그리고 그 기억 중에 교수님이 계십니다.

웨이브가 멋지셨던 실버헤어, 유창한 외국어, 단정한 문장 속에 빛나던 촌철살인의 표현들, 세련된 옷매무새까지…. 무엇 한들 잊히지 않고 이렇게 생생하게 남아서, 못난 제자인 저는 교수님이 곁에 계시지 않다는 걸 실감하지도 떠올리기도 싫습니다.

법대생으로서의 체감이 아직은 낯설던 신입생 오리엔테이션 시간, 앞선 분들과 달리 긴 인사말을 하시지 않고 '잘해 봅시다'라는 짧은 말씀과 윙크를 날려 주셨던 교수님이셨지요. 그 멋진 윙크가 어느 여학생을 향한 것인지에 대한 제 동기 여학생들 간의 논란(?)을 만드신 채, 여전히 겨울기운을 내뿜는 3월 초입의 입학식을 교수님은 그렇게 끝내주셨어요. 늘 그러셨듯이 특별히 차려입으신 것 같지 않음에도 세련된 분위기의 교수님을 처음 뵈었던 그 순간에, 제 머리에 떠올랐던 게 있었지요. 저분이 '연세인'이구나!!! 그냥 교수님 자체가 'Y MAN'이셨거든요. 뭐라 단정하거나 표현할 수 없지만, 연세의 분위기가 있다면 또는 연세의 이미지를 표현해야 한다면 교수님이 바로 그것이라고 생각했어요. 그렇게 교수님은 저와 제 동기들에게 자랑스러운 선배님이자 교수님이셨지요.

행정법 수업시간에 교수님은 명쾌하고 간결한 설명으로 제 공부의 짐을 덜어 주셨어요. 교과서를 그냥 읽어 가거나 정리식의 수험강의가 아니라, 관련된 실제사례들을 재구성해서 설명해 주시곤 하셨잖아요. 여러 행정위원회의 위원이셨던 교수님께서 예로 들어 주셨던 그 사건들은 생생한 사실들이 배경이 된 사례들이었고 그만큼 공부하는 저희들에게는 중요한 간접경험이 되었어요. 다만 교수님께서는 너무 쉽게 말씀하셨던 그 내용들이 막상 정리해보면 학생들에게는 결코 쉽지 않은 공부였기 때문에, 웃으며 들었던 수업을 울면서 복습해야 했지요. 말씀 중간중간 사용하시던 아메리칸 스타일의 손가락 따옴표는 교수님 강의의 상징이었고, 사례를 설명하실 때 간혹 사용하셨던 행정청에 대한 비하적 표현도 어쩌면 그렇게 자연스럽고 고급지셨는지 교수님은 아셨는지요?

교육자의 길을 걷고 있는 후학인 제가 제 수업시간에 의도치 않게 문득 교수님의 그 모습을 따라해 볼 때가 있는데요, 절대로 교수님처럼 되지 않더라고요. 대학원 행정법 시간에 교재목록에 빼곡히 올라와 있는 영어원서들의 그 많은 분량을 소화해 내라고 말씀하시던 교수님을 원망하기도 했어요. 힘들다고 투덜거리는 제게 '무에 힘들게 있느냐'고 전혀 이해 안 되시는 눈빛으로 보시다가, 결국엔 교수님께서 사주시는 북경원 탕수육과 짜장면을 먹고 돌아와 다시 원서와 사전을 들고 씨름하곤 했지요. 교수님의 수업 덕분에 유학파가 아님에도 불구하고 미국 연방대법원의 유명한 판결 원문들과 유명한 법학서적들을 제대로 접해 볼 수 있었고, 그 공부들은 지금도 제 연구의 중요한 근저가 되고 있어요.

누구에게나 열려 있던 교수님의 연구실은 '연대 법대의 양다방'으로 불렸고, 언제건 전속력으로 흔쾌히 제공해 주시던 교수님 연구실의 커피는 제게도 맛있는 휴식이었어요. 당신의 의자에 앉으셔서 '웰컴 인'이라 하시며 맞아 주시던 그 모습을 어떻게 잊을 수 있을까요? 신년인사를 가면 인도네시아에 사시는 동생이 선물하셨다는 이국적이고 멋진 목조 테이블과 의자에 앉아서, 사모님이 내주셨던 도톰한 약과와 향내 좋은 블루마운틴 커피 그리고 윤기 흐르는 떡국을 얼마나 맛있게 먹었던지요. 유난히 그 약과를 좋아했던 저를 위해 교수님과 사모님께서는 문밖으로 나서는 제 주머니에 나머지 약과를 넣어 주시곤 했어요. 사양도 하지 않고 받아 온 그 약과는 제게는 특별한 신년맞이의 의미가 되었고, 교수님과 사모님의 따뜻한 마음으로 간직된 저만의 기억일 거예요.

갑작스런 사고처럼 혹은 운명처럼 결혼하게 되었던 제 결혼식 장면 중 신부인 제게 중요한 기억으로 남아 있는 두 모습이 있어요. 하나는 병환 중이셔서 신부입장을 같이 해주실 수 없었던 선친의 눈물이었고, 또 하나는 시골 어르신들의 긴장감과 엄숙함까지도 풀어 주셨던 교수님의 정겹고 재미있는 주례사였어요. 신부와 신랑이 모두 연세인으로 교수님의 법대 제자들이었고 대학원생들이었기 때문에, 주례 말씀이 정형적이거나 형식적인 말씀이 아니었고 정말 교수님의 진심어린 축복과 격려이셨거든요. 기념사진을 찍을 때, 씩씩하게 잘 살라고 그리고 늘 웃으라고 토닥이시며 윙크해 주셨던 교수님의 격려가 결혼 25년이 되는 지금까지 제게 큰 힘이 되었어요. 제 결혼 사진 속에서 젊은 신랑, 신부와 함께 웃고 계시는 교수님은 아직도 저렇게 멋지신데요.

국제학술대회장에서 교수님의 모습은 또 얼마나 멋지셨는데요. 요즘의 로스쿨 학생들과 달리 제 연령대의 법학과 학생들은 외국어 회화능력이 상대적으로 부족한 편이었지만, 교수님은 한참 앞선 선배님임에도 불구하고 전혀 다른 모습이셨어요. 영어는 물론이고 일본어까지 유창하게 구사하셨기 때문에, 외국교수들과의 토론과 소통이 너무 자연스러우셨지요. 저희 제자들은 교수님의 그런 국제적 모습이 어떤 원어민 교수들과도 비교되지 않을 만큼 자랑스럽고 훌륭하시다고들 생각했었고, 그래서 정말로 닮고 싶었어요. 그렇지만 교수님의 모습처럼 된다는 게 절대로 쉽지 않다는 걸, 교수의 직업을 15년 동안이나 지내 오면서 더더욱 실감하게 되곤 해요, 교수님. 제가 그런 생각을 했었어요, 교수님이 정년퇴임하시던 날, 교수님의 머릿속에 빼곡히 쌓여 있는 저 많은 지식과 경험들을 오롯이 저에게 남겨 주실 수는 없는 걸까, 그래서 더욱 은퇴하시는 게 아쉽고 안타깝다고 말예요.

교수님! 사랑은 내리사랑이라는 말이 부모자식 간에만 적용되는 말이 아닌 듯해요. 제가 교수님을 마지막으로 직접 뵈었던 게 일산 댁으로 찾아뵈었던 신년 초였어요. 그날 교수님께서는, 눈이 많이 내렸던 터라 그 쌓인 눈이 채 녹지 않은 아파트 마당을 지나 주차장까지 저희 내외를 배웅해 주셨었지요. 관절염으로 고생하시는 사모님을 염려하셨고, 부산과 서울을 오가며 일주일을 견뎌내는 저의 고된 생활을 걱정해 주셨던 교수님! 늘 멋진 도시남자이셨던 교수님께서 검정고무털신을 신고 계셨었는데요. 그 모습조차도 요즘 말대로라면 '패피'의 모습으로 보여서 돌아오는 차 안에서 저희 내외는 감탄을 했었어요. 그리고는 시부모님께서 편찮으시다고, 시아버님께서 돌아가셨다고, 아이들이 시험을 앞두고 있다고…. 이런 저런 평계로 찾아뵙지 못하고 전화통화로만 멀리서 교수님께 인사만 드리게 되었었지요. 그런데요, 교수님. 교수님께서 편찮으시다는 전언을 듣고는 차마 교수님께 갈 수 없었어요. 사모님께만 교수님이 차도가 있으신지를 여쭈어 보고 걱정을 하면서도, 교수님의 모습을 뵈러 갈 용기가 나지 않았어요. 제가 아는 교수님의 모습 그대로 간직하고 싶었던 것 같아요. 못난 제 이기심 때문에, 생전에 교수님을 한 번 더 찾아뵙지 못했던 것을 지금도 얼마나 후회하고 있는지 교수님께서 아실까요? 교수님의 영정 앞에서 교수님의 저 미소를 어떻게 바라봐야 할지 너무 가슴 아프고 어찌 할 바 몰라서, 사모님 곁에서 눈물만 훔쳐냈지요. 교수님께 죄송하고 죄스러운 마음을 제가 어떻게 해야 할까요? 제가 뵐 수 있을 때 더 뵈었어야 했어요, 바보 같은 제가요.

연대 법대 87학번인 제가 다녔던 연세 캠퍼스도 세월이 지나면서 많이 변했어요. 그래서 지금의 법학전문대학원의 모습은 제가 학생이 었던 시절의 광복관의 모습은 아니고요, 2층 명모헌 앞의 교수님의 연구실과 벚꽃 잎이 꽃비처럼 흩날리던 건물 앞 벤치 옆에서 마침 지나가시던 교수님의 팔짱을 끼고 동기 여학생들과 사진을 찍었던 그 교정의 모습도 이젠 없어요. 연희동 골목에 있었던 북경원의 짜장면 냄새도 그 건물 지하의 커피숍에서 사주셨던 커피향도, 용산역 앞의 맛있었던 육개장 가게도, 전화기 속에서 '조교수~'라고 부르시며 말머리를 꺼내 주시던 교수님의 목소리를 더 이상 들을 수 없게 된 것처럼 이젠 다 없어졌어요. 저는 여전히 잊지 못하고 기억하고 있는데, 제가 더 이상 찾을 수 없고 다른 사람에게도 보여줄 수 없는 그런 것들이 되어 버렸어요. 그래서 그 거리를 지날 때면 가슴이 먹먹해지곤 해요. 그리고 교수님이 참 많이 그리워요.

교수님, 노래가사처럼 그리운 것은 그리운 대로 내버려두려고 하는데, 그게 참 담담해지지 않아요. 저장된 교수님의 전화번호를 지우지도 못하고 걸지도 못해요. 지금도 교수님이 '조교수~'라고 받아 주실 것 같은데, 그런데 다른 목소리가 들려오면 마음이 무너져 내릴 것 같아서요. 이번 학기에도 어느 수업시간에 어김없이 Marbury v. Madison 사건을 학생들에게 설명하게 될 거예요. 그럼 또 저는 헛기침을 하거나 잠깐 말을 끊어가게 될 거예요. 미국 연방대법원이나 행정부를 설명할 때는 저를 가르쳐 주셨던 교수님의 이야기를 신화를 이야기하듯이 하곤 하거든요. 그래서 목이 메는 순간이 되곤 해서, 학생들이 눈치 채지 않도록 잠깐 하던 말을 끊어가야 해요. 해마다 5월이면 스승의 날이 오고, 남들은 카네이션을 선물하는데 저는 늘 교수님을 닮은 장미꽃을 보내드렸지요. 제게 교수님은 장미꽃처럼 멋진 분이셨거든요. 올해도 교수님 댁으로 꽃바구니를 부쳤어요. 울먹이시는 사모님의 목소리에 잘못했나 걱정도 했지만, 그래도 제겐 아직도 교수님이 그대로 계시는걸요. 멀리 떨어진 부산에서 근무하니까 교수님이 안계시다는 게 정말 안보이거든요. 못난 제가 이래요, 교수님.

교수님!

그렇지 않아도 글재주가 부족한 저는 제 마음과 생각을 제대로 표현할 수 없는 빈재인데요. 교수님을 생각하면서 글을 쓸 수 있겠느냐는 사모님의 말씀에 제자로서 먼저 챙기지 못했다는 죄송함에 불쑥 하겠노라 답변드려 놓고는 도무지 글을 쓸 수가 없었어요. 한 줄을 다 못 채우고 아득해 져버리기 일쑤고 썼다가 지우고 썼다가 지우고 그러기만을 얼마나 반복해야 했는지, 교수님은 알고 계시죠? 그래서 결국 어떤 형식이나 구도도 갖추지 못하고 이렇게 교수님께 편지를 써보기로 했어요. 이러면 교수님께서 제 마음을 알아주실 것 같아서요. 제 궁시렁거리는 속내 이야기를 들어 주실 것 같아서요.

죄송합니다. 그리고 잊지 않겠습니다. 교수님께서 보여 주셨던 스승의 모습과 사랑과 배려를 닮아 가겠습니다. 제 마음 속엔 이렇게 가까이 계시는 교수님이셔서, 교수님의 제자로 부끄럽지 않은 사람으로 제 길을 가겠습니다. 언제나 그래 주셨던 것처럼 지켜봐 주시고 격려해 주세요!

2018. 11. 5.

못난 울보 제자 조소영 올림.

7

남편을 사랑한 가족들의 추모의 글

나의 평생 우상을 떠나보내고

조카 양유근

"당신 지금 어디야?"

이 나이가 된 사람들은 다 공감하는 걸까? 문득 전화기에 가족의 전화번호가 뜨게 되면 "또 무슨 일일까?" 하고 가슴이 철렁 내려앉는 기분을?

금요일 퇴근길 오후 4시에 동네 철물점에 잠시 들러 필요한 물건을 사가지고 나오는데 전화기에 집사람 번호가 뜬다.

"지금 전화로 말할 수 없으니까 빨리 오세요."

아뿔싸…. 전화로는 말할 수 없는 일이라니….

쿵쾅거리는 가슴을 달래며 집엘 들어서니 강아지도 아닌 고양이가 매일 하듯 아무 일 없는 것처럼 나를 반긴다.

"당신 큰아버님께서 돌아가셨대요."

양승두 교수. 그분은 결손가정에서 흙수저로 태어나 살아온 나의 평생 우상이셨다.

내가 중학생이던 70년대 한참 박통이 시민아파트를 건설해서 그나마 연례행사로 이삿짐이라곤 리어카에 부엌 찬장 하나 달랑 올려놓고 사글세, 전세를 전전하다가 나름 내 집이라고 연희동 10평짜리 아파트에 살고 있을 무렵, 큰아버지의 서강대 앞, 벨(당시에는 요비링이라고 했다.)을 누르면 "찡~" 하고 대문을 열어주는 개인주택은 빡빡머리 중학생을 "나도 큰아버지처럼 성공해서 꼭 이런 화장실이 집 안에 있는 집을 사야겠다"는 다짐을 하게 만들었다.

"양유근이 별 볼일 없게 되었네~."

1978년 그분께서 학장으로 재직하시던 대학을 지원했다.

큰아버지께서 미리 알아보시고는 안 된 것을 아시고 쑥스러운 표정을 하시며 내게 하신 말씀이다.

"니가 너냐~?"

무슨 인연이라고 그분이 재직하시는 학교에 입학한 처자와 연애를 시작했다. 그 처자가 학교 교수 식당에서 알바를 하면서 몇 번 큰아버지께 식판을 가져다 드렸다. 그러던 어느 날 용기를 내어 자기가 양유근이하고 사귀는 사이라고 말씀드리자 하신 말씀이다.

졸업, 취업, 결혼, 또 이민, 그리고 내 아이들의 일까지… 큰일 작은일이 있을 때마다 그렇게 내게 우상이었던 그런 큰아버지에게 칭찬을 듣는 게 그 어떤 칭찬이나 나의 성취감보다 더한 것이 없었다.

2월 12일 어머님의 기일이라고 추모예배를 계획하고 있었는데, 큰아버님 장례날이 되어 버렸다.

지금 "니가 너냐~~?" 했던 처자는 한웅큼 재로 변한 나의 평생 우상을 떠나보내고 있다.

감사와 존경의 마음으로

조카며느리 최미경

제가 큰아버님을 처음 뵌 곳은 아마도 학교 내에 있는 교수식당이었던 것 같습니다. 그때 저는 대학교 2학년이었고, 그 식당에서 점심시간에 교수님들께 식사를 가져다 드리는 아르바이트를 했었습니다. 벌써부터 저와 그분의 조카가 연애한다는 사실을 알고 계셨을 터였지만, 일부러 인사를 드리러 찾아뵙지는 못할 나이였지요.

그런데 어느 날 제가 무슨 마음을 먹었었는지 교수식당을 들어오시는 큰아버님을 뵙고 일부러 식사를 드리러 가서는, "제가 양유근이와 사귀는 미경이예요."라고 인사를 드렸더니 "응! 그래. 니가 너구나." 하시며 웃음 섞인 음성으로 말씀하시던 모습이 아직도 기억에 생생합니다. 그 후 늘 한결같이 제게 보여주셨던 그 표정과 음성 말이지요.

몇 년 후 저는 그분의 조카와 결혼을 했고, 큰아이가 첫돌쯤 되었을 때 큰댁에 인사를 갔었습니다. 이제 겨우 뒤뚱뒤뚱 걷는 아이가 실수라도 할까 봐 저는 마음을 졸였습니다. 그때 무슨 연유로 큰아버님 댁에 배에 태엽을 감아주면 '멍 멍' 소리를 내며 앞다리를 올리는 강아지인형이 있었는지 알 수 없으나, 제 큰아이가 그걸 무척 신기하게 보며 좋아하니까 "그거 가져 가거라" 하시며 선뜻 아이의 손에 쥐어 주셨습니다.

저는 지금도 '그 강아지인형이 큰아버님께서 계속 가지고 계셔야 할 만큼 소중한 의미나 중요한 소장품이 아니었을까' 하고 이따금 생각합니다.

아이를 둘 낳고 인사를 드렸을 때는 저희 네 식구를 싣고 직접 운전하시면서 좁은 제 친정집 골목까지 데려다 주셨던 자상하신 성품에 몸 둘 바를 몰라 그저 "감사합니다. 감사합니다."라는 인사말만 여러 번 했었지요.

저희가 큰아이 여섯 살, 작은아이 네 살 때 캐나다로 이민을 떠나면서 큰댁 어르신들께는 멀리 있는 조카가족이 되어버렸습니다.

이민생활 22년이니 저희도 저희 아이들도 그리고 어르신들께서도 스물 두 해 만큼 세월이 흐른 어느 날이었습니다.

큰아버님께서 요즘 병세가 안 좋으시다는 것은 알고 있었으나, 마침내 "큰아버님께서 소천하셨다"는 소식이 왔습니다. 미국의 미네소타에 사는 제가 한국의 신촌까지 오는 데는 꼬박 하루가 걸렸습니다.

영정사진 속의 큰아버님께서는 스무 살 저를 처음 보셨던 그때처럼 그리고 저희가 결혼해서 아이들을 데리고 찾아뵈었던 그때처럼 똑같은 표정으로 그곳에 계셨습니다.

큰아버님을 추모하는 많은 분들과 장례를 치렀고, 저는 그중에 조카며느리였습니다.

큰아버님의 유해를 모시고 춘천으로 가는 길은 황량하고 쓸쓸했고 한국의 2월은 추웠습니다. 큰아버님을 모실 석묘가 열리고 그 안으로 뽀얀 단지 하나로 모습을 감추시며 큰아버님께서 영면하실 때는 가족 모두 슬픔에 눈시울이 뜨거웠는데, 그때도 영정사진 속의 큰아버님께서는 고운 미소를 우리에게 보여주시며 '뒤돌아 저 넓은 곳을 바라보라' 말씀하시는 듯 춘천의 파란 하늘을 향해 웃고 계셨습니다.

그렇게 큰아버님을 모셔드리고 다시 미네소타로 돌아온 저는 저와 제 가족에게 늘 한결같이 보여주셨던 큰아버님의 그 미소를 떠올리며 감사와 존경의 마음으로 이 글을 올립니다.

늘 기다려 주셨던 나의 아버지

맏아들 양재근

내가 기억하는 나의 사랑하는 아버지는 당시 그 연배의 아버지들과는 확연히 다르셨다. 전혀 가부장적이지 않으셨고, 언제나 가정의 화목을 위하여 노력하시는 분이셨다. 아버지는 바쁘신 중에도 어쩌다 시간이 나실 때면 좋은 장소를 빌려 가족과 함께 식사하시는 것을 즐기셨고, 나와 소프트볼을 함께 해주시거나 영화를 보러 다니시기도 하셨다. 언제나 '가족'이 우선이셨던 온화한 성품을 가진 분이셨다.

집에 계실 때면 늘 다양한 분야의 책들을 읽으시던 아버지의 모습이 아직도 생생해서, 어쩌다 서점에서 아버지께서 즐겨 보셨던 작가의 책과 잡지 등을 볼 때면 돌아가신 아버지가 생각나 울컥해진다. 아버지는 나에게 많은 것들을 물려주셨다. 클래식을 포함한 다양한 양식의 음악을 즐기고, 다양한 종류의 필기구와 문구류 그리고 카메라와 녹음기 등을 수집하는 취미는 아버지에게서 그대로 물려받았다.

미국 유학을 준비하느라 필요했던 영어시험을 치르러 가던 어느 날인가, 아버지께서 웬만큼 먼 시험 장소까지 손수 운전을 해주셨다. 가는 차 안에서도 영어 단어를 외우던 나의 모습이 안쓰러워 보이셨는지, "아버지와 이야기나 하며 가자"고 말씀하셨다. 아버지께서는 "이번에 원하는 영어점수가 나오지 않으면 다음에 한 번 더 보면 되지 않느냐"고 말씀하시며, 불안해하는 나의 마음을 편안하게 하여 주셨다. 이후로도 내 인생에서 중요하고 결정적인 순간이 올 때마다 아버지께서는 내게 평온한 말씀으로 도움을 주시고 인도하여 주셨다.

아버지께서는 비록 내가 원하던 좋은 결과를 얻지 못하였을 때도 그 일의 결과와 관계없이 오래 참으시고 기다려 주심으로 내가 다시 도전하여 성취할 수 있도록 기회를 주셨다. 지금 생각해보면 자식인 내가 힘들어 하고 어려워할 때 아버지 마음은 더 아프셨겠지만, 아들을 위로하여 주시고 스스로 자립하도록 기다려 주심으로 자식을 인정하여 주셨다는 것이 얼마나 힘든 일이라는 것을 깨닫게 된다. 특히, 다방면에서 뛰어나셨던 아버지께서 부족한 나를 보시며 내색은 하지 않으셨지만 얼마나 답답하셨을까 생각하면 아들로써 죄송한 마음뿐이고, 아버지의 사랑에 하염없는 감사의 마음이 든다.

요즘 들어 부쩍 아버지 생각이 더 많이 난다. 지난겨울 하와이 출장지에서 버스를 기다리는 노부부를 보았을 때 나는 문득 돌아가신 아버지 생각이 나서 잠시 눈시울을 붉혔다. 그 노인 분은 종종 걸음으로 버스 정류장의 벤치에 앉으신 후 콧물을 닦으셨다. 요양병원에 입원하시기 전, 거동이 불편하셨던 아버지께서 보이셨던 바로 그 모습이었다. 주일마다 아내와 함께 아버님 댁을 방문했다가 집을 나설 때면 "이렇게 와 주셔서 감사합니다. 조심해서 가세요."라고 말씀하시곤 하셨다. 아버지께서는 비록 정신이 불분명해지시고 거동이 불편하여 종종 걸음으로 다니셨어도, 항상 우리를 생각하시고 염려하셨고 모든 것에 감사하셨던 것이다.

나의 사랑하는 아버지, 병원에 계시더라도 좀 더 오래 우리와 함께 사셨더라면 하는 아쉬운 마음에 이 글을 쓰는 동안에도 눈물을 참을 수 없다.

2019. 4. 8.
맏아들 재근 올림.

그런즉 믿음, 소망, 사랑 이 세 가지는
항상 있을 것인데 그 중에 제일은 사랑이라
(고린도전서 13장 13절)

맏며느리 이원경

　장식장 위 액자에 적힌 성경구절이 오늘 눈에 띄었다. 미국에서 할아버지 장례식 참석차 방문한 조카들에게 평창올림픽 경기장을 구경시켜 주느라 들렀을 때, 그곳 행사장에서 캘리그라피 작가가 써 준 작품이다. 이 구절은 아버님 묘비에 적힌 문구이기도 하다. 건강이 갑자기 나빠지셔서 요양병원에 모시게 되었지만, 하루 두 번씩 아버님 문안을 빠지지 않고 가시던 어머님 정성에 아버님 상태는 그럭저럭 유지되고 계신 듯했다. 그렇게 갑자기 떠나실 수 있다는 생각은 전혀 하지 못했기에, 황망한 마음으로 묘비문에 넣을 성경구절을 고르던 기억이 엊그제 같은데 벌써 1년이 지났다.

　훌륭한 법학자, 존경받는 교육자로서 평생을 살아오신 아버님을 늘 존경했고 자랑스럽게 생각했다. 특히 지난 1월 제자 분들이 준비해주신 1주기 추모예배를 드리면서 아버님이 남기신 그 훌륭한 족적의 의미를 다시금 체감하게 되었다. 그러나 그 무엇보다 더욱 아버님이 그리운 것은 가족 모두의 큰 버팀목이 되어주셨던 아버님의 크신 사랑과 헌신이고, 그 인자하신 미소는 아직도 옆에 계신 듯 생생하다.

　결혼하자마자 미국 유학을 떠나게 되어 여러 가지 걱정이 앞설 때,

아버님께서는 유학도 '생활'이니 즐겁게 지내라고 격려해주시며 오랜 유학기간 한 번도 공부부담을 느끼지 않게 기다려주셨다. (부모로서 '자식의 때를 기다려준다'는 것이 얼마나 힘든 일인지 뒤늦게 내가 자식을 키우면서야 알게 되었다.)

미국 출장 오시는 길에는 잠깐이라도 손주 얼굴 보신다고 버지니아 시골에 들르시는 것을 마다 않으셨다. 아파트 뒷마당에서 캠코더로 직접 사진을 찍어 주시기도 하고, 공원에 데려가 그네 태우고 놀아주시던 모습이 눈에 선하다. 8년의 유학생활을 마치고 서울에 돌아와 부모님과 같은 동의 아파트에 살게 되었을 때, 영준과 영재는 잠옷 바람으로 '올'(올라간다는) 암호 같은 말을 남기며 밤마다 할아버지 댁에 올라가 자곤 했다. 아버님은 자식 일, 손주 일이라면 어떤 일도 흔쾌히 들어주시고 응원해 주셨던 최고의 아버지시고 할아버지셨다.

사람의 취향은 그 사람의 일면을 보여주는 듯하다. 커피를 무척이나 좋아하셨던 아버님은 유독 블루마운틴 커피를 즐겨 드시곤 했다. 오늘 문득 그 우아하고 고상한 블루마운틴 특유의 풍미에서 아버님의 멋진 모습이 겹쳐진다. 부족한 맏며느리였지만 언제나 전적으로 믿어주시고 지지해 주시던 그 자애로운 아버님의 미소 띠신 얼굴이 오늘따라 더 그립다. 아버님! 날씨 좀 풀리면 어머님 모시고 뵈러 가겠습니다.

감사와 존경의 마음을 담아,
2019년 3월 맏며느리 원경 올림

아버지에 대한 기억

막내아들 양철근

아버지를 마지막으로 뵌 것은 2016년 여름, 가족을 미국에 남겨 두고 잠시 혼자 귀국했을 때였다. 그해 여름, 아버지께서는 내가 광화문에서 버스를 타고 새로 이사 간 집을 잘 찾아올 수 있는지 걱정이 되셨는지, 큰길 건널목 신호등 옆에서 홀로 나와 기다리고 계셨다. 그런 아버지를 보고 깜짝 놀라서,

"왜 여기까지 나오셨어요? 어머니께서 걱정하실 텐데…."

하고 여쭸지만, 그냥 아무 말하지 않고 서계신 아버지의 손을 붙잡고, 집으로 함께 걸어갔었던 기억이 난다. 그때 버스에서 내려서, 멀찌감치서 바라본 아버지의 모습과 그 얼굴 표정은 전혀 치매를 앓고 계신 분 같지 않으셨다. 그해 여름만 해도 종종 걸음으로 걸으실 수 있으셨고, 짧게 머리를 깎은 나를 보며, "이 군인은 언제 집으로 돌아가냐?"고 어머니께 물어보시다가도, 간혹 나를 알아보실 수 있으셨던 것 같았다.

그렇게 세상 물정을 잘 모르고 어리숙했던 나를 항상 염려하셨던 아버지셨다. 학부 2학년 때, 미국 워싱턴주 벨링험에서 1년간 교환학생을 하는 동안, 잊지 않으시고 매주 연세춘추를 보내주셨다. 또 혼자서 석사 공부를 하던 노스캐롤라이나 샬롯에도, 그리고 결혼 후 박사과정을 밟던 미시간주의 마운트 플레젠트에도 어머니와 함께

오셨던 기억이 난다. 특히 미시간에서 둘째가 태어날 때는 우리 내외가 사는 학생 기숙사 바로 옆집에서 보름 남짓 어머니와 함께 지내시면서, 아내가 출산 후 몸을 회복하는 동안 그렇게 보살펴 주셨다.

그런 아버지셨지만, 공부에 관해서는 아무런 말씀도 하지 않으셨다. 내게 법학을 공부하라고 말씀하신 적이 한 번도 없으셨고, 학업에 참으로 더딘 나에게 아버지는 무척이나 관대하셨다. 어느덧 내년이면 큰 아이를 대학에 보내야 하는 나는 요즘 그렇게 진도가 느렸던 나를 묵묵히 바라보시던 아버지께서 얼마나 속으로 답답해 하셨을까 하는 생각에 젖곤 한다. 아버지는 그런 나를 보고,

"양철통, 아직도 철학 하냐?"

라고만 하셨는데, 큰 아이를 기숙사로 보내고 나면, 나도 아버지의 심정을 이해할 수 있을까? 또 '내적 세계'에 대해서 상당히 회의적이셨던 아버지셨지만, 종교의 선택에 관해서도, 일체의 간섭도 하지 않으셨던 분이셨다.

내가 기억하는 아버지는 법학을 전공하셨지만, 문학, 미술, 영화에 관심이 많으셨던, 아주 세련되고, 수준 높은 심미안을 가지셨던 분이셨다. 내가 미술관에 처음 간 것도 아버지와 함께였고, 신촌 로터리 부근 극장에서 "무죄 추정(Presumed Innocence)"과 "쉬리"를 본 것도 아버지와 함께였다. 또 생전에 법철학을 가르치셨지만, 번역된 한국어 철학책보다 오히려 영어로 된 탐정소설을 읽으라고 권하셨던 아버지셨다.

작년 미국 어느 잡지에 실린 작가 존 르 카레(John le Carre)에 대한 기사를 보고, 추리소설을 유난히 좋아하셨던 아버지를 떠올렸다. 아

버지께서는 르 카레의 추리소설도 여러 권 가지고 계셨고, 내게 몇 번이나 읽기를 권하셨지만, 난 한 권도 제대로 읽지 못했다. 백발의 여든다섯 된 영국 노작가의 사진을 보면서, 난 자연스레 아버지의 모습을 보는 것처럼 느꼈었다.

하지만 작년 2월 입관예배 때 본 아버지는, 내가 전혀 알아 볼 수 없을 정도로 야윈 모습이셨다. 생전의 모습과는 전혀 다른 분처럼 느껴지는 차디찬 시신 앞에서, 슬픔보다는 오히려 모든 일들이 비현실적이고 황망스럽게 느껴졌다. 3년 전 공항에 마중 나오셨던 아버지께 지난여름 다시 찾아뵙겠다고 약속드린 게, 아버지 생전에 내가 직접 전해 드린 마지막 인사가 되어버린 것이다. 영정 사진 속에서 웃으시는 아버지께서 옆방에서 나오시면서, '이제야 왔냐'고, 우리 가족을 반기실 것 같았다.

불현듯 '이국 생활의 무서움이란 이런 것이구나' 하는 생각이 스쳐 지나갔다. 지난 3년간 병세가 급속히 나빠지실 때, 그 모습을 뵙지 못했던 나는 매일매일 초췌해지시는 아버지의 모습을 마음속에 그릴 수가 없었던 것이다.

하루하루 쇠약해지셨던 아버지를 옆에서 돌봐야 하셨던 어머니, 그리고 매주 아버지를 병문안했던 형과 형수가 느꼈던 슬픔과 괴로움을 함께하지 못했다는 죄책감이 밀려왔다. 아버지의 갑작스런 부재가 믿기지 않아, 어리둥절해하는 내가 할 수 있는 일이라곤, 무어라 설명키 어려운 공백감을 홀로 느끼는 일 외엔 아무것도 없었다.

작년 2월 서울에서 돌아오면서, 아버지께서 1966년경 영국 맨체스터대학에 유학하면서 쓰시던 오래된 가죽 가방 하나를 가져왔다.

내 방 한 구석에 말없이 놓여있는 그 오래된 가죽 가방을 물끄러미 바라보면서, 나는 젊은 시절 파이프 담뱃대를 손에 쥐고, 맨체스터 대학 캠퍼스를 거닐던 아버지를 상상해 본다. 이 글을 쓰고 있는 지금, 어디선가 나지막하게, 엊그제 본 영화 속의 마지막 대사가 들리는 듯하다.

Unable to perceive the shape of you

I find you all around me

Your presence fills my eyes with your love

It humbles my heart

For you are everywhere

아버님을 추모하며

막내며느리 장은영

바쁜 일과를 마치고 가족들 저녁을 준비하기 위해 들른 동네 식료 품점에서 갈색의 포근한 헌팅캡에 점잖은 버버리 코트를 입은 중년 신사의 뒷모습을 본 순간 아버님 같아서 저도 모르게 코끝이 찡했습 니다. 이제는 가까이서 뵐 수 없다는 생각에 마음 한켠이 시리고 눈가 가 촉촉해지지만, 함께 보냈던 짧은 시간 속에서 보여주셨던 아버님 의 여러 모습들을 생각하며 기억 속의 아버님을 추억해봅니다.

공부하던 유학생 시절 결혼하여 잠깐 방학 때 들어와서 뵙거나, 공 부하는 아들 내외 격려해주시러 미국에 오셨을 때 외에는 아버님과 함께할 시간이 많이 없었던 것이 죄송스럽고 또 안타깝게 느껴집니 다. 함께 있는 시간이 짧았던 만큼 더 소중하게 시간을 보내기 위해, 때로는 가깝게 때로는 멀리 함께 떠났던 소중한 여행의 추억들.

미국의 독립기념일 불꽃놀이 축제를 보기 위해 놀러간 미시간의 Traverse City, 차가 다니지 않고 마차와 자전거가 다니는 Mackinac Island에서 말똥냄새 나는 길을 홈메이드 아이스크림을 먹으며 걸었 던 추억, 에어컨이 새는 자동차에 휴대용 프레온 가스를 채워 넣는 둘 째 아들 옆에 서서 더울 때 고생하겠다고 말씀하시던 모습.

좋아하시던 체리를 맘껏 드시게 해드리고 싶어서 아버님 오시면 특별히 맛있는 골든 체리를 듬뿍 사다 놓았었기에, 지금도 과일코너에서 맛있어 보이는 체리를 보면 아버님이 떠오릅니다.

타지에서 둘째를 낳았을 때, 첫째 때와는 달리 친정어머니께서 오실 수가 없어서 큰 아이도 돌봐주고 미역국도 끓여주시겠다고 미국에 어머님과 함께 오셔서는 장난감 자동차 타는 것을 좋아하던 첫째를 끌어주기 위해 비닐봉지를 길게 묶어서 핸들에 잡아매고 자동차를 끌어주셨지요. 출산 후 피곤한 제가 깜빡 잠이 들었을 때 고단한 며느리 쉬게 해주시려고 조용히 어머님께서 라면을 끓여서 드셨지요.

또 제 기억 속에는 늘 검소하셨던 아버님의 모습이 있습니다. 아버님은 밖에서 식사하신 후 식탁에 놓였던 냅킨 한 장이라도 허투로 버리지 않으시고 서재 책상에 차곡차곡 쌓아놓고 한 장 한 장 아껴서 쓰시고, 배달된 신문 사이의 광고지를 메모지 크기로 잘라 쓰시거나 이면지로 쓰시던 분이셨습니다.

공식 석상에 가실 때는 누구보다 멋진 영국신사 같으셨지만, 평소에는 평범한 누비 솜바지를 즐겨 입으시던 아버님.

유학생 아내로 살면서 밖에서 커피 한 잔 쉽게 사먹지 않고 절약하려고 노력하며 살았지만, 늘 검소함이 몸에 배셨던 아버님을 생각해 보면 저는 아버님처럼 되려면 아직도 먼 것 같습니다.

늘 당신보다는 자식들을 더 생각하고 사랑해주셨던 아버님 사랑 본받아, 저도 아이들에게 본이 되는 좋은 부모가 되기 위해 애쓰겠습니다.

저희에게 넘치는 사랑으로 훌륭한 삶의 모습을 가르쳐주셨던 아버님 감사합니다.

아버님은 늘 저희 마음에 따뜻하게 살아 계십니다.

부록

양승두 교수의
약력·학력·경력·상훈·
저서·논문

약력

양승두(梁承斗)

생년월일: 1934년 12월 18일

출생지: 서울

본적: 서울 종로구 명륜동 3가 17-2

본관: 남원

직업: 교수

기관부서지위: 연세대학교 명예교수

종교: 기독교

학력

기간	학교	전공	발령청
1954.3 - 1958.2	연세대학교 정법대학	법학	법학사
1958.3 - 1960.2	연세대학교 대학원	법학(법철학)	법학석사
1960.3 - 1964.2	연세대학교 대학원	법학(행정법)	
1973.2	연세대학교 대학원		법학박사
1966.9 - 1967.6	Law School, New York University (미국)	미국법(공법)	
1969.9 - 1970.6	Manchester University (영국)	영국법(행정법)	

주요경력

기간	경력/직위	발령청
1967.9 - 2000.2	연세대학교 전임강사, 조교수, 부교수, 교수	연세대학교 총장
1974 - 1975	Harvard University Yenching Institute 초빙학자	하버드대학교 총장
1975 - 1985	서울시 지방공무원 소청심사위원회 위원	서울시장
1979	대한민국 헌법개정심의회 전문위원	대통령
1979 - 1995	대법원 사법행정제도개선심의회 위원	대법원장
1983 - 1988	법무부 정책자문위원	법무부장관
1986 - 1996	국가보훈처 행정심판위원회 위원	보훈처장
1987	헌정연구위원회 위원	대통령
1989 - 1991	연세대학교 중앙도서관장	연세대학교 총장
1989 - 1994	한국법학원 상임이사, 이사	한국법학원장
1991 - 1993	연세대학교 법과대학장	연세대학교 총장
1991 - 2006	미국헌법연구소 이사	미국헌법연구소 이사장
1993 - 2005	저작권심의조정위원회 위원, 부위원장	문화관광부장관
1993 - 2005	중앙선거관리위원회 공직자윤리위원회 위원·위원장	중앙선거관리위원장
1994 - 2000	교육부 교원징계재심위원회 위원	대통령
1995 - 1998	총무처 행정절차법안심의위원회 위원	총무처장관
1996 - 2000	국무총리 행정심판위원회 위원	법제처장
1997 - 2000	행정규제개혁위원회 위원	대통령
1997 - 2000	산자부 기업활동규제위원회 위원장	산업자원부장관
1998 - 1999	외교통상부 통상교섭 민간자문그룹 위원	외교통상부장관

1998 - 2000	연세대학교 법무대학원장	연세대학교 총장
1998 - 2000	행정판례연구회 고문	행정판례연구회장
1998 - 2016	서울 YMCA 이사	서울 YMCA 이사장
1999 - 2016	3·1문화재단 이사	3·1문화재단 이사장
2000.3 - 2018	연세대학교 명예교수	연세대학교 총장
2000.3 - 2018	관동대학교 초빙교수	관동대학교 총장
2005 - 2018	한일법학회 회장	한일법학회
2005 - 2018	(재) 한국지식재산연구원 이사	한국지식재산연구원 이사회

상훈

년월일	상훈 종류	수여기관
1985년 5월 11일	연세대학교 학술상	연세대학교 총장
1987년 12월 15일	국민훈장 동백장	대통령
2000년 11월 10일	황조근정 훈장	대통령

주요 저서 및 논문 목록

1. 저서

· 法學槪論, 共著, 양승두·김용제·김현태, 一潮閣, 1971.

· 英美公法論, 共著, 양승두·이동과·김영삼, 螢雪出版社, 1985.

· Readings in American Law, 編著, 법경출판사, 1986.

· 수험 행정법, 共著, 양승두·정순훈, 법경출판사, 1988.

· 객관식 행정법 연구, 共著, 양승두·이동과·김영삼, 博英社, 1991.

· 행정법 I, 와이 제이 물산, 1994.

· 英美公法論, 共著, 양승두·이동과·김영삼·전형성, 길안사, 1997.

2. 역서

· Telford Taylor 著, 정의론(Perspective of Justice), 법문사, 1976.

· Harry Street 著, 시민과 정부(Justice in Welfare State), 연세대학교 출판부, 1974.

· Herman C. Prichet 著, 미국 헌법제도론(The American Constitutional System), 박영사, 1975.

· Charles E. Freedemann 著, 프랑스행정법서설(The Counseil d'Etat in Modern France).

· Archibald Cox 著, 美國의 法院과 政治(The Role of the Supreme Court in American Government), 최양수 共譯, 學研社, 1983.

· F. A. Hyeck 著, 자유주의와 법(Law, Legislation and Liberty), 연세대학교 출판부, 1991.

3. 논문

· 「英國委任立法의 統制에 관한 研究」, 延世大 大學院(博士學位論文), 1973.

· 「우리나라 司法制度의 問題點 小考」, 『延世行政論叢』 第6輯, 延世大 行政

大學院, 1965.

· 「行政法의 主體에 관하여-關稅法 上의 營業主體處罰規定의 解釋을 중심으로」, 『延世法學』 第3輯, 167-173면, 延世法學研究會, 1966.

· 「行政行爲의 無效確認訴訟에 있어서의 몇 가지 문제점」, 『司法行政』 第10卷 8號, 22-25면, 韓國司法行政學會, 1969.

· 「行政訴訟 土着化의 一研究, 社會科學論叢」, 延世大 社會科學研究所, 169-177면, 1972.

· 「行政法에 있어서의 大陸法과 英美法의 交錯-行政節次의 意義와 內容을 중심으로」, 『延世法學研究』 第1券, 81-88면, 延世大 法律問題研究所, 1973.

· 「行政學科에서의 法學教育에 관한 한 提言」, 『延世行政論叢』 第1號, 延世大 行政大學院, 1973.

· 「英國議會에 의한 委任立法의 統制」, 『公法研究』 第3輯, 73-112면, 韓國公法學會, 1974.

· 함병춘 공저, 「韓國人의 法意識」, 『韓國의 法律文化』, 國際文化財團 출판부, 357면 이하, 1975.

· 「委任立法의 私法的 統制 小考-英國을 中心으로」, 『法律行政論叢』 第16輯, 高麗大 法律行政研究所, 141-156면, 1978.

· 「The Family Law and Social Change seen in Relation with Population Control」, 『延世行政論叢』 第5輯, 323-328면, 延世大 行政大學院, 1978.

· 「東歐諸國의 統治構造와 基本權條項에 관한 考察(폴란드, 체코슬로바키아, 유고슬라비아, 불가리아, 동독, 알바니아), 공산국가에 있어서 정책 및 정책과정의 비교연구」, 延世大 東西問題研究院, 1978~1982.

· 「우리나라 司法制度의 問題點 小考」, 『延世行政論叢』 第6輯, 215-235면, 1979.

· 「社會福祉의 法的 問題」, 『社會科學論集』, 205-211면, 延世大學校 社會科學研究所, 1979.

· 「工業所有權保險에 관한 파리條約 小考」, 『延世行政論叢』 第7輯, 231-241면, 1980.

- 「우리나라의 傳統的 法意識과 그 變化에 관한 硏究」, 『韓國의 社會와 文化 -韓國現代社會의 文化傳統』第3輯, 99-140면, 韓國精神文化硏究所, 1980.
- 「舊韓末 法官養成所에 관한 小考」, 『行政春秋』, 1981.
- 「協同組合法에 관한 比較法的 硏究」, 『延世行政論叢』第9輯, 233-245면, 延世大 行政大學院, 1982.
- 「裁量行爲에 대한 司法審査-英國의 경우를 중심으로」, 『現代公法의 理論』 (牧村 金道昶博士 華甲記念), 186-192면, 學硏社, 1982.
- 「우리나라 傳統的 法意識과 그 變化에 관한 硏究」, 『法律硏究』제2권, 347-392면, 延世大學校 法律問題硏究所, 1982.
- 「韓國人의 人權意識-言論의 侵害와 관련하여」, 『言論仲裁』第2卷 1號, 15-22면, 言論仲裁委員會, 1982.
- 「미국의 法現實主義 운동과 計量法學에 관한 한 고찰」, 『延世行政論叢』第 10輯, 延世大 行政大學院, 1983.
- 「협동조합법에 관한 비교법적 연구」, 『延世行政論叢』9호, 233-245면, 延世 大學校行政大學院, 1983.
- 「로스코 파운드의 생애와 사상」, 『法律硏究』제3권, 363-378면, 延世大 法 律問題硏究所, 1983.
- 「法學敎育改善을 위한 試案」, 『延世法學』, 191-197면, 延世大 法律問題硏 究所, 1984.
- 「公法 上의 特別權力關係」, 『考試界』329호, 191-194면, 1984.
- 「우리나라 사법제도에 관한 고찰」, 『법과 사회연구』第3輯, 韓日 법과 사회 연구회, 1984.
- 「行政節次와 實質的 證據 法則」, 『考試界』334호, 168-170면, 1984.
- 「行政指導」, 『考試界』346호, 125-129면, 1985.
- 「A Brief Description of Legal Causes of Divorce or Annulment and Procedures in the Korean Family Law」, 『法律硏究』, 309-323면, 延世大 學校 法律問題硏究所, 1986.
- 「取消訴訟에 있어서의 訴의 利益에 관한 한 考察」, 『한국법학의 위상』(碧泉 李圭復博士華甲記念), 1987.

- 「한국의 土地區劃整理制度에 관한 고찰」, 『법과 사회연구』第6輯, 韓日 법과 사회 연구회, 1987.
- 「Korean Perception of Law and Modernization」, 『亞細亞研究』79호, 319-327면, 高麗大學校亞細亞問題研究所, 1988.
- 「憲法改正이 民事法에 미치는 影響에 관한 一考察」, 『사회변동과 사회과학연구』(白石 洪承稷教授華甲記念), 477-500면, 1989.
- 「韓國人의 法意識 : 民主化社會에서의 遵法精神」, 『思想과 政策』24號, 125-135면, 1989.
- 「우리나라 司法權獨立에 관한 한 考察」, 『延世行政論叢』第15輯, 79-94면, 延世大行政大學院, 1990.
- 「法學科의 문제점과 발전 방향」, 『大學教育』45호, 107-111면, 韓國大學教育協義會, 1990.
- 「中小企業資金造成에 관한 研究-資金貸出의 實際와 그 改善方向」, 『延世行政論叢』第16輯, 161-174면, 延世大行政大學院, 1991.
- 「現代韓國人의 法意識에 관한 한 考察」, 『韓國法史學論叢』(朴秉濠教授 華甲記念), 613면, 博英社, 1991.
- 「行政行爲의 內容上의 分類에 관한 考察」, 『現代行政과 公法理論』(徐元宇教授華甲紀念), 博英社, 1991.
- 「우리나라 司法試驗制度의 問題點과 그 改善을 위한 小考; 國家考試制度의 革新方案」, 38-46면, 考試界, 1991.
- 「日本の行政訴訟と人權＝日本의 行政訴訟과 人權, 南博方 著; 梁承斗 譯」, 『亞·太公法研究』통권 제1호, 91-108면, 亞細亞·太平洋公法學會, 1991.
- 「The Role of Law in the Pacific Community」, Conference held at Stanford Law School on October 5-8, 1991.
- 「우리나라의 法學科의 現況 및 問題點과 發展方向 法學教育과 法曹實務」, 韓國法學教授協議會編, 教育科學社, 1992.
- 「取消訴訟에 있어서의 訴의 利益」, 『行政判例研究』第1輯, 한국행정판례연구회, 靑雲社, 1992.
- 「우리나라 特許爭訟制度改善에 관한 한 考察」, 『韓國公法의 理論』(牧村 金

道昶博士古稀記念), 1992.

· 「美國憲法 上 不法行爲와 行政廳의 不作爲에 관한 考察-드샤니(DeShaney) 사건을 중심으로」, 『美國憲法硏究』 제5호, 5-38면, 美國憲法硏究所, 1993.

· 「現代社會에 있어서의 法律家의 機能과 使命」(金哲洙敎授 華甲記念), 1993.

· 「行政節次法制의 改革」, 『행정개혁론』, 55-74면, 나남출판, 1994.

· 「The Role of Lawyers in the Economic Development of Korea, Law and Technology in the Pacific Community」, ed. By Philip S.C. Lewis, Westview, 1994.

· 「敎員懲戒와 그 救濟制度에 관한 考察: 特別法 第10條 第3項의 解釋을 중심으로」, 『저스티스』 28, 122-144면, 韓國法學院, 1995.

· 「21세기의 전망과 한국법학교육의 과제」, 『법학연구』 제7권, 1-14면, 연세대학교 법학연구소, 1997.

· 「韓國法文化 試論」, 『법학연구』 제8권, 15-35면, 연세대학교 법학연구소, 1998.

· 「韓国における行政規制改革の現状と展望」, 『國家の法的關與と自由-アヅア·オセアニア法制の比較硏究』, 大須賀明 編, 65-72面, 信山社, 2001.

· 「韓國における 地方自治制의 現實と 地方分權への 改革努力, 地方自治法硏究」, 『地方自治法學會』 제2권 제1호, 187-206면, 법영사, 2002.

· 「東아시아에 있어서의 地域經濟共同體-歷史認識의 共有와 새로운 連帶를 향하여」, 『제5회 東아시아 法哲學심포지움』 基調演說, 2004년 9월 19-20일, 日本 札幌 Convention Center 特別會議場.

· 「自由貿易協定(FTA)과 韓國의 農業問題」, 『東亞經濟法學會 第20屆硏討會 (The Twentieth International Conference of Eastern Asia Society of Economic Law)』에서의 發表論文, 2004년 12월 19일 高雄大學校, 臺灣.

· 「韓國의 法學專門大學院 設置에 관한 問題點」, 『第六屆 東亞法哲學硏討會 (6th East Asian Conference on Philosophy of Law)』에서의 發表論文, 2006년 3월 27일, 臺灣國立大學校.

지은이

허미자(許米子)

아호는 혜란(兮蘭), 본관은 양천(陽川)으로 1931년 강원도 강릉에서 출생하였다. 이화여자대학교 국문과와 같은 대학교 대학원을 졸업하고, 단국대학교 대학원에서 문학박사학위를 받았다. 이화여자대학교 전임강사를 거쳐 성신여자대학교 교수로 정년퇴임하였다.

경력은 1985~1988년 성신여자대학교 성신학보사 주간, 1989~1991년 성신여자대학교 인문과학연구소 소장, 1991~1993년 성신여자대학교 국어국문학과 과장, 1994~1995년 성신여자대학교 인문과학대학 학장.

저서는『한국시문학연구』(성신여자대학교 출판부, 1982),『허난설헌 연구』(성신여자대학교 출판부, 1984),『이매창연구』(성신여자대학교 출판부, 1988),『한국여류문학론』(성신여자대학교 출판부, 1991),『한국여성문학연구』(태학사, 1996),『〈매창집〉판본에 관한 서지학적 연구, 하버드 옌칭 한국관 자료 연구』(경인문화사 펴냄, 〔공저〕 2004),『허난설헌』(성신여자대학교 출판부, 2007),『나의 스승 어머니』(보고사, 2013) 등이 있음.

편저는『조선조 여류시문전집 4권』(태학사, 1989),『한국 여성시문전집 6권』(국학자료원, 2004). 번역서는 나까이겐지(仲井建治)가 쓴『일본인이 본 허난설헌 한시의 세계』(국학자료원, 2003)가 있다.

당신의 사랑 안에 머물게 하소서

2019년 10월 17일 초판 1쇄 펴냄

지은이 허미자
펴낸이 김흥국
펴낸곳 도서출판 보고사

책임편집 이순민
표지디자인 손정자

등록 1990년 12월 13일 제6-0429호
주소 경기도 파주시 회동길 337-15 보고사 2층
전화 031-955-9797(대표), 02-922-5120~1(편집), 02-922-2246(영업)
팩스 02-922-6990
메일 kanapub3@naver.com/bogosabooks@naver.com
http://www.bogosabooks.co.kr

ISBN 979-11-5516-942-1   03810
ⓒ허미자, 2019

정가 18,000원